煤炭高等教育“十四五”规划教材
中国矿业大学“十四五”规划教材

欧洲文学简编

（浪漫主义文学—批判现实主义文学）

孙 慧 主编

中国矿业大学出版社
·徐州·

图书在版编目(CIP)数据

欧洲文学简编. 浪漫主义文学—批判现实主义文学 / 孙慧主编. —徐州 ：中国矿业大学出版社，2021.9

ISBN 978-7-5646-4890-9

Ⅰ. ①欧… Ⅱ. ①孙… Ⅲ. ①欧洲文学—文学史—高等学校—教材 Ⅳ. ①I500.9

中国版本图书馆 CIP 数据核字(2020)第 253577 号

书　　名　欧洲文学简编
　　　　　　——浪漫主义文学—批判现实主义文学
主　　编　孙　慧
责任编辑　姜　翠
出版发行　中国矿业大学出版社有限责任公司
　　　　　　(江苏省徐州市解放南路　邮编 221008)
营销热线　(0516)83885370　83884103
出版服务　(0516)83995789　83884920
网　　址　http://www.cumtp.com　**E-mail**:cumtpvip@cumtp.com
印　　刷　广东虎彩云印刷有限公司
开　　本　710 mm×1000 mm　1/16　**印张** 13　**字数** 213 千字
版次印次　2021 年 9 月第 1 版　2021 年 9 月第 1 次印刷
定　　价　45.00 元

前　言

为积极响应教育部关于“全面加强教材建设和管理，系统构建中国特色、世界水平的高等教育本科规划教材体系，支撑服务高等教育走好高质量人才自主培养之路”和“完善优秀教材传承创新机制，锤炼经典教材。创新教材话语体系，推动教学改革新成果、学科专业发展新成就进教材”的号召，实施“高等学校本科教学质量与教学改革工程”，我国高等院校在“双一流”建设的推动下，紧密结合各自学校实际，积极开展了一系列本科教育的理论研究和教学改革实践工作，大胆探索新文科人才培养模式、教学内容和教学方法等方面的改革。《欧洲文学简编——浪漫主义文学—批判现实主义文学》依托煤炭高等教育“十四五”规划教材建设项目与中国矿业大学“十四五”规划教材建设项目，在中国矿业大学中国语言文学一级学科经费资助下完成出版。

高校外国文学课程自设立以来就发挥着让中国融通世界文化和让世界听见中国声音的交流互鉴作用。新时代，新起点，呼唤着研究外国文学、比较文学的我国学者踏上新的征程。目前，我国高等学校汉语言文学专业所使用的外国文学方面的教材很多，经典的教材也不少，例如李赋宁主编的三卷四册《欧洲文学史》、郑克鲁主编的上下两册《外国文学史》、朱维之主编的二卷本《外国文学史》等。一方面，随着高校通识教育和人文素质教育的加强，外国文学在本科通识教育和理工科跨专业拓展课程中逐渐得以普及；另一方面，新时代，培养社会主义接班人和具有跨学科知识储备、辩证思维与问题意识、适应社会需求的博雅型人才，成为中国高等教育的未来方向。新文科视野下外国文学教学和研究亦需顺应时代变化进行探索与变革，从传统的文学史研究模式走向跨学科、现代化和多元化。为了适应新文科人才培养的需要,外国文学教材的内容编排和重点理论知识的讲授必然要做出合理调整。《欧洲文学简编——浪漫主义文学—批判现实主义文学》就是应新文科人才培养的需求而新编的教材。就博雅型人才培养来说,无论是对汉语言文学专业学习的学生来说,还是对跨专业选修人文通识课程学习的理工农林类专业的学生来说,这本新编教材的出版都很有必要。

我们的编写目的是:通过具体解读和阐释欧洲现代经典作品的丰富思想蕴涵、多重艺术形象意义和艺术成就,提高学生的审美鉴赏水平,培养学生的人文情怀,同时,也融进外国文学史理论知识的学习。所以,《欧洲文学简编——浪漫主义文学—批判现实主义文学》和通常流行的外国文学史教材不同。它并非以讲授欧洲文学史的理论知识为主,而是旨在从18世纪末、19世纪上半叶的浪漫主义文学到19世纪三四十年代批判现实主义文学的发展过程中,鉴赏欧洲经典文学中最具里程碑意义的代表性作家作品,突出经典作品的价值和意义。这本书既可以体现欧洲经典文学的丰富内涵,又可以从数不胜数的作家和纷繁浩瀚的作品中爬梳一条大致清晰的脉络,提纲挈领地提供一个概貌,为学生进一步学习和研究外国文学提供知识基础。

《欧洲文学简编——浪漫主义文学—批判现实主义文学》通过深入阐释伟大作家的经典作品,例如拜伦的《唐璜》、雨果的《悲惨世界》、巴尔扎克的《高老头》、狄更斯的《雾都孤儿》、哈代的《德伯家的苔丝》、陀思妥耶夫斯基的《罪与罚》、托尔斯泰的《安娜·卡列宁娜》等,剖析了作品中的思想意义、审美价值和艺术成就,揭示了作品中所蕴含的时代精神和文化精髓。同时,由于时代编排的顺序性,《欧洲文学简编——浪漫主义文学—批判现实主义文学》也串联起欧洲18世纪末、19世纪上半叶的浪漫主义文学到19世纪三四十年代批判现实主义文学的发展变化进程。这样的内容编排,可以在有限的时间里,让学生对伟大作家的经典作品有一个相对充分且深入的阅读、欣赏和理解,能够比较深刻地掌握欧洲经典文学的精髓。

在纪念孔子诞辰2 565周年国际学术研讨会上,习近平总书记指出:“正确对待不同国家和民族的文明,正确对待传统文化和现实文化,是我们必须把握好的一个重大课题。”也正是在这次会议上,习近平总书记提出,“文明因交流而多彩,文明因互鉴而丰富”。以人类文化交流、文明互鉴为宗旨,以融通中外、守正创新为准则,通过交流互鉴这一文明交流和发展的重要途径,诠释文学发展繁荣的世界语境,丰富自身的文化,对于推动人类文明进步和世界和平发展具有重要的理论价值和现实意义。《欧洲文学简编——浪漫主义文学—批判现实主义文学》正是遵循融通中外、守正创新的原则,针对新文科对博雅人才培养提出的挑战问题,帮助学生建立国别文学谱系与认识框架、架起中西文本与阐释之间的桥梁,为我国外国文学研究注入新元素与新动力。

《欧洲文学简编——浪漫主义文学—批判现实主义文学》讨论和解析经典文学作品,充满了知识性和趣味性,既可以作为高校学生的人文通识类教材,也可以作为外国文学爱好者的课外读物。

编　者

2021 年 9 月

目　录

第一章　导　　论

习近平总书记指出："推进人类各种文明交流交融、互学互鉴，是让世界变得更加美丽、各国人民生活得更加美好的必由之路。"欧洲文学与中国文学异域异质，呈现出独特的文化特质和精神风貌，是我们了解世界文学，进行中西文化交流的一扇窗户。

自文艺复兴以来，欧洲一些主要国家先后出现了人文主义文学、古典主义文学、启蒙主义文学、浪漫主义文学、批判现实主义文学、现代主义文学、后现代主义文学等，西方文学折射着西方人精神发展的历程，反映了欧洲文化的基本特征和文化精髓。19 世纪的欧洲无论是在政治经济、思想文化上还是文学艺术上，都是一个十分辉煌的时代。这一时期，欧洲社会在历史层面，完成了由封建社会向资本主义社会的过渡，确立了资本主义制度，并从自由竞争逐步走向垄断。在思想层面，因商品经济激发了个体的物欲意识，西方文化价值观及社会精神心理发生了巨变，自我观念进一步强化。在文学层面，生成了浪漫主义与批判现实主义两大文学思潮。这两大文学思潮分别从主观与客观的角度审视人与人、人与物、人与社会的关系。浪漫主义文学以充满激情的艺术形象来表现理想追求、主观情感和某种社会心理；批判现实主义文学则是一种以写实性的形象和形态，通过典型化的艺术概括来表现社会现实和人生经验。正是在这种历史背景下，人对自身的生存困境、未来命运与前途的思考也在不断深化。

一、浪漫主义文学

浪漫主义文学产生于 18 世纪末，繁荣于 19 世纪上半叶，是西方近代文学重要的思潮之一。浪漫主义文学最基本的特点是以充满激情的夸张方式来表现理想与愿望，注重抒发个人的感受和体验，喜欢描写和歌颂大自然，重视中世纪民间文学。同时，浪漫主义也是一种创作方法，它侧重于从主观内心世界出发，抒发对理想世界的热烈追求,常用热情奔放的语言、瑰丽的想象和夸张的手法来塑造形象。

追溯西方文学发展历史,浪漫主义文学的创作倾向由来已久,早在人类的文学艺术处于口头时期,一些作品就不同程度地带有浪漫主义色彩。但那时的浪漫主义既未形成思潮,也不是自觉为人们所掌握的创作方法。古希腊罗马人对自由和个人情感的狂热追求是浪漫主义精神实质的滥觞。后世欧洲文学从古希腊神话中看到了不描写人而表现神的神化倾向,为很多作品蒙上了神秘浪漫的面纱。中世纪骑士文学的浪漫弥散在普罗旺斯的“破晓歌”中。普罗旺斯抒情诗是中世纪抒情诗中最显著、影响最大的诗歌类型,它被誉为是现代欧洲诗歌之肇始,其传达出来的骑士对贵妇人直白而大胆的爱,交织着浪漫与梦幻,标志着欧洲文化从神圣之爱到世俗之爱的嬗变。文艺复兴时期,人文主义文学浪漫因子的跳动,则在薄伽丘的《十日谈》对爱情的真切情感体验里、拉伯雷的《巨人传》对“人”的理想描摹里、塞万提斯的《堂吉诃德》守护理想的丰富精神世界里,更在莎士比亚戏剧中追寻人文主义理想的旅途上。18 世纪感伤主义小说通过开掘人物内心世界、描绘人的情感生活的方式,进一步增强了小说的艺术表现力。感伤主义小说是浪漫主义文学运动的先驱。浪漫主义文学的主观性、抒情性以及对大自然的崇拜都与感伤主义小说有直接的渊源关系。同时,感伤主义文学也反映了当时社会对个体情感和内心体验的重视,为后来的文学和艺术创作提供了重要的启示和影响。

这种以重视个体主观世界,强调情感自然流露的精神特质,在英国工业革命、法国大革命的刺激下,人的精神个性进一步觉醒。受到傅立叶等人空想社会主义的影响,加之德国哲学家康德等人对“自我”的关注,在这一大背景下,以 18 世纪末德国狂飙突进运动为肇始,欧洲各国先后涌现了一大批作家、诗人,他们打破了传统古典主义的束缚,着重抒发个体感受和体验,歌颂大自然,喜欢异国情调,在诗歌、小说、戏剧各个领域均创造了辉煌的成就。

浪漫主义是对统治欧洲文坛 200 年之久的古典主义的反拨。它以其澎湃的激情、鲜明的个性、丰富的想象、自由的表现形式,对古典主义进行了突围和冲击。这场激情澎湃的浪漫主义运动首先在德国兴起。以施莱格尔兄弟、诺瓦利斯为代表的“耶拿派”缅怀过去、歌颂中世纪。海涅是德国19世纪最富批判性的浪漫主义诗人，其文学论文《论浪漫派》主张文学与现实要密切结合。他的政治抒情长诗《德国——一个冬天的童话》即是对这一文学主张的反映。

英国早期浪漫主义文学具有逃避现实、归隐自然的思想特点。最早出现的浪漫主义作家是以华兹华斯、柯勒律治和骚塞为代表的“湖畔派”诗人。隐遁在英国昆布兰湖区的他们，吟唱优美的自然，远离尘嚣的城市。继“湖畔派”诗人之后兴起的是“恶魔派”诗人拜伦、雪莱和济慈。拜伦、雪莱两位诗人思想激进，积极投身社会革命运动，他们的出现犹如暗夜中闪耀的星光，照亮了欧洲大地。此外，诗人济慈关于“美即是真，真即是美”的艺术主张，被后世唯美主义奉为艺术创作的法则。除了诗歌以外，英国浪漫主义文学还包括了历史小说的创作。历史小说的开创者司各特也是欧洲历史小说的创始人。

法国浪漫主义文学形成于19世纪初。斯泰尔夫人和夏多布里昂是法国浪漫主义文学的先驱。斯泰尔夫人通过《论文学》《论德国》等文艺论著抨击了束缚创作个性的古典主义法则，为法国浪漫主义的发展奠定了理论基础。夏多布里昂的小说《勒内》塑造了欧洲文学史上第一个“世纪病”患者的形象，主人公的孤独、忧郁代表了大革命后贵族青年因前途渺茫而产生的一种普遍精神状态。继斯泰尔夫人和夏多布里昂之后，桑、缪塞、大仲马、雨果等作家成为法国浪漫主义文学运动的重要代表。桑深受空想社会主义的影响，其社会小说《安吉堡的磨工》传达了她对平等社会的美好期望和对理想的人与人之间关系的向往。缪塞的小说《一个世纪儿的忏悔》塑造了一个“世纪病”患者的形象，与夏多布里昂笔下的人物形象形成了“世纪病”的人物谱系，抒发了法国大革命后一代青年的孤独与苦闷之情。通俗小说作家大仲马以历史为题材创作了大量作品。这些作品大多集历史演义的形式和浪漫主义的手法于一体，其中的小说则以情节曲折、对话生动、形象鲜明引人注目。

法国浪漫主义文学巨匠雨果是著名诗人、戏剧家和小说家，也是人道主义作家的代表、卓越的资产阶级民主作家。1827年，雨果在《〈克伦威尔〉序言》中反对古典主义“三一律”创作原则，提出了“美丑对比”原则。《〈克伦威尔〉序言》被视为欧洲浪漫主义运动的重要宣言，也是声讨古典主义的檄文。《巴黎圣母院》是最能展现雨果运用“美丑对比”原则的佳作。雨果以悲天悯人的胸怀，始终关注着人类命运，他的“人道主义三部曲”《巴黎圣母院》《悲惨世界》《海上劳工》，分别从宗教、社会、自然三个角度，演绎了沉重压在人类头上的三重命运，即有史以来人类所承受的教理（迷信）的命数、法律（偏见）的命数、自然（事物）的命数。可以说，对人类沉重苦难的思考始终是雨果文学作品的主题。

俄国浪漫主义文学运动伴随着“十二月党人”起义而发展。19世纪俄国实行的是野蛮的农奴制和沙皇专制制度，是欧洲保守、落后的国家之一。1812年反拿破仑的卫国战争促进了俄国民族意识的觉醒。一批深受西欧民主思潮影响的进步贵族青年军官组织了一些秘密团体，要求推翻沙皇统治，于1825年俄历12月发动起义。“十二月党人”起义拉开了俄国解放运动的序幕，促进了俄国浪漫主义文学的诞生。

俄国浪漫主义文学的奠基人是茹科夫斯基。他是俄国第一个抒情诗人，也是浪漫主义文学的引介人。他不仅将英国拜伦的诗作引入俄国，而且在其自身诗歌创作中，注重表现人物丰富的内心世界，对俄国诗歌的艺术表现手法作出了较大贡献。

随着“十二月党人”革命活动的开展，俄国浪漫主义文学迅速发展。其代表人物是“十二月党人”诗人雷列耶夫和普希金。雷列耶夫《致宠臣》把批判矛头直指沙皇手下大权独揽的“宠臣”，揭露其罪恶的同时，号召人们起来反抗。普希金既是俄国浪漫主义文学的伟大代表，又是俄国批判现实主义文学的奠基人。普希金的诗作讴歌自由，反抗暴政，反映了人民要求解放的思想。莱蒙托夫是普希金的追随者，是一位优秀的浪漫主义诗人。莱蒙托夫的诗歌同样表达了对暴政的强烈抗议和对自由的热烈渴望。长诗《童僧》和《恶魔》是莱蒙托夫浪漫主义创作的高峰。

总之，浪漫主义文学张扬个性，肯定自我，塑造了充满欲望的“自我”，表达了现代人要求摆脱传统文明束缚的强烈个性愿望，使欧洲文学中“人”的形象拥有了更丰富的内涵和主体意识。

二、批判现实主义文学

欧洲批判现实主义文学是继浪漫主义文学之后在19世纪三四十

年代形成于欧洲的一种新的资产阶级文学思潮，是欧洲资本主义胜利和巩固时期的产物。资本主义制度的确立、巩固和发展，使资本主义社会的各种弊病和罪恶日益暴露，阶级矛盾日益激化。浪漫主义文学对社会的抽象抗议和空洞理想已远不能满足时代的要求，代之而来的是要求作家用客观、冷静的眼光观察现实，如实描写现实生活，暴露社会的黑暗，揭示造成各种罪恶的根源。于是，深刻解析和努力揭示社会矛盾的批判现实主义文学应运而生。

与浪漫主义文学相似，追溯西方文学的发展历史，批判现实主义文学的创作倾向由来已久。古希腊罗马文学塑造的英雄形象在能力和力量方面体现了卓越的特征，歌颂了人的力量与智慧。例如，古希腊悲剧展现了人与命运的冲突，塑造了敢于反叛的人物形象，呼应着古希腊时期积极的现实主义精神。中世纪文学的现实主义因素主要体现在世俗文学尤其是市民文学上。市民文学是在民间文学的基础上发展起来的，与教会文学和骑士文学不同，它取材于日常的现实生活，集中反映了中世纪城市和新兴市民阶层思想愿望，内容主要是对僧侣和封建主的暴虐、愚昧和虚伪进行讽刺和揭露，赞颂市民的才智，极富现实性，语言生动，深受读者欢迎。文艺复兴时期现实因子的跳动则体现为人文主义作家描写现实生活，肯定人的权利，以个性解放反禁欲主义，以理性反蒙昧主义。人文主义作家利用艺术创作，颂扬人的理性和力量，个体价值与尊严。例如，薄伽丘的《十日谈》赞扬爱情与情欲合理性，表达个性解放、人人平等的人文主义思想；拉伯雷的《巨人传》通过三代巨人形象肯定人、人性和人的创造力。人文主义作家采取的创作方法大多为写实主义手法，把文学作为社会的镜子和时代缩影来加以认同。例如，莎士比亚的历史剧大胆批判了封建制度的残酷黑暗及对人性的禁锢，强烈地反映了新兴的资产阶级希望建立新型的社会关系和对伦理思想的追求，为人文主义在英国乃至欧洲的传播起了重要的推动作用。17 世纪古典主义者延续文艺复兴时期的现实主义手法，政治上拥护中央王权、主张国家统一，思想上崇尚理性。例如，莫里哀的《伪君子》《恨世者》等一系列戏剧作品，揭露了没落腐朽堕落的社会内幕和伪善者的种种丑态。

在 19 世纪欧洲特定的社会政治经济形势影响下，在欧洲资本主义势力推动下，在欧洲自然科学与哲学长足发展的刺激下，19 世纪的欧洲作家力图通过文学创作去研究与分析社会，时代也要求文学真实地反映生活并回答生活和时代提出的一系列问题。欧洲批判现实主义文学的发展大体可分为前后两个时期，19 世纪 30 年代至 60 年代为前期，其中心在法国、英国等；19 世纪 70 年代至 20 世纪初为后期，其中心在俄国、北欧等。

法国是欧洲批判现实主义文学的发源地。许多批判现实主义作家，都曾历经过浪漫主义创作时期。一些浪漫主义作家，后期也写出了具有明显批判现实主义倾向的作品。法国作家司汤达的文学评论集《拉辛与莎士比亚》被认为是批判现实主义文学的宣言书，长篇小说《红与黑》被认为是批判现实主义文学的奠基作。司汤达与巴尔扎克、梅里美等法国批判现实主义的代表作家一起，把批判的锋芒指向封建贵族和大资产阶级。巴尔扎克的巨著《人间喜剧》，用文学的巨椽书写"三史"（封建统治必将让位于资本主义的历史、资产阶级罪恶的发家史、人心被金钱腐化的历史）。资本主义社会的丑恶现实、广阔的社会画面、丰满的艺术典型与深刻的批判力量，构成了 19 世纪三四十年代法国批判现实主义文学的底色。

英国资本主义在工业革命爆发后，经济形态发展比较成熟，英国作家们最先触及劳资矛盾，并将其反映在自己的作品中。尽管这种反映还有着许多局限和不足，但英国批判现实主义文学开拓了这一重要的题材领域，提出了许多重大的现实问题，具有不可忽视的重要意义。英国文坛上出现了马克思所赞誉的一批杰出的小说家：狄更斯、萨克雷、勃朗特姐妹、盖斯凯尔夫人等。萨克雷以尖刻的讽刺见长，其《名利场》揭露资本主义社会金钱的威力和势利者的丑陋，嘲讽了英国贵族、资产阶级社会肮脏的精神世界。女性作家异军突起，一批优秀作品面世，这也是当时英国批判现实主义文坛的独特光耀。例如，《简爱》塑造了一位追求人格独立、精神自由，具有抗争意识的女性；《呼啸山庄》情节离奇，富有戏剧性，对人物的压抑情感和"恶"的心理描写细致入微；《玛丽·巴顿》是欧洲文学史上最早触及劳资矛盾的小说。

同作为英国批判现实主义的代表作家，狄更斯与哈代因身处英国资本主义发展的不同时期，故二者的文学创作也有显著的差别。狄更斯处于维多利亚时代，正是英国资本主义发展最迅速的时期，针对随之而起的社会问题，他用小说来批判现实，以寻求政治改革。在那个繁荣昌盛的时代，狄更斯的小说充满幽默和喜剧的光辉。哈代处于英国资本主义垄断阶段且社会不断爆发经济危机，英国失去了工业霸主的地位，社会动荡不安。于是，哈代将目光转向乡村，以悲观的心态来看待世人的宿命。《匹克威克外传》是狄更斯的第一部长篇幽默讽刺小说。《雾都孤儿》《大卫·科波菲尔》《双城记》等都是狄更斯代表性的作品。狄更斯站在人道主义立场上，着眼于社会现实，揭露了维多利亚时代的繁荣盛世其实是冷酷的扼杀人性的资本主义社会的幻象。在创作手法上，狄更斯充分挖掘生活本身具有的喜剧性，营造了紧张生动又富有戏剧性的故事情节。令人瞩目的是，狄更斯以高度的艺术概括、生动的细节描写、细致入微的分析和妙趣横生的幽默语言塑造了众多的中、下层社会的“小人物”，这在当时的文学作品中是空前的。反观哈代的“威塞克斯小说”系列，《德伯家的苔丝》和《无名的裘德》等都充满着悲观情绪和宿命论色彩。哈代虽然挑战了维多利亚时代的旧习俗和制度，但却时常在小说中流露出唯心主义和悲观意识。在他看来，人不过是自然进化过程中的一种产物，女性的不幸是无意识的意志力操纵的结果，女性悲剧命运的抗争是徒劳的，这在一定程度上削弱了他对社会的批判力度。

俄国批判现实主义文学，是在反对农奴制的斗争中，在西欧资产阶级革命思想的影响下产生的。废除农奴制，进而推翻封建的专制统治，是俄国批判现实主义文学的突出主题。俄国批判现实主义文坛上文学名著林立，批判名家星光闪耀。普希金是俄国批判现实主义文学的奠基人，其小说《叶甫盖尼·奥涅金》的同名主人公奥涅金是俄国文学史上第一个“多余人”的形象，与莱蒙托夫的《当代英雄》中的毕巧林、屠格涅夫的《罗亭》中的拉夫列茨基、冈察洛夫的《奥勃洛莫夫》中的同名主人公奥勃洛莫夫共同构成了俄国文学史上“多余人”的形象系列。承继普希金的批判精神，果戈理以其讽刺性极强的作品奠定了自己在俄国文坛上的地位，但也遭到了“反动文人”的抨击。“反动文人”称果戈理的作品只写黑暗不写光明，轻蔑地贬称果戈理为“自然派”。果戈理欣然接过这一称号，以决绝的文学姿态，直斥沙皇制度的黑暗与残酷。果戈理的小说《死魂灵》是一部俄国农奴制崩溃时期农奴主阶级衰亡的历史，通过封建贵族农奴主形象的描写，揭示了俄国农奴制崩溃的历史必然性。

俄国批判现实主义文学的巅峰是由文坛的两座"高峰"共同铸就的，一位是托尔斯泰，他代表了俄国文学的广度；一位是陀思妥耶夫斯基，他代表了俄国文学的深度。托尔斯泰是俄国文坛上璀璨的明珠，批判贵族生活和同情农民生活是其创作的立场。托尔斯泰的小说《战争与和平》生动地描绘了四大家族在政治斗争中所面临的危机和挑战，交织着战争与和平的复杂情感；《安娜·卡列宁娜》通过一个贵族妇女追求爱情和幸福的悲剧故事，探讨了道德、宗教、婚姻等重要议题，展现了托尔斯泰对社会道德观念的独特见解；《复活》通过上流社会贵族子弟聂赫留朵夫在政治斗争和婚姻挫折后的心灵复活和成长，展示了托尔斯泰在晚年对于社会发展和进步的思考。反观陀思妥耶夫斯基的文学创作，审视人类的苦难、拷问人的灵魂是陀思妥耶夫斯基创造的不竭动力和灵感来源，也是其作品的主题。在陀思妥耶夫斯基的创作中常常是接踵而至的灾难性事件，伴随着复杂激烈的心理斗争和痛苦的精神危机，给人以心灵的震撼。《罪与罚》《卡拉马佐夫兄弟》等作品不仅展现了陀思妥耶夫斯基对于人性和社会的深刻洞察，也是作家人生哲学的总结。陀思妥耶夫斯基的文字所传递出来的思想力量，引发世人的情感共鸣。

18 世纪末 19 世纪初东欧许多国家仍处于外族的统治之下。因此，反对外族奴役和封建专制，争取自由和独立，成为这一时期东欧各国文学的共同主题。密茨凯维奇是为波兰人民争取自由解放的热情歌手和战士。他的代表作诗剧《先人祭》(第三部)和叙事诗《塔杜施先生》都是佳作。批判现实主义作家注重分析社会现实，用典型性的人物形象、跌宕起伏的情节展示广阔的社会生活；秉持人道主义，揭露和批判资本主义制度的黑暗，提出了许多亟待解决的社会重大问题，这引起了人们对当时社会秩序的深刻怀疑和不满，具有巨大的社会意义。

学习欧洲文学，了解和掌握欧洲文学发展的文学脉络，才能更好地、准确地理解欧洲作家及其文学作品。

第二章 拜伦与《唐璜》

学习本章，我们可以了解英国浪漫主义文学的发展，深悟英国作家拜伦的文艺观，理解他的代表性作品《唐璜》的思想内容与所表达的审美价值。通过介绍《唐璜》相关的英国浪漫主义文学知识，分析拜伦在《唐璜》中运用的艺术手法，为更全面深刻理解《唐璜》提供文学史方面的理论支撑。

第一节 英国浪漫主义文学

19世纪欧洲浪漫主义文学产生于18世纪末，繁荣于19世纪上半叶。在18世纪末以前，欧洲浪漫主义文学往往以创作手法、风格元素的方式出现在作品中，还没有形成一个文学潮流。欧洲浪漫主义文学运动最早发端于英国和德国。彭斯和布莱克是英国浪漫主义文学运动的先驱，其创作拉开了浪漫主义诗歌创作的帷幕。1798年，英国“湖畔派”诗人华兹华斯和柯勒律治合著的《抒情歌谣集》面世，标志着英国浪漫主义文学的兴起。

一、英国浪漫主义文学特征

欧洲浪漫主义文学的理论策源地在德国。施莱格尔兄弟是德国早期浪漫主义文学的重要理论家，1798年他们创办了杂志《雅典娜神殿》，探讨文艺，发表创作。在法国，1802年，夏多布里昂的作品《基督教真谛》面世，该作品提供了散文和小说方面浪漫主义创作的典范。1813年，斯泰尔夫人的作品《论德国》面世，该作品介绍和论述了浪漫主义文学。这段时间形成欧洲浪漫主义文学发展的第一个浪潮。第二个浪潮从拜伦开始，其作品在1815年至1825年风靡欧洲，雪莱和济慈紧随其后。在法国则有拉马丁和维尼作响应。意大利的白尔谢、曼佐尼和佩利柯，德国的霍夫曼等是这一时期的重要浪漫派作家。第三个浪潮发生在法国，约从 1827 年至 1848 年，以雨果为首的一大批作家纷纷涌现。在俄国和东欧，19 世纪上半叶浪漫主义文学思潮蓬勃兴起。这股思潮在 19 世纪初传到美国，推动了美国文学的发展。1848 年以后，浪漫主义文学运动走向低潮，但并没有销声匿迹。雨果的一些最重要的作品就是在 19 世纪 50 年代以后面世的。

19 世纪欧洲浪漫主义文学在思想创作上有以下五个方面的特征。第一，强调文学创作的自由，反对古典主义文学创作的“清规戒律”，主张文学创作不应拘泥于社会现实。浪漫主义文学在发展成长的过程中，与古典主义文学进行了激烈的斗争。古典主义文人主张文学创作的主人公应该是贵族和上层人物，展现宫廷的典雅和崇高的风格，戏剧创作要遵循“三一律”原则，即戏剧的故事时间要在一天之内，要在同一地点发生，要围绕单一情节展开。浪漫主义文人高举创作自由的大旗，倡导主观情感的抒发，拓展了文学的新天地。追求天性自由、个性解放的浪漫主义文人斗士，不仅反对古典主义的“清规戒律”，也反对国家对个体的精神束缚。第二，秉持人道主义立场，大胆揭露黑暗的现实和不合理现象。浪漫主义文人大多同情底层人民的苦难生活，对未来充满美好幻想，描绘理想的社会图景。第三，重新挖掘中世纪和文艺复兴时期的文化，将这一时期的文化作为文学作品创作的背景。法国作家司各特、雨果、大仲马等浪漫主义小说家，大都以历史题材为描写对象。浪漫主义小说家往往截取历史的小插曲，不拘泥历史真实，任凭作者自由想象，大仲马的小说大都如此。第四，标举卢梭“回归自然”的主张，厌恶资本主义的城市文明，浪漫主义文人把自然视为某种精神境界的象征和情感的寄托，寄忧思于自然山水，用自然的美来对照社会的丑。自然之美、异国风光、少数民族风俗、哥特式建筑、远古废墟……都是浪漫主义文学作品中带有别样美的风景。第五，在艺术上，浪漫主义文人擅长运用夸张对比的手法，以哥特式怪诞的风格，反对古典主义的规范、均衡和典雅。

二、英国浪漫主义文学成就

英国是最早出现浪漫主义文学的国家之一。英国浪漫主义文学的发生有其本土的基础，18 世纪末的感伤主义、哥特体小说已经展现了重视情感、回归中世纪浪漫主义的倾向。作为 18 世纪末 19 世纪初欧洲的工业强国，英国的资本主义发展也促使英国作家的创作更注重对社会问题的探讨，其民主自由意识也更强。他们不满于资本主义的发展，具有愤世嫉俗和向往大自然的倾向。英国诗人布莱克和苏格兰农民诗人彭斯是浪漫主义文学的前驱。布莱克的《天真之歌》和《经验之歌》充满了对生活的热爱和对革命的热情，前者以“羔羊”为典型，营造以“羔羊”为中心意象的“天真”世界，温柔仁爱，让人向往；后者以“老虎”为典型，构建以“老虎”为中心的“经验”世界，表达对痛苦、邪恶的工业社会的不满。他在作品中擅长运用奇特清新的意象，渲染神秘恐怖的氛围，具有象征意义和神秘色彩，因而受到 20 世纪评论家的关注，并将其与尼采、弗洛伊德等人比肩。从小就在田间耕作的彭斯，从苏格兰民歌中吸取养料，利用劳动之余创作的《苏格兰方言诗集》以浓郁的乡土气息和强烈的民主精神获得了高度赞誉。其作品风格清新质朴，语言通俗朴实，达到了 18 世纪英国诗歌的高峰。

真正开创浪漫主义文学潮流，引领英国浪漫主义文学运动的是“湖畔派”三诗人：华兹华斯、柯勒律治和骚塞。“湖畔派”诗人华兹华斯青年时代曾参加过法国大革命，积极为法国大革命摇旗呐喊。华兹华斯从亲历法国大革命到因惧怕革命的“红色恐怖”而产生对革命的抵触情绪，再到在英国昆布兰湖区隐居，寄情山水潜心诗歌创作，缅怀中世纪的生活和宗法制的淳朴道德。之后，华兹华斯和有其相似思想经历的柯勒律治共同创作了《抒情歌谣集》，这部作品被誉为是英国浪漫主义文学的奠基作。1800 年，《抒情歌谣集》再版时，华兹华斯写了万言序言，明确提出了浪漫主义文学艺术的意见和想法。华兹华斯主张扩展诗歌的创作范围，从日常生活中取材，赋予美好的想象；重视诗歌的情感抒发，认为诗歌是诗人感情的自然流露。在艺术形式上，华兹华斯主张用自然质朴的语言，反对古典主义拗口矫揉的语言。《〈抒情歌谣集〉序言》被称为英国浪漫主义文学的宣言书。柯勒律治的诗歌《古舟子咏》《忽必烈汗》这两首诗描绘了古代东方的景色，充满幻觉、奇谲的意象，赋予大自然以强烈的艺术魅力。骚塞的短诗《书斋咏怀》则在故纸堆中寻找知音，发思古之幽情，与世俗格格不入。“湖畔派”这三位诗人对大自然的歌咏，对宗法制质朴道德的缅怀成为英国浪漫主义文学的重要特色之一。

英国的浪漫主义文学运动是由两位年轻的诗人拜伦和雪莱掀起的，他们将英国的浪漫主义文学运动推向高峰。这两位诗人在作品中大胆批判现实，极具反叛精神，被保守的英国上层社会看作“恶魔”，得到了“撒旦派”的恶名。拜伦是英国19世纪初期伟大的浪漫主义诗人，代表作品有《恰尔德·哈洛尔德游记》《唐璜》等，其诗歌塑造了一批极具诗人自身个性的“拜伦式英雄”。拜伦不仅是一位伟大的诗人，还是一个为理想战斗一生的勇士，他积极而勇敢地投身革命，参加了希腊民族解放运动，并成为领导人之一。雪莱出身贵族之家，在牛津大学求学期间，因发表《无神论的必然性》而被校方开除。雪莱的第一首长诗《麦布女王》表达了自己的政治、哲学观点；长诗《伊斯兰的起义》是一部混合着神话、幻想和现实感的作品；诗剧《解放了的普罗米修斯》通过赞赏普罗米修斯的抗争精神，以此鼓励被压迫人民奋起反抗暴君的统治，大胆预言革命一定会到来，全诗气势磅礴，充满崇高美，富有感染力。雪莱不仅创作了极具战斗精神的诗歌还以抒情诗著称，其诗歌创新地继承了“湖畔派”诗人华兹华斯开创的歌颂大自然的传统。雪莱的《西风颂》《云》《致云雀》等诗作，感情真挚，音韵铿锵。“如果冬天来了，春天还会远吗？”[①]的名句，乐观地预言了人类美好的世界一定会来临。恩格斯称赞雪莱为“天才的预言家”。

与拜伦、雪莱这两位浪漫主义诗人不同，英国诗人济慈没有投身革命运动，而是潜心献身于纯粹的诗歌艺术。他的创作生涯只有短短五年，其抒情诗《夜莺颂》以夜莺的歌声象征幻想世界中永恒的欢乐，与现实世界中人生苦短相对照；诗歌《希腊古瓮颂》则以古希腊田园的美景否定丑恶现实。济慈的诗注重绘画美和雕塑感，彰显出唯美主义的倾向。

除了诗歌的创作，英国浪漫主义文学还包括历史小说的创作，其开创者是司各特。这位苏格兰诗人最初也是以诗歌创作在文坛上崭露头角，后来转向了小说创作。司各特注重英国民间传说和中世纪历

① 雪莱.雪莱诗选[M].江枫，译.北京：外语教学与研究出版社，2012：175.

史研究，在其历史小说创作中，不仅有丰富的历史知识，还有诗性的想象力。小说《艾凡赫》以12世纪的英国为背景，揭露诺曼贵族对撒克逊人民的压迫和欺凌，塑造了绿林英雄罗宾汉的形象。司各特写过20多部历史小说，这些小说历史跨度较大，具有广阔的历史背景、鲜明的时代精神和浓郁的地方色彩。司各特被誉为是欧洲历史小说的创始人，对欧洲小说的发展有深远影响，巴尔扎克对他赞赏有加，坦承曾受其影响。

第二节　自由的斗士——拜伦

一、拜伦的生平

拜伦（1788—1824年）生于贵族家庭，父系是英格兰古老的贵族世家，母系是苏格兰豪门。拜伦的童年是随其母在苏格兰度过的。拜伦天禀聪颖，生来跛足，受父亲和母亲的影响，从小就形成了敏感自尊、孤独反叛的性格。10岁的拜伦承袭了家族勋爵爵位和大宗产业，后来移居伦敦。1801—1808年，拜伦先后就读于哈罗中学和剑桥大学，他本人酷爱历史、哲学，喜欢文学创作。

1807年，拜伦的处女作《懒散的时刻》面世，这是一部爱情诗集，虽显稚嫩，但也预示了他未来的发展。针对《懒散的时刻》，杂志《爱丁堡评论》刊登了一篇书评，偏激地否定了这部诗集的文学价值和拜伦的才华。青年拜伦立马创作极富战斗性的长诗《英格兰诗人和苏格兰评论家》，对所遭受的恶评给予了勇敢反击。这篇驳论诗的出现是英国文学思想史上的重大事件，掀起了文学批评界的思辨浪潮。

1809—1811年，拜伦游历了葡萄牙、西班牙、马耳他、希腊、土耳其等一些南欧和西亚国家，文学视野逐步开阔，写出了《恰尔德·哈洛尔德游记》这部抒情叙事诗的前两章（三、四章是后来写的，完成于1817年）。《恰尔德·哈洛尔德游记》除了抒写异域风光、风土人情之外，还反映了希腊等地中海国家被奴役民族要求自由解放的愿望，首次塑造了一个孤独、忧郁、悲观的“拜伦式英雄”——哈洛尔德。这是一位厌倦了上层贵族社会纸醉金迷生活的青年漂泊者，他不愿与社会的丑恶为伍，希冀从较少受现代文明侵蚀的民族中找寻纯真质朴的情感。随着哈洛尔德足迹的延伸，他愈发感受到欧洲黑暗的社会现实的压迫，人性的虚伪丑陋、世态炎凉，这使他痛感知音难觅，孤独感更加强烈。哈洛尔德这个人物形象具有深刻的社会历史内涵，具备了拿破仑战争时期及“神圣同盟”初期西方资产阶级知识分子的典型特征。他们对周遭的现实感到强烈不满，但找不到出路，既不愿与上流社会同流合污，又不能和人民群众一起斗争，于是陷入自我悲观绝望之中。值得注意的是，与这位“拜伦式英雄”——哈洛尔德相反，诗中还有一位贯穿始终的抒情主人公形象——“我”。“我”积极入世，热情洋溢，是位目光犀利的生活观察家、思想深邃的社会批评家，也是热爱生活、追求自由、善于斗争的民主斗士。这两位完全不同的形象带有拜伦明显的自传成分，既表现了拜伦矛盾的世界观，又体现了其真挚的思想感情。

当时正值英国劳工自发捣毁机器的“勒德运动”高涨时期，政府拟制定旨在镇压的死刑法案。拜伦挺身而出，发表演说反对暴政；在该法案通过后，拜伦写下讽刺诗《法案制定者颂》，表达了其民主立场。拜伦以政治家的远见卓识，赋予了其诗作无产者的意识，其人道主义情怀也使其自由思想具备了更明确和丰富的内容。

1813—1816 年，拜伦创作出一组通常称之为“东方故事诗”的传奇作品，包括《异教徒》《阿比道斯的新娘》《海盗》《莱拉》《柯林斯之围》《巴里西纳》等六部。这六部作品题材新颖，充满浪漫主义情调，主人公往往是流放者、流浪汉、叛逆者或愤世嫉俗的人，例如《异教徒》中的威尼斯人、《海盗》中的康拉德、《阿比道斯的新娘》中的塞里姆、《莱拉》中的莱拉和《柯林斯之围》中的阿尔普。这些单枪匹马的复仇者，有崇高的道德观和侠义心肠，有叱咤风云的勇气，他们爱好自由，矢忠爱情，最后却成为社会的牺牲品。这些形象发展了哈洛尔德所体现的拜伦主义——失望忧郁的情绪和纯粹个人式反抗，而成为典型的“拜伦式英雄”之一。“拜伦式英雄”高傲而倔强、忧郁而孤独、神秘而痛苦，与社会格格不入，这些叛逆者的英雄性格烫烙着拜伦思想的印记。在诗剧《曼弗雷德》《该隐》等作品中，“拜伦式英雄”的性格也令人印象深刻。

拜伦的政治态度和反叛精神触怒了英国上流社会的贵族，他们便借其婚变之机大肆渲染，掀起了一场毁谤拜伦的运动，迫使其不得不于1816年春愤然离开祖国。在拜伦孤独痛苦的日子里，他的异母姐姐奥古斯塔是唯一理解并抚慰他的忠实朋友，诗作《给奥古斯塔的诗章》《书致奥古斯塔》等表达了对她的感谢。同时，拜伦还写了像《普罗米修斯》那样气派恢宏的诗篇，展现了他大胆反抗的决心。

离开英国后，拜伦首先侨居瑞士，在此结识了差不多因同样缘故而被迫流亡的诗人雪莱，二人因创作观念相似而成为知音。异国流亡生涯加剧了拜伦的孤独与空虚，导致思想濒临危机。忧郁、悲观乃至绝望的情绪成为拜伦这一时期作品的主导风格。自传体长诗《梦》，苍凉之感令人压抑；《黑暗》描写太阳熄灭，人类走向死亡的景象，让人感慨。值得注意的是，除了拜伦自身遭遇的不公正外，欧洲革命处于低潮的这一时代氛围也对拜伦产生了影响。然而，拜伦并未就此放弃他为自由引吭高歌的斗志和勇气，长诗《锡隆的囚徒》和《曼弗雷德》便是真实的写照。前者是悲壮的叙事长诗，讴歌了为自由而殒身的英雄主义精神；后者被称为哲理剧，悲观与反叛意识的表现达到了顶点。《曼弗雷德》中的抒情主人公对整个世界和人生都充满了绝望和虚无的情绪，甚至对知识在内的一切人生追求都觉得毫无意义，只想通过遗忘去逃避。从某种程度上来说，对现实的强烈不满导致了拜伦对社会现实的彻底怀疑与否定！可以说，《曼弗雷德》这部长诗是拜伦主义及其诗歌立意哲学的展现。

拜伦在意大利流亡的时间为1816年秋季至1823年。在此期间，拜伦决绝抗争一切暴力与压迫，积极参加了烧炭党人反对奥地利统治的秘密活动。在意大利度过的近7个春秋，是拜伦诗才展现最为灿烂的时期，各种体裁丰富、充满睿智和战斗精神的作品相继问世。例如，完成《恰尔德·哈洛尔德游记》的最后两章，使这部杰作具备了更加成熟的思想和更完整的形式；长诗《塔索的哀歌》《威尼斯颂》《但丁的预言》，旨在激励处在异族压迫下的意大利人民进行解放斗争；还有故事诗《别波》《岛》等。《别波》赞扬了日常生活的愉快和人生应有的享乐，对虚伪道德加以调侃，被认为是叙事诗《唐璜》的雏形；更有历史悲剧《马里诺·法利哀诺》等，作品贯穿成熟的民主政治思想及反抗暴政的主题。神秘剧有《该隐》和《天与地》。其中，《该隐》取材《圣经》，却对

《圣经》中的人物做了相反的处理，把本是人神共诛的谋杀者塑造成了反抗上帝权威的勇士，一个敢于抗争的"拜伦式英雄"；而讽刺诗《审判的幻景》《爱尔兰的化身》和《青铜世纪》则对英国的君主、君主制和御用文人以及神圣同盟各国的统治者进行尖刻辛辣的戏谑嘲讽。代表拜伦创作高峰的长篇巨作《唐璜》，为其非凡的诗人生涯挥洒了最辉煌的一笔。所有这些，均显示出拜伦学识的博大精深、政治热情的奔放和哲学思想的深刻。

1821年，烧炭党人起义失败，拜伦沉痛不已。这位自由的使者决定前往战火纷飞的希腊，那里爱国志士们正进行着反对土耳其统治的民族解放斗争。1823年秋，拜伦率领自己招募的一支军队，乘自己出资武装的一艘战舰远航巴尔干，受到希腊人的热烈欢迎，并被推任为某远征方面军统帅。拜伦立刻投身军务，表现出作为政治家和军事家的卓越才能与坚忍顽强。遗憾的是，拜伦骑马出巡遇雨受寒，导致重疾，于1824年4月19日溘然长逝。

二、拜伦的文学创作特点

拜伦短暂的一生，为世人创作了众多光辉的诗作，其中最负盛名的有皇皇巨著长篇抒情叙事诗《恰尔德·哈洛尔德游记》和《唐璜》等。在这些被世人誉为"抒情史诗"的辉煌作品中，作为浪漫主义一代宗师，诗人拜伦以积极浪漫主义的创作手法，将自己亲身游历欧洲诸国的切身体会融入文学创作中，用开阔的文学视野和深邃的笔触，展示了辽阔雄壮的时代画卷，抒发了豪情万丈的诗人情怀，表达了傲然不屈的斗争誓言。拜伦的诗歌体裁各异，风格多样，有抒情诗、驳论诗、讽刺诗、故事诗、诗剧、长篇叙事诗等，虽然主题不同，但拜伦的诗作无不富有才情，彰显出强有力的个性和遗世独立的风采，令人印象深刻。

拜伦诗歌艺术的一个显著特征是强烈的主观抒情性和鲜明的政治倾向性。一方面，在拜伦的笔下，他的诗歌时时洋溢着奔放的热情，基调有时激越昂扬，有时讽刺辛辣，但不论是带有悲观情绪还是满怀战斗豪情，其诗歌字里行间都清晰可见拜伦火热的内心和炽烈的性格。拜伦诗歌的主观抒情性在同时代的英国浪漫主义诗人中最具冲击力。另一方面，由于拜伦是个积极入世的政治家诗人，所以，其满腔激情往往升华为对自由与正义的呼唤。他的大部分诗作都具有鲜明的政治色彩或倾向性。总之，在拜伦的诗作里，负有沉重历史感的时代豪情常常占据主导地位。在拜伦笔下，高山和大海无不雄奇、豪壮、粗犷，是自由的象征，是力与美的凝聚，是英雄性格与激情的体现。

拜伦诗歌艺术的另一个显著特征是辛辣的讽刺性。从气质上来说，拜伦是位讽刺诗人，他发展了英国文学独特的讽刺传统，并将之推向前所未有的广度和深度。总体来说，拜伦诗歌作品以对封建势力的反叛为基调，充斥着无政府主义和个人英雄主义色彩，以辛辣的社会讽刺揭露强权统治的黑暗，但同时对于欧洲民族解放运动加以激情歌颂，处处流露出对自由的渴望与热爱。拜伦面对统治阶级的不公和对工人阶级的奴役、压迫时，在许多诗作中表达过强烈的反抗与辛辣的讽刺。拜伦不仅讽刺社会的黑暗，更将热情倾注于战斗的呐喊之中。不仅如此，拜伦还在诗歌中，大量运用夹叙夹议的艺术手法，结合对景物的描写，触景生情，直抒胸臆，随处畅叙他对哲学、社会、政治、历史、宗教和艺术的精辟见解。他的讽刺机智微妙，变化万千，耐人品味，使其诗作具有特别的战斗力和摧毁力。此外，拜伦并非纯然从主观、从内心体验汲取灵感，而是紧紧盯着人和人类社会，这又使他的讽刺往往一针见血，入木三分，大大增强了作品的现实感和生命力。

第三节 《唐璜》赏析

一、《唐璜》简介

长篇叙事诗《唐璜》是拜伦的代表作，共 16 000 余行，或可称为诗体小说。虽因诗人早逝而未能最后完成，但它仍以深厚的思想容量和无与伦比的独特风格代表了浪漫主义时代欧洲诗歌创作的最高成就。

主人公唐璜本是西班牙民间传说中的色鬼、恶棍，屡见于西方文学。17 世纪西班牙作家代叶斯曾用它作题编写了剧本，先后又在莫里哀的喜剧、莫扎特的歌剧里出现过，直到 20 世纪还被萧伯纳写进他的剧本《人与超人》。拜伦对唐璜这个无恶不作、毫无心肝的好色之徒进行了创新处理。首先是时间的改变。拜伦将故事时间往后拖了大约

400 年,把 14 世纪的传说放在 18 世纪末叶。其次是人物性格的改造。拜伦将这个好色之徒改造成一个心地善良的贵族青年,但也保留了唐璜的爱情经历,因与贵妇朱丽亚相爱被朱丽亚丈夫发现后,只能出国旅行。《唐璜》就是以唐璜整个的游踪及数次爱情历险为线索,加入拜伦本人的大量插话组成的宏伟诗篇。最后是"拜伦式英雄"人物形象的突破。在拜伦笔下一改其"拜伦式英雄"的特质,唐璜是个完全崭新的性格,毫无忧郁、厌世的气息。可以说,《唐璜》标志着拜伦的诗作有了新发展,愈加成熟。拜伦不但改造了这个传统的欧洲旧传说,而且还克服了自身早期作品的某些弱点。

二、《唐璜》的艺术特色

(一)唐璜的人物形象

在拜伦所塑造的一系列典型形象中,唐璜是一个崭新的性格,是对"拜伦式英雄"的突破。没有哈洛尔德的忧郁孤独,也感受不到曼弗雷德的愤世嫉俗,更看不到该隐那种叱咤风云的叛逆反抗。与之前的"拜伦式英雄"不同,每次爱情来临都会使唐璜全身心投入,这对他产生了极大的影响。唐璜遇到的每一个女性,都给他的生活带来巨大改变。他对恋人总是倾心相与,常因各种原因被迫分离。唐璜毫不怯懦,关键时刻还能表现出英雄气概。当遇到海难时,饥饿使人与人之间相残时,他宁死也不参与这种丧失人性的野蛮行为;即便面对王权的淫威,苏丹王妃的咄咄进逼,他也能神态自若;战场上,别人都在退却,但他却勇敢前行;在英吉利的荒道,他只身把强盗打倒……当然,我们也应该看到唐璜缺乏坚定信念,意志薄弱,禁不住诱惑,易于随波逐流,随遇而安的时刻。拜伦认为,其荒唐不过是人类本性的自然流露。可见唐璜是个芸芸众生式的人物。从客观上看,此典型人物为拜伦对人性的理性分析提供了一个生动的标本,因为唐璜性格的二重性再好不过地体现了现实世界里生活的多样性和道德的复杂性。

除唐璜外,拜伦还刻画了一系列人物,例如贵族、海盗、女王、妃嫔、宫女、将军、议员、政客、学者……有历史的过客,也有当代的名流;有的属艺术虚构,有的则实有其人。其中,尤以妇女形象最为突出:朱丽亚的热烈温柔、卡萨林的骄奢淫逸、阿得玲的做作、宫娥罗拉的冷艳、嘉丁加的娇弱、杜杜的柔媚……都描绘得神采飞扬。然而最令人难忘的，则是天真纯朴的希腊少女海甸。拜伦歌颂她的纯真，哀叹她的夭亡，对其悲剧爱情怜悯不已。

拜伦诗歌遗产中最重要的部分是辛辣的社会讽刺，被他称为讽刺史诗。《唐璜》的思想内容主要体现于它的讽刺性，而所针对的就是主人公唐璜活动的18世纪末以及拜伦经历的19世纪初的各国社会的黑暗现实，反映了拜伦与一切反动势力为敌的民主与自由思想。

首先，通过主人公的冒险足迹——海盗称霸的希腊岛屿、土耳其禁闱、俄国宫廷及英国上流社会，揭示出那个时代的特征就是封建专制的暴虐和社会道德的虚伪，到处是流血、战争、兼并，到处是欺诈、出卖、抢劫。残暴的君主专制，猖獗的商业资本，把人作为物出卖的奴隶交易等，气焰嚣张、横行无忌。拜伦剥下那些女皇、君主、政客、将军的画皮，原来不过是恶棍、无赖、刽子手之流，锋利的诗句像无情的长鞭，抽得他们体无完肤。

其次，讽刺英国社会的黑暗。由于拜伦对此最为熟悉因而讽刺也最为有力。帝国屠杀恫吓世界，政府压迫盘剥国民；权贵跋扈，政治家撒谎；无德文人变节，唯心主义横行。而最为痛快淋漓的，则是对贵族上流社会罪恶及拜金主义的冷嘲热讽。拜金主义，既毒化了社会，也腐蚀了灵魂，以至几乎无人不把钱看得高于一切。

拜伦的讽刺还有一个极重要的方面，就是针对不合理的婚姻以及与之相联系的上流社会夫妇之间互相欺骗的现象，由此揭示了在封建的或资产阶级的经济与伦理基础上的婚姻普遍的不幸。

长诗除大量揭露、批判和讽刺之外，还充满对正义事物的爱，对失去自由的人的同情和对被压迫者的战斗号召。拜伦说他有种恒常不变的感情，这就是对自由的热爱。爱自由，一向是拜伦创作的主调，当然《唐璜》也不例外，它无处不跳荡着这位自由的信使不驯的思想；而其同情与怜悯正是从人是否保持了自由这一点出发的，基于此，他才对被关押在像“修道院那样冰冷”的后宫里的嫔娥们哀哀长叹，也正是为了自由，他坚决主张革命，并且随时准备去当战士，不仅靠文字，也靠行动，这表现了他可贵的革命思想和叛逆精神！

拜伦的诗作一向富有哲理，《唐璜》里亦不乏哲学思索但也不免陷入迷惘，产生对生的怀疑、对死的迷惑，堕入不可知的迷途。这就往往导致虚无主义，滑向消极的深渊。在《唐璜》里，拜伦更多的是把人生体验诸如爱的苦恼、家庭风波、内心回旋之类娓娓道来，把人类生活中各样奇异的变化（尤其心理的或精神的）慢慢揭示出来，启发读者洞察人的心灵。拜伦与《唐璜》所描述的时代息息相通。诚然，拜伦把故事发生的时间放在18世纪末叶，但诗中的议论却几乎触及当时英国乃至欧洲所有重大的政治事件，这就把历史和当代的社会生活奇妙地交织起来了。拜伦是时代的歌者，《唐璜》则是时代精神的结晶。

（二）《唐璜》的浪漫主义艺术手法

从艺术手法上说，《唐璜》具有浓郁的浪漫主义色彩。这突出表现于它的传奇性以及那妙笔营造的传奇性氛围——离奇的故事、异域的情调，还有层出不穷的戏剧性场面，诸如人吃人的惨剧、土耳其宫闱内的风波等。再就是那优美而略带感伤的抒情性，似乎无处不在、统贯全篇。拜伦长于抒情，其奥妙在于恰到好处地把握分寸、奔放或者含蓄，根据情境与火候使之“水到渠成”。很多情况下，“淡淡的哀愁”可用以描述拜伦诗歌情感中特殊优美的境界，这从唐璜与朱丽亚相恋的场面甚至仅仅从朱丽亚的诀别信就可体会了。

从表现手法上说，《唐璜》最突出的特点是以兼叙兼议为主，即在第三人称的叙述中插入第一人称的谈话。拜伦似乎无法按捺自己，随时向他的主人公和读者大发议论，这种议论在篇幅上甚至占到一半以上。通过该形式，评点国事，臧否人物，追思遐忆，海阔天空，无所不至，而且娓娓动听，似无穷尽。若从性质上说，插笔大致有两种，一是讽刺性的，二是抒情性的。前者多涉及时事，这给予了长诗以相当浓烈的现实主义成分；后者则多直抒胸臆，例如或回忆儿时的故乡，或倾吐去国的哀思，或吟诵大自然的神奇，或高歌往古的遗迹，更多属于浪漫主义的感慨。这类插笔不仅美妙，而且尤其感人。

拜伦诗作的语言是明白而晓畅的，他总是化繁缛为简约，变抽象为具体；广泛采用口语，形成风趣中见隽永、轻松里显力度的风格。长诗的笔调极富变化，整部长诗，既高亢激越又哀婉深沉，犹如交响乐一般扣人心弦。在格律上，拜伦创造性地借鉴了意大利滑稽史诗所用的“八行三韵体”，嬉笑怒骂，皆成诗章，警句迭出，妙语连珠，忽庄忽谐，机智、幽默、诙谐、打趣，随手拈来。

思考题

1. 请分析“拜伦式英雄”的特征。
2. 请结合作品，分析《唐璜》的浪漫主义文学特征。
3. 请分析拜伦笔下的唐璜这一人物形象。

推荐阅读图书

1. 拜伦. 唐璜[M]. 查良铮，译. 2版. 北京：人民文学出版社，2020.

2. 勃兰兑斯. 十九世纪文学主流[M]. 张道真，等译. 北京：人民文学出版社，2018.

附　录　《唐璜》精彩篇章选读①

八六

例如，在法国，他就写法国的民谣，
在英国，写四开本的六章故事诗；
在西班牙，唱着有关上次战争的歌，
或罗曼斯②，——在葡萄牙大约也如此；
在德国，他多半要拍老歌德的马，
还可以搬用斯泰尔夫人③的文辞；
在意大利，他会仿效"文艺复兴"诗人④，
在希腊，或许有类似如下的歌吟：

（一）

希腊群岛呵，美丽的希腊群岛！
热情的莎弗在这里唱过恋歌，
在这里，战争与和平的艺术并兴，
狄洛斯⑤崛起，阿波罗跃出海波！
永恒的夏天还把海岛镀成金，
可是除了太阳，一切已经消沉。

（二）

开奥的缪斯⑥和蒂奥的缪斯⑦，

① 拜伦.唐璜：上[M].查良铮，译.2版.北京：人民文学出版社，2020：259-274.

② 罗曼斯，以诗与散文并用的方式叙述骑士冒险的故事。

③ 斯泰尔夫人（1766—1817年），法国女作家，著有《论德国》，其中说到"歌德能代表整个德国文学"。

④ "文艺复兴"诗人，意大利的"文艺复兴"始于14世纪，其著名诗人有但丁、彼特拉克等。

⑤ 狄洛斯，爱琴海中的一个小岛，有一群小岛环绕其周围。据希腊神话，它是由海神自海中唤出的，由于漂浮不定，宙斯以铁链钉之于海底。传说太阳神阿波罗（掌管诗歌与音乐）诞生于此。

⑥ 开奥的缪斯指荷马，因据传说，开奥为荷马的诞生地。与之相对的，下一行中的"英雄的竖琴"指荷马史诗，因为其中歌颂了战争和英雄。

⑦ 蒂奥的缪斯指安纳克利融（见第一章四二节注）。蒂奥（在小亚细亚）是他的诞生地。与之相对的，下一行中的"恋人的琵琶"指他的以爱情与美酒为主题的抒情诗。

那英雄的竖琴，恋人的琵琶，
原在你的岸上博得了声誉，
而今在这发源地反倒喑哑，——
呵，那歌声已远远向西流传，
远超过你祖先的海岛乐园。

（三）

起伏的山峦望着马拉松[①]，
马拉松望着茫茫的海波；
我独自在那里冥想了一时，
梦想希腊仍旧自由而快乐；
因为当我在波斯墓上站立，
我不能想象自己是个奴隶。

（四）

一个国王高高坐在山头上，
瞭望着萨拉密[②]挺立于海外，
千万只战船停靠在山脚下，
还有多少队伍——全由他统率！
他在天亮时把他们数了数，
但在日落时他们到了何处？

（五）

呵，他们而今安在？还有你呢，
我的祖国？在无声的土地上
英雄的颂歌如今喑哑了，
那英雄的心也不再激荡！
难道你一向庄严的竖琴
竟至沦落到我的手里弹弄？

① 马拉松，雅典东部平原。纪元前490年，希腊在此击败波斯国王大流士的入侵大军。

② 萨拉密，希腊半岛附近的岛屿。纪元前480年，波斯国王瑟克西斯的强大海军在此处被希腊击败，从此希腊解除了波斯的压迫。

（六）

也好，置身在奴隶民族里[1]，
尽管荣誉都已在沦丧中，
至少，一个爱国志士的忧思，
还使我在作歌时感到脸红；
因为，诗人在这儿有什么能为？
为希腊人含羞，对希腊国落泪。

（七）

我们难道只对好日子哭泣
和惭愧？——我们的祖先却流血。
大地呵！把斯巴达人的遗骨[2]
从你的怀抱里送回来一些！
哪怕给我们三百勇士的三个，
让色茅霹雳的决死战复活！

（八）

怎么，还是无声？一切都沉寂？
不是的！你听那古代的英魂
正像远方的瀑布一样喧哗，
他们回答："只要有一个活人
登高一呼，我们就来，就来！"
噫！倒只是活人不理不睬。

（九）

算了，算了：试试别的调子；
斟满一杯萨摩斯的美酒！
把战争留给土耳其野番吧，
让开奥的葡萄的血汁倾流！
听呵，每一个酒鬼多么踊跃

① "置身在奴隶民族里"，希腊在1453年至1829年期间，沦为土耳其的属地。拜伦为争取希腊的民族独立而最终献身于这一事业。他捐献家产组成一支希腊军队，并亲赴希腊参战，1824年因患热病死于米索隆吉（在希腊西部）军中。

② "斯巴达人的遗骨"，纪元前480年，斯巴达国王利昂尼达率领三百勇士在希腊北部的山口色茅霹雳阻拦强大的波斯入侵军队，奋战三日夜全部牺牲，成为历史上著名的英勇事迹。

响应这一个不荣誉的号召！

（一〇）

你们还保有庇瑞克的舞步，
但庇瑞克的方阵①哪里去了？
这是两课：为什么你们偏把
那高尚而坚强的一课忘掉？
凯德谟斯②给你们造了字体——
难道他是为了传授给奴隶？

（一一）

斟满一杯萨摩斯的美酒！
让我们且抛开这样的话题！
这美酒曾使阿那克瑞翁
发为神圣的歌；是的，他屈于
波里克瑞底斯③，一个暴君，
但这暴君至少是我们国人。

（一二）

克索尼萨斯④的一个暴君
是自由的最忠勇的朋友，
那暴君是密尔蒂阿底斯⑤！
呵，但愿现在我们能够有
一个暴君和他一样精明，
他会团结我们不受人欺凌！

（一三）

斟满一杯萨摩斯的美酒！

① 庇瑞克的方阵，古希腊的战斗序列。由于伊派鲁斯（希腊一古国）王庇鲁斯（纪元前318—前272）而得名。庇鲁斯以战功著称，曾屡次远征罗马及西西里。

② 凯德谟斯，神话中的希腊底比斯国王，原为腓尼基王子，据说他从腓尼基带给希腊十六个字母。

③ 波里克瑞底斯，纪元前6世纪的萨摩斯暴君，以劫掠著称。他曾与波斯对抗。安纳克利融于纪元前510年波斯占领蒂奥时，曾移居萨摩斯，在波里克瑞底斯的治下生活。

④ 克索尼萨斯，在今鞑靼海峡和爱琴海之间的一段地带。

⑤ 密尔蒂阿底斯，纪元前5世纪希波战争中的希腊英雄，以后成为克索尼萨斯的暴君。

在苏里的山中，巴加[①]的岸上，
住着一族人的勇敢的子孙，
不愧是道瑞斯[②]的母亲所养，
在那里，也许种子已经播散，
是赫久里斯[③]血统的真传。

（一四）

别相信西方人会带来自由[④]，
他们有一个做买卖的国王；
本土的利剑，本土的士兵，
是冲锋陷阵的唯一希望；
但在御敌时，拉丁的欺骗，
比土耳其的武力还更危险。

（一五）

呵，斟满一杯萨摩斯的美酒！
树荫下舞蹈着我们的姑娘，
我看见她们的黑眼睛闪耀；
但是，望着每个鲜艳的女郎，
我的眼就为火热的泪所迷：
这乳房难道也要哺育奴隶？

（一六）

让我登上苏尼阿[⑤]的悬崖，
在那里，将只有我和那海浪

① 苏里，巴加，都是希腊北部地名。苏里山中居住有苏里族，自 17 至 19 世纪一直与土耳其统治者作（应为“做”）着顽强的斗争。

② 道瑞斯，希腊地名，其地居民勇武慓悍（同“剽悍”）。

③ 赫久里斯，据希腊神话，他是希腊对特洛伊战争中的英雄，具有超人的力气。

④ “别相信西方人会带来自由”，希腊人在武装反抗土耳其压迫时，英、法和俄国由于自身利益曾予以口头支持。当时有人对起义者曾提出警告：“我劝你们在听从英国人以前要好好考虑一下，现在英国国王是欧洲所有国王的大老板——他从他的商人那里拿钱来支付他们；因此，如果对商人来说，出卖你们而取得阿里的妥协是有利的，以便在他的港口获得某些商业权益，那么英国人就会把你们出卖给阿里。”拜伦此处也可能指俄国人，他的《青铜时代》有如下两句：能解放希腊的只有希腊人，而非戴着和平面具的野蛮人。

⑤ 苏尼阿，在希腊半岛阿蒂卡南端。

可以听见彼此的低语飘送，
让我像天鹅一样歌尽而亡；
我不要奴隶的国度属于我——
干脆把那萨摩斯酒杯打破！

八七

一个现代的希腊人也许会如此、
或应该如此，用大体可听的诗唱出来，
即使不很像希腊初始的奥菲斯[①]
但时至今日，换个人也许唱得更坏；
这支歌有些感情，不管是否正确，
而感情一经诗人流露，就引起来
别人的共鸣；但诗人最善于说谎，
他变起颜色来就和染工的手一样。

八八

而文字是有分量的，一滴墨水
一旦像露珠般滴上了一个概念，
就会产生使千万人思索的东西；
说来奇怪，文字原用来代替语言，
但哪怕寥寥几字都能传联万代，
而"时间"把脆弱的人欺负得多惨！
连这么糟的一张纸都比人长寿——
比他的坟墓、他的一切都更持久。

八九

等他的骨头变成灰，坟墓已荒湮，
他的身份，他的一代，甚至全民族
都已物故，或者连物都荡然无存，

① 奥菲斯，传说为荷马以前的希腊诗人，连野兽听到他的琴声都静止不动。

只落得在编年录上有一点记述：
幸而久已被湮没的一篇手稿，
或者在营盘，由于挖水道而掘出
一块什么碑石，或许把他的名字
像埋藏的宝贝似的传之于世。

九〇

什么是声誉？哲人早已一笑置之，
它可有可无，不过是空话，幻影，风，
主要不在于你留下的名字如何，
而全看史家如何调转他的笔锋；
特洛亚应归功于荷马，犹如贺尔①
使王牌戏风行；我们今日所以能
知道伟大的马尔勃洛②善于剑击，
还是由于考克斯③最近写的传记。

九一

我们都说，弥尔顿是诗坛的巨擘；
固然有些沉闷，但格调多么神圣！
他屹立于其时代，博学而虔敬，
绝非酒色之徒可比。但他的生平
不幸落到了约翰生④的手里去写，
这伟大的缪斯的侍奉者竟变成：
上学挨鞭子，对子女和发妻粗厉——
原因是第一位太太和他分了居。

九二

这一切无疑很有趣；像莎士比亚

---

① 艾德曼·贺尔(1672—1769年)，《牌戏》和《惠斯特王牌戏短论》的作者。
② 约翰·马尔勃洛(1650—1722年)，英国公爵和名将。
③ 威廉·考克斯(1747—1828年)，著有《马尔勃洛公爵约翰回忆录》，1817—1819年印行。
④ 塞缪尔·约翰生(1709—1784年)，英国作家，著有《弥尔顿传》。

偷过邻人的鹿，培根①受过贿赂，
像泰塔斯②和恺撒③少时的恶作剧，
或者彭斯④（请看居礼医生⑤的大著），
以及克伦威尔⑥的戏谑，这些“事实”
固然逼史家写出了可爱的记述，
仿佛对他们的大人物极为重要，
实则使他的光辉添不了多少。

九三

但这也算不了德行：例如骚塞
曾经对世人大谈其平等社会⑦，
或如华兹华斯，在未被税局雇用以前，
也给他的叫卖诗添些民主气味；
或如柯勒律治，和骚塞不谋而合⑧，
共同娶了卖帽子的一对姊妹，
这时他那枝⑨飘摇的笔还没有
向《晨报》⑩租出去他的贵族派头。

---

① 弗兰西斯·培根（1561—1626年），英国哲学家和散文作家。曾任大法官，被控贪污而撤职。

② 泰塔斯，见第二章二〇五节注。据罗马史家斯威托尼阿称，他少年时以仿人手迹为乐，夸称他能出色地伪造文件。

③ 恺撒，见第二章二〇五节注。传说他少年时曾被海盗所俘，他假装和他们友好，乘其不备而绑住了他们。

④ 罗伯特·彭斯（1759—1796年），苏格兰诗人。

⑤ 杰姆斯·居礼（1756—1805年），他印行了《罗勃特·彭斯诗集》，并附以彭斯传。

⑥ 奥利弗·克伦威尔（1599—1658年），1640年以后英国资产阶级革命的领袖，共和国的执政官（1653—1658年）。据传他少年时因偷果园而时遭父母的鞭打。

⑦ 平等社会，柯勒律治和骚塞都曾谈过要在美洲建立一个理想村以为试验。骚塞在1817年给友人信中曾说道：“拟与几个友人隐居美洲的荒野，在那里为一种社会立下基础。”

⑧ 柯勒律治、骚塞，1795年，柯勒律治和莎拉·弗里克结婚，同年骚塞娶了莎拉的妹妹艾迪斯。这两姊妹出身于一小店主家庭，在婚前曾在友人家工作，但没有卖过帽子。

⑨ 同“支”。

⑩ 《晨报》，伦敦的保守派日报。“湖畔诗人”都曾为它供稿。柯勒律治的诗于1798年1月初见于该报上。

九四

这些名字目前都发着罪犯味，
像是道德版图上的波坦尼半岛[①]，
他们死心的背叛，转变的毅力，
足够给他们贫瘠的传记作肥料；
华兹华斯的四开本之大，是自有
印刷术以来的任何书都比不了，
一篇又臭又长的诗，叫什么《漫游》[②]。
它那种写法在我看来很不对头。

九五

在那篇诗里他筑起一道大堤，
把自己和别人的心智互相隔开；
但所有华兹华斯的诗和门徒
就像苏斯考特[③]的福音及其教派，
在我们本世纪可难以投人喜好：
上帝的选民究竟不多，这也难怪；
但他俩尽管能把童贞陈货翻新，
到头来不过把水肿病奉为神明。

九六

但还是讲我的故事吧。我承认，
如果说我有什么毛病，那就是
我爱闲扯，尽自离题议论不休，
而把读者撇在一边已有多次；
但闲扯，那好比我的御前演说，

---

① 波坦尼半岛，在澳大利亚。英国过去将罪犯遣送此地。

② 《漫游》，见献辞四节注。

③ 琼娜·苏斯考特（1750—1814年），英国一农家女，曾为女佣多年，以后自称有神异，能预知未来，招引了不少信徒。她宣称自己将诞生一先知，时间为1814年10月19日，但未应验，而在此十日后即死于脑炎。

随后举行议会才能论到正事；
我忘了世人忍受不了这种耽搁，
虽然论伟大，我不及阿里奥斯托①。

九七

我知道，我们邻邦叫作 longueurs 的
（我们无以名之，虽然不乏那内容，
而且还最十全十美地体现在
骚塞身上，使他每年春天能保证
出一篇史诗），并不怎么吸引读者，
而另一方面，却并不难在史诗中
找出一些标准的例子来证明：
它的最重要的成分就是"沉闷"。

九八

荷拉斯说过："荷马有时打瞌睡"，
我们知道：华兹华斯有时就醒醒，
好表示他和他那亲爱的《车夫》②
在湖边漫游是多么饶有诗兴。
他很希望有一只"小船"③飘游在——
海上？——不，是在苍穹的空际航行；
于是为了这"小船"他又一次高呼，
他的口涎汪洋得足以把它漂浮。

九九

假如他一定要驰过无垠的太空，
而嫌彼加沙④驮着他不够平安，

---

① 阿里奥斯托（1474—1533年），意大利诗人，著有浪漫史诗《愤怒的奥兰多》。

② 《车夫》，指华兹华斯的诗篇《本杰敏车夫》。

③ "小船"，华兹华斯在《彼得·贝尔》一诗中有如下几句：乘一只飞马看来不错，乘一只大气球也不错，可是我绝不去浮游云间，除非我有一只小船，形状像新月一样。

④ 彼加沙，见献辞八节注。

他何不借用一下“查理的战车”[①]？
或者向美狄亚[②]要一条龙使唤？
也许他太俗，想不到这么典雅，
又怕乘这样的神驹把颈骨跌断，
那么，这笨伯何以不要一只气球，
假如他必须到月宫的附近飘游？

一〇〇

“小贩”呀，“小船”呀，“车”呀[③]，哦！屈莱顿
和蒲伯的阴灵！谁想到竟有今天？
像这种糟粕不但没有人唾弃，
而且还容许它在这末代的深渊
像渣滓般浮到面上！以至有这种
良知与诗的逆子把你们针砭——
想想《小舟子》和《彼得·贝尔》居然能
对《阿希托非》[④]的作者如此嘲弄！

① “查理的战车”，指大熊星。该星座形状似一车，因此被命名为“查理曼大帝的战车”。

② 美狄亚，见第一章八六节注。

③ “小贩”“小船”“车”，指华兹华斯的诗《本杰敏车夫》和《彼得·贝尔》，前者写车夫，后者写陶器小贩。《彼得·贝尔》在初发表时，文坛上曾引为笑谈，有多人戏仿之。

④ 《阿希托非》，即德莱顿所著的讽刺诗《阿伯萨龙和阿希托非》，1681 年发表。华兹华斯对德莱顿曾有如下议论：德莱顿“作为诗人来说并不是我最喜好的。我高度赞赏他的才能和天分，但他不是一个诗歌天才。”（《致司考特函》，1805 年）拜伦可能从司考特那里听到这种议论。

第三章　雨果与《悲惨世界》

法国著名哲学家萨特曾评价雨果是法国极少数的真正受到民众欢迎的作家之一，可能是唯一的一位。学习本章，我们可以了解法国浪漫主义文学的发展，深悟法国作家雨果的文艺观，理解其代表性作品《悲惨世界》的思想内容与所表达的审美价值。通过介绍《悲惨世界》相关的法国浪漫主义文学知识，分析雨果在小说《悲惨世界》中运用的"美丑对比"原则，为更全面深刻理解经典小说《悲惨世界》提供文学史方面的理论支撑。

第一节　法国浪漫主义文学

19 世纪欧洲浪漫主义文学产生于 18 世纪末，繁荣于 19 世纪上半叶。这一阶段，欧洲由封建社会向资本主义社会急剧过渡，上升的资产阶级与没落的封建贵族进行了激烈的、反复的搏斗。1789 年爆发的法国大革命不仅彻底摧毁了法国封建制度的根基，而且震撼了几百年来封建贵族盘踞的欧洲。1815 年，俄国、普鲁士、奥地利等国组成了"神圣同盟"，联合波旁王朝的残余势力，扑向革命的法国。拿破仑与封建列强之间爆发的战争，既维护了资产阶级取得的成果，传播了资产阶级思想和法国大革命精神，同时又演变为掠夺性的战争。由"神圣同盟"扶上复辟宝座的波旁王室，只维持了十五六年，于 1830 年 7 月 26—28 日被人民群众摧枯拉朽地推翻了。随着资本主义的上升发展，英法等国贫富两极分化的现象日益严重。19 世纪 40 年代，各国无产阶级争取生存权利的斗争如火如荼；各民族争取自由独立的斗争日益高涨，终于发展成席卷欧洲的 1848 年革命运动。自此以后，欧洲其他各国先后向资本主义过渡。

一、法国浪漫主义文学的产生

19 世纪欧洲浪漫主义文学的产生有社会发展、哲学思想与文学自身承继的原因。第一，19 世纪欧洲浪漫主义文学是法国大革命催生的社会思潮的产物。首先，法国大革命标榜的“自由、平等、博爱”不胫而走，迅速传遍欧洲，深入人们的意识。自由、平等、博爱的思想推动了个性解放和个人情感抒发；《人权宣言》所宣布的自由竞争法则，形成了一种社会心理，即资产者、小资产者都企图通过巧取豪夺，有朝一日达到权力和财富的顶峰；在革命中破产落魄的贵族，也力图利用新的社会法则来改善自己的地位。其次，对贵族来说，大革命使他们失去了天堂，于是，悲观颓唐、消沉阴郁的情绪，人生虚幻、命运多舛的感慨以及对神秘彼岸的热烈向往，便纷然杂呈。最后，法国大革命对一些作家直接产生了影响。在德国的图宾根市，为了祝贺攻克巴士底狱，在大学里竖立了一尊自由神胸像，歌德、谢林和荷尔德林在城郊种下了自由树，《耶拿文学报》刊载了有关大革命的政治著作，《柏林月刊》征集了对人权的争论文章。

第二，德国古典哲学和空想社会主义为 19 世纪欧洲浪漫主义文学提供了思想理论基础。一是，浪漫主义的非理性在康德那里找到了合理的解释。在道德方面，德国古典哲学创始人康德认为只有自由人的选择才能决定一切，任何外在的或更高的法则都不能主宰人，人的尊严在于获得理性自由。康德的继承者德国古典哲学家费希特认为现实只是人的一种创造，反对自在之物能限制人的悟性。费希特把人看作征服者，人能对自然起作用。他的主观唯心主义强调天才、灵感的主观能动性，把人的心灵提高到客观世界创造者的地位。谢林认为世界上演着悲剧，整体存在着不和谐，但这是生活的原则和希望的源泉，必须从自然出发，达到自我，因为一切都在不断变化之中。这种变化是自然和作为复杂性与发展源泉的生活之间斗争产生的果实。如果人的器官对大自然的刺激无动于衷，那就死去了。知识、信仰和愿望的统一，构成人的最高目标。德国哲学家黑格尔对主客体辩证关系的分析，给康德和费希特逐渐建立的主观主义个性以理论外衣。黑格尔认为，世界的真理在历史中，而这历史是不断变化的；精神就是历史，历史将理性和非理性、必然和偶然，感觉和非感觉混合在一起。他认为人是自在的和自为的。总之，德国古典哲学为 19 世纪欧洲浪漫主义文学提供了思想理论根据。二是，法国和英国的空想社会主义，则从另一角度给19世纪欧洲浪漫主义文学的产生提供了思想理论基础。法国空想社会主义者圣西门认为人类社会是不断进步的，他否定了现行的社会。法国空想社会主义者傅立叶揭露了资本主义的贫困现象、民主自由的虚伪、婚姻制度的腐朽、殖民掠夺的残酷。法国空想社会主义者提出了未来社会的图景。例如，圣西门预言这个未来社会具有强大的工业作为经济基础，能满足各方面的需要，全体社会成员都各尽所能，没有统治者与被统治者之分；傅立叶则提出建立"法朗吉"，在这个团体里，劳动分工完全根据个人的爱好和能力，劳动成为人的需要和享受，社会前进的动力是劳动者之间创造性的竞赛。英国空想社会主义者欧文把希望寄托在仁慈的统治者身上，他关心工人的工作和福利条件，开设了托儿所、幼儿园和小学、夜校，以为靠知识的传播就可以消除社会矛盾。欧文是合作社运动的创始人，职工会最早的组织者之一。法国和英国的空想社会主义强调阶级调和、阶级互爱，以此解决社会矛盾。

第三，19世纪欧洲浪漫主义文学经历了文学思潮自身承继的过程。浪漫主义作为创作方法，同现实主义一样，古已有之。浪漫主义手法着重表现作者的主观情感和想象，抒写作者的理想，往往不同于现实的本来面目。无论荷马的史诗《伊利昂纪》还是神话，无论古希腊的悲剧还是维吉尔的《埃涅阿斯纪》，都运用了浪漫主义手法。至于中世纪的骑士传奇，则与浪漫主义有直接的渊源。浪漫主义来源于"传奇"一词。诚然，直到17世纪以前，浪漫主义一词还没有出现。英国诗人蒲伯在18世纪初描绘温特索古堡时，以蛮荒和某种奇异的魅力去形容温特索古堡。英国诗人、剧作家、小说家哥尔斯密在1776年的《瓦克郡的牧人》中运用了"浪漫的"一词。18世纪下半叶，"浪漫"这个词开始在英国、德国、法国流行开来。例如，卢梭的《一个孤独漫步者的遐想》中形容比耶纳的湖岸比日内瓦湖岸更荒凉、更浪漫。18世纪末，德国作家歌德首先注意到古典诗和浪漫诗的概念，英国哲学家席勒也区分了素朴的诗和感伤的诗。应该指出，18世纪的作家有不少作品已经具备了浪漫主义的因素。浪漫主义一词的发展反映了浪漫主义文学形式逐渐形成和成熟起来的过程。换言之，19世纪欧洲浪漫主义文学是以往浪漫主义手法的集大成。18世纪英国的感伤主义文学和卢梭对感情抒发的崇尚，为19世纪欧洲浪漫主义文学的兴起铺平了道路。

二、法国浪漫主义文学的艺术特征

19世纪浪漫主义文学的艺术特征表现在以下四个方面。第一，强调个人感情的自由抒发，有强烈的主观性。浪漫派作家认为古典主义宣扬的理性束缚了文艺，于是把抒发情感置于首要地位，对人物内心世界进行深入的挖掘。浪漫派认为爱情是人最强烈的情感表现之一，其把爱情作为人内心世界的一个重要方面来看待。浪漫派进一步发展了对梦境的探索。梦境既有现实生活的折射内容，也有大量非理性的精神表现。第二，浪漫派对各种艺术形式进行了卓有成效的探索，其中最引人注目的是对民间文学的重视以及对诗体长篇小说的创造。浪漫派从民歌民谣、民间传说中撷取题材，学习表现手法，采用民间口语、民歌韵律创作，大大丰富了文学的表现手法，丰富了语言的表现力，带来了清新、活泼、健康的新气象。第三，浪漫主义文学惯用对比和夸张，重视“丑”的美学价值，大力提倡想象。雨果是对比艺术的倡导者和大师，他把这种对照原则运用于小说、诗歌和戏剧创作中。浪漫派作家已经懂得丑在美学上的重要价值。浪漫派寻求强烈的艺术效果，追求异乎寻常的情节，描写异乎寻常的事件，刻画异乎寻常的性格，塑造出超凡、孤独的叛逆形象，大大发展了传统的夸张手法。第四，忧郁感伤的情调为浪漫派作家所爱好。忧郁是浪漫派作家与周围现实不相协调而产生的精神状态，有贵族倾向的作家以此表达对时代潮流不满的态度，以人物勒内为代表的“世纪病”是最集中的表现；资产阶级作家对现实深感失望时，同样流露出忧郁感伤的情绪，也表现出“世纪病”的症状。

第二节　法兰西的莎士比亚——雨果

雨果(1802—1885年)是19世纪杰出的诗人、才华横溢的小说家、颇具变革精神的戏剧家，法国浪漫主义文学运动的领袖、执着的民主斗士与社会良知的代表。纵观雨果的一生，其创作几乎覆盖了所有的文学体裁，其作品有诗歌、小说、戏剧、文艺理论、政论等，雨果用其文学创作见证了法国近百年的动荡生活。雨果的创作充满了人道主义激情，是西方文学史上人道主义作家的著名代表。

一、雨果的生平

从某种程度上说，雨果的一生是 19 世纪法国历史的缩影。雨果的一生与 19 世纪法国的兴衰紧密相连，他经历了 19 世纪重大政治变革，其数量庞大的作品分别烙印上了 19 世纪法国各个不同历史阶段的印记，从波旁王朝复辟、七月革命再到 1848 年欧洲革命、普法战争直到巴黎公社革命等这些重要的历史事件，都成了雨果小说中不可或缺的文学背景。

作为一名作家，雨果善于表达每种流行的情绪，也比其他人更早觉察社会的变化与思潮的更迭。他不仅在文学领域中创作了多部浪漫主义经典小说，同时也不乏真知灼见的浪漫主义文艺理论。1827 年，他创作的《〈克伦威尔〉序言》（剧本《克伦威尔》因不符合舞台艺术要求，未能演出），直接宣称浪漫主义就是文学上的自由主义，并提出了“美丑对比”原则——“丑就在美的旁边，畸形靠近着优美，粗俗藏在崇高背后。美与恶并存，光明与黑暗相共。”由此轰轰烈烈地拉开了欧洲浪漫主义文学运动的序幕。雨果在序言中直接对过去发起进攻，宣布在文艺上也有一个由过去形成的暴政，就像在政治上一样，这个暴政就像噩梦一样压在我们青年一代的胸膛上。雨果在反对复辟时期精神的时候，把拿破仑作为解放者提出来。1830 年上演的雨果的戏剧《欧那尼》引发了古典主义与浪漫主义之争，最终浪漫主义战胜了古典主义正式登上了历史舞台。可见，雨果被奉为法国浪漫主义运动的领袖当之无愧。

作为社会活动家，尽管雨果几次更改自己的政治主张，却一直跟随时代潮流的步伐。少年时期，雨果深受母亲保皇党派立场的影响，写过一些歌颂王权的诗作。青年时期的雨果深受法国革命浪潮的感染，转而积极呼吁革命的到来，坚定地站在民主主义立场为人民代言。1848 年法国二月革命，雨果成为共和派，在法兰西第二帝国时期，敢于仗义执言与拿破仑三世作斗争，曾为 1848 年法国六月起义的战士伸张正义。作为社会良知的代表,雨果胸怀博大,博爱仁慈。雨果曾经将自己在布鲁塞尔的住宅主动让被迫害的巴黎公社社员避难。作为爱国主义者,雨果毫不吝啬地拿出自己的稿酬,买了两门大炮无偿捐给国家用以抵抗外敌。作为坚定的民主斗士,雨果没有狭隘的民族主义情怀,一直秉持人道主义精神,大胆批判英法联军是“两个强盗”,对他们火烧圆明园的无耻行径进行痛斥。雨果就是这样一位伟大的作家,他一生都用博爱、仁慈与对自由的向往,诠释着对“悲惨世界”的热切关注和对挣扎在生死线上的平民生存境遇的深沉思考。雨果在法国人民心中是伟大的民族英雄、文化巨人,深受民众的爱戴。雨果80岁生日那天,法国人民从他家窗下列队经过;儿童载歌载舞为“雨果爷爷”祝寿。1885年5月,雨果去世。法国为雨果举行了国葬,他的遗体进入了专门安葬伟人的先贤祠,受到世人敬仰。

二、雨果的文学创作

纵观雨果的一生,他创作力旺盛,创作时间大概有60年之久,作为19世纪伟大的浪漫主义文学家,法国文学史上最伟大的作家之一,雨果几乎涉及文学所有领域,留下了诸多杰作。其作品体裁涵盖诗歌、小说、剧本、政论等,给法国文学和人类文化宝库增添了一份十分辉煌的文化遗产。雨果的代表作包括“人道主义三部曲”(《巴黎圣母院》《悲惨世界》《海上劳工》)、长篇小说《九三年》以及诗集《光与影》等。

(一)诗歌与戏剧的创作

作为法国文学史上最伟大的诗人之一,雨果的诗歌创作贯穿了其整个创作生涯,紧密地结合着法兰西民族19世纪发展的历史进程。法国人视他为民族诗人。雨果的诗歌内容关怀祖国命运,向往自由解放,憎恨专制暴政,具有激情壮怀、豪放阔大而又真挚细腻的审美风格。雨果的诗集主要有《颂歌与民谣集》《东方集》《秋叶集》《晨夕集》《心声集》《光与影集》《惩罚集》《静观集》《历代传奇》《林园集》《凶年集》《祖父乐》《精神四风集》等。雨果诗歌创作的内容既关注政治领域里的民主与自由,社会领域里的平等与博爱,同时也关注精神领域里的信仰与虔诚。不论是日常生活中的爱情、人际交往中的友情还是家庭关系中的亲情，在他的诗里，全都得到了酣畅而完美的抒发。

1827年，雨果的第一个剧本《克伦威尔》面世。此后，他在诗歌创作与小说创作的同时，也没有停下其从事戏剧创作的步伐。《克伦威尔》剧本因写得太长，场面过于浩大，人物太多，无法上演。不过，这个剧本的序言却成为文学史上划时代的重要文献。《〈克伦威尔〉序言》反对古典主义，要求艺术的完全解放，提出艺术主张和对照原则。序言中写道：戏剧，它以同一种气息溶合[①]了滑稽丑怪和崇高优美，溶合[②]了可怕和可笑，悲剧和喜剧，戏剧是诗的第三阶段……[③]为此，雨果还提出了一条“美丑对比”的原则，认为丑就在美的旁边，畸形靠近着优美。《〈克伦威尔〉序言》的面世震动文坛，全方位向着伪古典主义宣战，批判了伪古典主义所奉行的“清规戒律”，成为法国浪漫主义的宣言。

（二）《欧那尼》简介

雨果不仅提出了法国浪漫主义运动的宣言，而且还践行自己的戏剧美学观。1830年，戏剧《欧那尼》上演。《欧那尼》不仅是雨果的浪漫戏剧代表作也是法国文学史上划时代的作品。《欧那尼》的内容和形式体现了雨果浪漫主义文艺创作的思想。《欧那尼》连续上演了45天，浪漫派取得最终胜利，占领了戏剧舞台。文学史称此事为《欧那尼》之战，这标志着浪漫主义对古典主义的胜利。

《欧那尼》共5幕诗剧，以16世纪西班牙为背景，叙述贵族出身的欧那尼与公爵吕古梅的侄女莎尔相爱，但遭到国王卡尔洛阻挠和公爵吕古梅破坏的故事。《欧那尼》中的时间没有明确标志，地点在不同地方，分别有公爵卧室、广场、山间别墅、墓室、欧那尼阳台。《欧那尼》有两条情节线，一条是欧那尼和莎尔的爱情线，另一条是欧那尼与国王的斗争线。舞台布景富丽堂皇，令人眼花缭乱。《欧那尼》的戏剧结构让保守派极为不满。

《欧那尼》的浪漫主义特点十分突出，有密室、地道、乔装、假面、计谋、决斗、服毒、机关布景等哥特气氛和奇特手法。剧本采用通俗的民

---

①② “溶合”同“融合”。

③ 张昌华，汪修荣．世界名人名篇经典[M]．哈尔滨：北方文艺出版社，2005.

间口语，摒弃古典主义矫揉造作的典雅语言。保守派认为这是对君主的侮辱，剧场一片反对声，但是《欧那尼》还是坚持演下去。《欧那尼》的演出使浪漫主义取得了彻底胜利，从而确立了年轻的雨果浪漫派领袖的地位。1830 年 2 月，《欧那尼》上演的这一天，在欧洲文学史上也就成了浪漫主义胜利的纪念日。

三、雨果的人道主义思想

雨果的一生都在用自己的文学创作践行其诗作中谈到的诗人责任。与同时代浪漫主义作家相比，雨果秉持的人道主义思想让其作品更富有人性魅力。1829 年，中篇小说《一个死囚的末日》是其人道主义思想最早的体现。在该小说中，雨果积极呼吁废除死刑。1831 年，在长篇小说《巴黎圣母院》中，雨果把加西莫多塑造成一个“勇敢”“忠诚”、具有“自我牺牲精神”的人。雨果充分践行了“美丑对比”原则，通过人物自身对比、人物之间的对比以及环境对比等多种方式，宣扬了“爱”与“宽恕”可以创造奇迹、改变人的精神面貌的人道主义思想。

在雨果创作生涯的末期，他对于人道主义的思索由于受到了法国大革命的影响，其在革命和人道主义的反复矛盾斗争之上，产生了“在绝对正确的革命之上，还有一个绝对正确的人道主义”[①]的思想。《九三年》是雨果一生中创作的最后一部长篇小说，也是雨果一生人道主义思想的探索之作。小说中的主要人物朗德纳克是残酷暴虐的反叛军将官，曾经下令屠杀革命军，做事毫无怜悯之心，朗德纳克的所作所为只为了反革命事业的胜利和恢复封建贵族昔日的荣誉。正是这样一个冷酷无情的人，在听到孩童母亲凄冷的呼救声时，良心复苏，冒着甘愿落入敌人之手的风险也要去救 3 个困于熊熊烈火中的孩童，其人性之善被唤醒。朗德纳克人性的复苏让小说中的另外两个主要人物郭文和西穆尔登也相继动摇，并先后为人道主义献身，舍生取义。雨果用朗德纳克的转变展现了人道主义思想、“爱”与“宽容”的救赎作用、恶人的心灵回归、人性的“善”战胜了“恶”，这也符合雨果一直所坚持的人性本善的观点。

---

① 雨果. 雨果文集：第七卷[M]. 郑永慧，译. 北京：人民文学出版社，2002：397.

雨果认为人性的“善”“爱”最终可以救赎人类，而且也坚信人道主义才是拯救国家、救人民于水火之中的最佳途径。但我们也应该看到，雨果所提出的“在绝对正确的革命之上，还有一个绝对正确的人道主义”的思想并不属于无产阶级革命范畴，而是属于资产阶级革命范畴，“正确的人道主义”指的是资产阶级的人道主义。雨果在其创作中，多次流露出支持革命的乐观态度。他在《致年轻的法兰西》中热情赞扬革命的胜利；在《赞美诗》中热情歌颂为革命英勇牺牲的战士；在《悲惨世界》中热情讴歌共和党人的英雄壮举，赞美共和的思想和起义的精神，小说始终表达着积极乐观的精神。

雨果在其作品中也塑造了一系列底层平民的形象，这些被侮辱、被损害的“小人物”，虽然挣扎在生死线上，但却闪耀着人性的光辉。雨果出于对受迫害者的同情，实践着《九三年》中谈及的“强者对弱者”“安全的人对遇难的人”应尽的“保护和救助的责任”，但不可否认的是，雨果对被压迫者的同情完全出自其人道主义的真诚。在这种“关注人类命运”的信念推动下，他以自己的文学创作，对那个侮辱人、损害人、摧残人、压迫人的黑暗社会提出了愤怒的抗议与正义的呼唤，在某种程度上充分表达了人民的心声。雨果那些洗涤人心灵、催人乐观进取的诗作（《惩罚集》《静观集》）和小说（《悲惨世界》《巴黎圣母院》《九三年》）以及戏剧等，深深打动了跨越时间、跨越阶级差异的读者们，使之在世界文坛上享有不朽声誉。

第三节 《悲惨世界》赏析

如果哪一天你有缘与雨果的长篇小说《悲惨世界》相遇，你也许会为小说中所描绘的人类罕见的品格高度所感染，同样也会为小说中所咏叹的人生两大永恒主题“苦难”“爱情”而感慨不已。遗憾的是，尽管雨果创作颇丰，文学成就颇高，却无缘诺贝尔文学奖。首届诺贝尔文学奖颁发时间为1901年，但雨果于1885年与世长辞。

一、《悲惨世界》简介

《悲惨世界》这部小说自诞生之日起，便备受世人瞩目，被多次改编成歌剧、舞剧、影视剧等多种艺术形式。为纪念法国著名作家雨果210周年诞辰暨《悲惨世界》面世150周年，拍摄了电影《悲惨世界》，这部电影荣获了第八十五届奥斯卡三项大奖。2013年2月，电影《悲惨世界》在中国国内公映。

《悲惨世界》是雨果的“人道主义三部曲”之一，也是雨果耗时30年时间完成的长篇巨著。雨果从19世纪30年代开始构思这部作品，搜集相关的素材，其间他也创作了其他作品，例如《巴黎圣母院》，却一直迟迟没有动手写这部《悲惨世界》。直到他后来经历了法国激荡的社会变迁，自己也成了漂流在海外的“浮萍”，才最终完成了这部作品。在创作期间，雨果的政治立场经历了变化与动摇，因而小说也就数易其稿，但是小说的核心思想一直未曾变化，那就是雨果以“博爱”“仁慈”“宽恕”为核心的人道主义思想及其在人道主义思想光辉照耀下产生的对导致人类苦难根源的探索和质问。

雨果称《悲惨世界》为“社会的史诗”。《悲惨世界》广阔地展现了19世纪中期法国近半个世纪的历史变迁与社会风貌，真实地再现了法国政治、历史、宗教信仰、道德哲学、建筑、法律、正义等编织的“世界”，是一部把爱与信仰的理想主义进行到底的小说。小说讲述了主人公冉阿让、芳汀、珂赛特等人经历的地狱般苦难并试图被救赎的历程。小说的叙事主线围绕穷苦的农民冉阿让的救赎展开。冉阿让遇到了人生中的道德两难问题：遵守法律条款还是为了救活家人去犯法？他因救助姐姐的两个嗷嗷待哺的小孩铤而走险去盗窃一块面包被迫入狱。牢狱里再没有冉阿让，取而代之的是“二四六〇一”号。挂念姐姐和七个外甥的生活，四次越狱未果的他因越狱行为而被加刑。一块面包最终换来的是十九年悲惨的监狱生涯。地狱般的生活耗尽了这位不幸男子的希望，内心的善良也被消耗了。

冉阿让虽最终获假释但却因苦役犯的身份而不被社会所接纳，像丧家之犬一样四处乞讨，遭受唾弃、驱逐、毒打。冉阿让并没有获得真正的自由，他四处碰壁，走投无路，不知道这个世界还能给他什么。内心充满了仇恨的冉阿让在即将放弃自己的灵魂决意去报复社会之际，善良的卞福汝主教将其收留，为他敞开了救赎之门。被感化的冉阿让后来通过经商，化身为马德兰市长，专行善事，将主教的仁慈精神传递到小镇的每个角落。冉阿让救助工厂女工芳汀，抚养孤女珂赛特，感化了一直追逐着他的警官沙威，还成全了贵族阶级的后代马吕斯与自己养女的婚事。冉阿让向马吕斯坦承了自己苦役犯的身份，并主动远离珂赛特和马吕斯。后来偶然的机会，马吕斯才发现冉阿让是自己的救命恩人。于是连忙去接他一同居住，但冉阿让此时已生命垂危，最后在珂赛特、马吕斯的陪伴下安详地逝世。

二、《悲惨世界》的人物形象分析

（一）冉阿让的救赎

1. 第一次救赎——来自卞福汝主教

卞福汝主教象征着向善的信仰，他的仁慈之举感化了冉阿让。冉阿让也就是在这位主教的感动下，走向了自我救赎之路。小说用整整一卷的篇幅细致描述了卞福汝主教甘于清贫、乐善好施的慷慨生活方式、平等相待而大公无私的高尚品德和发自内心对贫穷之人的善意关怀，以及尊重他人、帮助他人树立人生信仰。冉阿让与主教的相遇并非偶然，而是命运的必然安排，小说中对此还进行了细节描写。出狱后的冉阿让在被他人不信任、驱逐后，变得走投无路。他在别人的指引下来到主教家门前。“你去敲敲那扇门。”这一细节在同名电影版本中做了改编，使得冉阿让与主教的必然接触变成了偶然相遇……这使故事更增添了些许圣洁与信仰的色彩。卞福汝主教是雨果在《悲惨世界》中着力塑造的“善”与“爱”的化身，也是作家雨果信仰的体现。作为一种向善的信仰，卞福汝主教已经让冉阿让看到，只有救赎才是他脱离心灵苦难走向精神自由的唯一出路。

神一般的卞福汝主教热情接待了冉阿让这位异乡人，对他没有任何歧视，让他暂时“放下过错、放下痛苦”。主教信任他，称他为兄弟，给他食物、安排住处。“您不用向我说您是谁。这并不是我的房子，这是耶稣基督的房子。这扇门并不问走进来的人有没有名字，但是要问他是否有痛苦。您有痛苦，您又饿又渴，您就安心待下吧。并且不应当谢我，不应当说我把您留在我的家里。除非是需要住处的人，谁也不是在自己家里。您是过路的人，我告诉您，与其说我是在我的家里，倒不如说您是在您的家里。这儿所有的东西都是您的。我为什么要知道您的名字呢？并且在您把您的名字告诉我以前，您已经有了一个名字，是我早知道了的……您的名字叫'我的兄弟'。"[①]当卞福汝主教称冉阿让为"尊贵的来客"时，他的脸上表现出了疑惑。雨果用细腻入微、工整细密的笔触逼近人性的深处，刻画出冉阿让这一鲜活的人物形象。作为一个已经丧失善良之心的苦役犯而言，主教的仁慈虽使其有所触动，但正处在人生抉择路口的他仍心怀不甘与困惑，并没有放弃自己报复世界的心。经过激烈的思想斗争，内心的魔鬼还是战胜了天使，冉阿让深夜趁主教熟睡之际，还是偷走了主教家里的一套银质餐具跑了，清晨又被警察捉了回来。让他吃惊的是，卞福汝主教不仅替他圆了偷窃的谎言，不计前嫌救了他，还赠送给他一对银烛台。"您在走之先，不妨把您的那对烛台拿去。"这是他获得的第一次救赎。"不要忘记，永远不要忘记您允诺过我，您用这些银子是为了成为一个诚实的人。""冉阿让，我的兄弟，您现在已不是恶一方面的人了，您是在善的一面了。我赎的是您的灵魂，我把它从黑暗的思想和自暴自弃的精神里救出来，交还给上帝。"[②]卞福汝主教的仁慈博爱之举是救赎冉阿让的起点，让他陷入了内心混乱。冉阿让本已决意放弃自己的灵魂，用以眼还眼、以牙还牙的方式去仇恨、去报复、去以恶抗恶，甘愿成为铁石心肠的、冷酷无私的人，堕落于黑暗中。但卞福汝主教的善举与诚恳劝导触动了冉阿让隐藏在心底的善与爱，那是近二十年的牢狱压抑下的"善"与地狱般的漂泊经历遮蔽下的"爱"，那一刻他的灵魂，似乎看见了仁爱。

在卞福汝主教怜悯仁慈的善举映衬下，冉阿让的偷盗行为无疑是可耻的。当他在"善"与"爱"的照耀下瞥见了自己丑陋的灵魂时，心如刀割，痛苦不堪。冉阿让一开始想不明白，为什么主教会宽容他，无地自容的他坐在路边很是迷惑，这时来了一个比他还悲惨的少年，是个捣烟筒的，冉阿让赶他走并且抢走了这位少年可能仅有的面值四十个苏的一个银币。这最后一次恶劣的行为，让他幡然醒悟，痛哭不已。"正在他哭时，光明逐渐在他脑子里出现了，一种奇特的光，一种极其可爱同时又极其可怕的光。他已往的生活，最初的过失，长期的赎罪，

---

① 雨果.悲惨世界：上[M].李丹，方于，译.北京：人民文学出版社，2000：97.

② 同①：130.

外貌的粗俗，内心的顽强，准备在出狱后痛痛快快报复一番的种种打算，例如在主教家里干的事，他最后干的事，抢了那孩子的四十个苏的那一次罪行，并且这次罪行是犯在获得主教的宥免以后，那就更加无耻，更加丑恶；凡此种种都回到了他脑子里，清清楚楚地显现出来，那种光的明亮是他生平从未见过的。”[①]小说中数次出现冉阿让大段大段的心理独白，尚马秋事件发生时、珂赛特与马吕斯结婚后……，这是冉阿让人性的挣扎、善与恶角逐的体现，也真实传达了他对之后人生道路该如何选择的困惑与挣扎。冉阿让明白了一件事，就是要做个善良、有爱心的人，这世界已经对人们这么刻薄尖酸了，他要把爱传递下去……此刻，他充满了重生的力量，冉阿让的世界已经不复存在，另一个故事就要展开。

就这样，苦役犯冉阿让的救赎从他被卞福汝主教收留感化开始，这也是他无数次心灵挣扎的起点，冉阿让获得了真正的自由。卞福汝主教的烛台一直陪伴着冉阿让。“烛台是银的，但对我来说它是金的，是钻石的，它能把插在上面的蜡烛变成神烛。”[②]冉阿让第一次感受到道德、善良的感化力量。他决心洗心革面，重新做人，开始新生活。冉阿让流浪到了一个经济萧条的海滨城市。在一场大火里，他舍命救出了一个小女孩，她的父亲是警察队长，冉阿让从此隐姓埋名，改名叫马德兰，并通过自己的努力做了市长。卞福汝主教乐善好施的精神在冉阿让身上得到延伸。从此，冉阿让开始变得正直善良，关心帮助穷人。“冉阿让”消失了，“马德兰先生”出现了，“马德兰先生现在又成为市长先生了”。[③]

2. 第二次救赎——来自芳汀

“饥饿使妇女堕落，黑暗使儿童羸弱”[④]。身处在悲惨世界苦的不只冉阿让一个，还有工厂女工芳汀。她将自己的青春和爱情都献给了自己当时的男友——一个贵族青年，却不料男友背弃了她。为了生活，芳汀只身来到巴黎谋生并定时寄钱回去。不幸的是，她有女儿的

① 雨果.悲惨世界：上[M].李丹，方于，译.北京：人民文学出版社，2000：139.

② 同①：1757.

③ 同①：205.

④ 同①：作者序.

事被同事揭发，失去了女工的工作。生活并没有就此宽容芳汀。芳汀继续遭遇着勒索、要挟和欺骗。为了她的孩子，芳汀出卖了自己的健康和尊严。即使这样，悲惨的命运仍然没有放过她。黑暗的社会镇压下层人民，她被诬陷，沙威代表的法律和正义并没有站出来守护她最后一点希望。幸好冉阿让行使了市长的权威救出了芳汀，不致使她沦落牢狱。但病重的芳汀还是没有活到与女儿相聚的时刻。弥留之际，芳汀将自己的女儿珂赛特托付给马德兰市长。这个市长就是改头换面后的冉阿让。芳汀临终托孤，使冉阿让这一人物形象变得更加完整，成为小说中描写最成功的形象。抚养珂赛特使冉阿让看到了悲惨世界中的光明，感受到了被需要、被信任。冉阿让愿意照顾芳汀的女儿珂赛特，并承诺一定照顾好。芳汀安详地离去，冉阿让是芳汀悲惨人生的救赎者。

虽然成了一个城市的市长，可警官沙威的穷追不舍和对自身真实身份的恐惧使冉阿让一直活在不安的恐惧中。当沙威前来道歉，说已经抓住了真正的"冉阿让"后，"他的脑子也已失去了记忆的能力，他的思想，波涛似的，起伏翻腾。他双手捧着头，想使思潮停留下来。那种纷乱使他的意志和理智都不得安宁"①。冉阿让再次陷入了道德两难问题：是承认错误，让几百个工人失去依靠，让珂赛特继续在苦海中挣扎，还是继续隐藏身份，永远逃避警察的追捕，让陌生人尚马秋替自己受罚而自己在内心受罪？"他清清楚楚地看见一个不相识的人，一个陌生人的黑影，命运把那人当作他自己，要把他推下那深坑。为了填塞那深坑，就必须有一个人落下去，他自己也许就是那个人。"②一遍遍来自灵魂的拷问。当知道我是谁时，自己也就真正成了自己的救赎者。几经犹豫，他终于下定决心，赶到法庭上，出来作证，向所有人宣布他就是那个逃犯冉阿让，替自己上庭受审的尚马秋是无辜的！很多人不明白，冉阿让为什么要出来澄清？这就是信仰的力量！信仰的路上充满矛盾与困惑。冉阿让对信仰的坚守使他做出了正确的选择！小说中描述冉阿让走向银烛台，仿佛听到有人在说，"做一个诚实的

---

① 雨果. 悲惨世界：上[M]. 李丹，方于，译. 北京：人民文学出版社，2000：276.

② 同①：277.

人”[①]。冉阿让看到了一个真正的自己。正视自己，捍卫善良与正义，这是冉阿让的第二次救赎。

3．第三次救赎——来自珂赛特

第三次救赎是在冉阿让赎出珂赛特的晚上。冉阿让从德纳第夫妇那里赎出珂赛特，珂赛特认为这个素未谋面的陌生男人是她的新爸爸，像小说里说的，“珂赛特极其自然地认为自己是冉阿让的女儿。”[②]冉阿让有了爱，就又重新坚强起来。虽然他摇摆不稳，并不比珂赛特强多少。但是他保护这孩子，这孩子也使他坚强。芳汀将自己的女儿珂赛特托付给冉阿让，使他有机会体会天伦之乐，珂赛特也是冉阿让生命中的救赎者，支撑着冉阿让在黑暗中一再向前。纯洁美丽的珂赛特是《悲惨世界》里一道温暖的光芒，照亮了每个和她接触的人。从卞福汝主教到孤女珂赛特，命运一步步指引着冉阿让实现自我救赎。正是因为对珂赛特深情的爱，在街垒保卫战中，他才宁可牺牲自己也要救出马吕斯。就此，冉阿让的自我救赎达到了人性的高度。

（二）沙威的感化

在灵魂深处拷问“我是谁”，不仅有冉阿让还有警官沙威。冉阿让与沙威都出身卑微，但都信念如铁，看似善恶对立，实则一对人性善恶交织的矛盾体。一个逃犯一个警官，一个决心扬善，一个立誓惩恶；一个小偷一个警察，一个百折不挠，一个屡败屡战；一个是法律的触犯者一个是法律的维护者，一个矢志不移，一个忠心耿耿；一个是市长一个是探长，一个善恶分明，一个疾恶如仇。沙威是《悲惨世界》中最复杂的一个人物形象，也是小说中被爱与善“感化”的“救赎”对象，是一个值得同情的人物形象。他并不是一个严格意义上的“恶”的化身，他只是法律、规则与秩序的狂热信徒，并以此作为心中的“上帝”并转换成自己全部的世界观、人生观与价值观。卞福汝主教感化了冉阿让，冉阿让感化了沙威。小说中沙威一出场就是铁面无私、疾恶如仇、严于律己之人，出生在监狱、与罪犯为伍的他不假思索地信奉着法律对罪恶公正的裁决。他坚定守卫着自己的“信仰”——法律，恪守法律的观

① 雨果．悲惨世界：上[M]．李丹，方于，译．北京：人民文学出版社，2000：288.

② 同①：682.

念，坚信法律能惩戒一切罪恶，自以为是正义的化身、社会的守护者。他仇视苦役犯、不断追逐冉阿让，只是他痛恨触犯法律的人的直接表现，他认为所有那些以欺骗和犯罪谋生的人逍遥法外是对法律最大的侮辱。沙威把抓捕罪犯视为一种崇高的荣誉，“他维护社会秩序，他使法律发出雷霆，他为社会除暴安良，他捍卫绝对真理，他屹立在神光的中央；他虽然已操胜券，却仍有挑衅和搏斗的余勇；他挺身直立，气派雄豪，威风凛凛，把个勇猛天神的超人淫威布满了天空。”[①]雨果将沙威的正直称为“黑暗的正直”[②]。沙威一直认为自己在维护法律，以为自己一直坚守维护的法律就是社会正义、国家秩序，但他殊不知自己所坚守的“法律”恰恰是虚伪的、不公正的，是黑暗的、邪恶的。沙威对冉阿让的追逐行为具有合法性，而隐藏身份、四处躲避的冉阿让，按照当时的法律规定，确实是一个应当被缉拿归案的逃犯。沙威与冉阿让的第一次交锋，冉阿让痛诉法律虽然惩罚了他的肉体但是没有拯救他的灵魂；第二次交锋，化身为马德兰市长的冉阿让原谅了他“误认、举报”的错误；第三次交锋，冉阿让放了他一条活路。原以为自己的生命即将结束，没想到冉阿让却放他走了。此刻，沙威既震惊又迷惑，犹如坠入黑暗的深渊，内心彷徨虚空。他情不自禁喊道：“您真使我厌烦，还不如杀了我。”[③]（这是他第一次下意识地对冉阿让使用“您”）。此后不久沙威同样放弃了逮住宿敌的机会，帮助冉阿让救送马吕斯，并最终放走了他。

当沙威发现竟然出于良心与善心，不自觉地背叛了自己所坚守一生的信仰（法律）时，简直是震惊；当意识到冉阿让宽恕了他，他也宽恕了冉阿让时，更是吓得发呆。心如铁石的他开始颤抖，变得混乱，不知是否该饶恕冉阿让的罪，他开始疑惑自己为何这样做？是什么原因让自己甘愿宽容一生的宿敌？为什么在冉阿让身上，看不到法律的正义性与权威性？他一生将法律视为至高，在自己的世界中，从没有怀疑过自己行为的正当性，但在与冉阿让相互宽恕的过程中，居然出现了比法律更高的事物——爱与宽恕。他不知如何面对内心，以及这个瞬

① 雨果.悲惨世界：上[M].李丹，方于，译.北京：人民文学出版社，2000：354.
② 同①：1602.
③ 同①：1501.

间变为迥异的世界。“他（沙威）有一个上级，吉斯凯先生，迄今为止他从没想到过另外那个上级：上帝。这个新长官，上帝，他出乎意外地感到了，因而心情紊乱。”[1]冉阿让身上感受比法律更高尚的东西感动了沙威，非黑即白、非恶即善的价值观就这样被瞬间摧垮了。“他（沙威）被感动了，这是多么可怕的遭遇！”[2]他觉得自己空虚、无用、彷徨、迷茫、孤独、忧郁……所有一切都坍塌了。他坚信罪犯永远不会变，一日为贼，终生为贼，冉阿让却成了一个被爱与宽恕笼罩的圣人。他的信念一次又一次被冉阿让的言行动摇。沙威忠实地信仰法律，冉阿让却让他看见了法律之外的一面，这么多年来沙威所信仰的一切似乎失去了意义。既然没有意义地活着，又何必如同行尸走肉般地存在呢？沙威来到塞纳河急流的上方，“水声汩汩，忽然他脱下帽子，放在石栏边上，片刻后，一个高大黑色的人影，站着出现在栏杆上方，远处迟归的行人可能把他当作鬼怪，这人影俯身塞纳河上，继又竖起身子，笔直地掉进了黑暗中。”[3]最终，他选择逃离了这个世界，跳入阴冷的塞纳河中。

雨果曾坦言这部小说作品是“一个圣人的故事，一个男人的故事，一个女人的故事，一个孩子的故事”。“圣人”指卞福汝主教，“男人”指冉阿让，“女人”指芳汀，“孩子”指珂赛特。仁爱的卞福汝主教用善举、原谅和宽容感化了对社会充满憎恨的冉阿让，救赎了他的灵魂；冉阿让用一生信守着卞福汝主教对其灵魂救赎的期待，帮助走投无路的芳汀，收养芳汀的女儿珂赛特，宽恕宿敌沙威，放了他一条生路。小说看似一块面包引发的个人流亡史，实则“由一只懵懂的野兽走向一个高尚的圣人的史诗”。

在雨果看来，在悲惨世界中，底层人的苦难是由社会的法律和习俗共同造成的，是法律的严苛，是缺乏宽容、仁慈、博爱的社会习俗，制造了这个“地狱般的社会”。雨果希望通过冉阿让、芳汀、珂赛特等人苦难的命运唤起我们对社会现实的思索去抗争暴力、抵抗歧视；用仁慈宽恕他人，用博爱救赎他人。就像雨果在《悲惨世界》序言中写的，

---

① 雨果．悲惨世界：上[M]．李丹，方于，译．北京：人民文学出版社，2000：1602．

② 同①：1603．

③ 同①：1608．

即使在文明最鼎盛的时期,“贫穷使男子潦倒,饥饿使妇女堕落,黑暗使儿童羸弱。”[①]一直到一百多年后的今天,这句话在文学的世界中依旧可以振聋发聩。这是一个伟大作家对人性探索所提出的最深刻指责,是对社会问题所做出的最深邃思考。只要这世界上还有愚昧和困苦,那么,和《悲惨世界》同一性质的作品都不会是无益的。[②]

思考题

1. 请结合作品,论述雨果小说的浪漫主义特征。
2. 结合作品,阐述雨果小说“美丑对比”原则的运用。
3. 请结合《悲惨世界》,分析冉阿让这一人物形象。

推荐阅读图书

1. 雨果. 悲惨世界[M]. 李丹,方于,译. 北京:人民文学出版社,2000.

2. 克拉克. 文学法兰西:一种文化的诞生[M]. 施清婧,译. 南京:译林出版社. 2019.

① 雨果. 悲惨世界:上[M]. 李丹,方于,译. 北京:人民文学出版社,2000:作者序.
② 同①.

附　录　《悲惨世界》精彩篇章选读[①]

六　冉阿让

半夜，冉阿让醒了。

冉阿让生在布里的一个贫农家里。他幼年不识字。成人以后，在法维洛勒做修树枝的工人，他的母亲叫让·马弟，他的父亲叫冉阿让，或让来，让来大致是浑名[②]，也是“阿让来了”的简音。

冉阿让生来就好用心思，但并不沉郁，那是富于情感的人的特性。但是他多少有些昏昏沉沉、无足轻重的味儿，至少表面如此。他在很小时就失去父母。他的母亲是因为害乳炎，诊治失当死的。他的父亲和他一样，也是个修树枝的工人，从树上摔下来死的。冉阿让只剩一个姐姐，姐姐孀居，有七个子女。把冉阿让抚养成人的就是这个姐姐。丈夫在世时，她一直负担着她小弟弟的膳宿。丈夫死了。七个孩子中最大的一个有八岁，最小的一岁。冉阿让刚到二十五岁，他代行父职，帮助姐姐，报答她当年抚养之恩。那是很自然的事，像一种天职似的，冉阿让甚至做得有些过火。他的青年时期便是那样在干着报酬微薄的辛苦工作中消磨过去的。他家乡的人从来没有听说他有过“女朋友”。他没有时间去想爱情问题。

他天黑回家，精疲力尽，一言不发，吃他的菜汤。他吃时，他姐姐让妈妈，时常从他的汤瓢里把他食物中最好的一些东西，一块瘦肉，一片肥肉，白菜的心，拿给她的一个孩子吃。他呢，俯在桌上，头几乎浸在汤里，头发垂在瓢边，遮着他的眼睛，只管吃，好像全没看见，让人家拿。

在法维洛勒的那条小街上，阿让茅屋斜对面的地方，住着一个农家妇女，叫玛丽-克洛德，阿让家的孩子们，挨饿是常事，他们有时冒他们母亲的名，到玛丽-克洛德那里去借一勺牛奶，躲在篱笆后面或路角上喝起来，大家拿那奶罐抢来抢去，使那些小女孩子紧张到泼得身上、

① 雨果.悲惨世界：上[M].李丹，方于，译.北京：人民文学出版社，2000：104-116.

② 同“诨名”。

颈子上都是奶。母亲如果知道了这种欺诈行为，一定会严厉惩罚这些小骗子的。冉阿让气冲冲，嘴里唠叨不绝，瞒着孩子们的母亲把牛奶钱照付给玛丽-克洛德，他们才没有挨揍。

在修树枝的季节里，他每天可以赚十八个苏，过后他就替人家当割麦零工、小工、牧牛人、苦工。他做他能做的事。他的姐也作工[①]，但是拖着七个孩子怎么办呢？那是一群苦恼的人，穷苦把他们逐渐围困起来。有一年冬季，冉阿让找不到工作。家里没有面包。绝对没有一点面包，却有七个孩子。

住在法维洛勒的天主堂广场上的面包店老板穆伯·易查博，一个星期日的晚上正预备去睡时，忽听得有人在他铺子的那个装了铁丝网的玻璃橱窗上使劲打了一下。他赶来正好看见一只手从铁丝网和玻璃上被拳头打破的一个洞里伸进来，把一块面包抓走了。易查博赶忙追命出来，那小偷也拚命[②]逃，易查博跟在他后面追，捉住了他。他丢了面包，胳膊却还流着血。那正是冉阿让。

那是一七九五年的事。冉阿让被控为"黑夜破坏有人住着的房屋入内行窃"，送到当时的法院。他原有一枝[③]枪，他比世上任何枪手都射得好，有时并且喜欢私自打猎，那对他是很不利的。大家对私自打猎的人早有一种合法的成见。私自打猎的人正如走私的人，都和土匪相去不远。但是，我们附带说一句，那种人和城市中那些卑鄙无耻的杀人犯比较起来总还有天壤之别。私自打猎的人住在森林里，走私的人住在山中或海上。城市会使人变得凶残，因为它使人腐化堕落。山、海和森林使人变得粗野。它们只发展这种野性，却不毁灭人性。

冉阿让被判罪。法律的条文是死板的。在我们的文明里，有许多令人寒心的时刻，那就是刑法令人陷入绝境的时刻。一个有思想的生物被迫远离社会，遭到了无可挽救的遗弃，那是何等悲惨的日子！冉阿让被宣判服五年苦役。

一七九六年四月二十二日，巴黎正欢呼意大利前线[④]总指挥（共和

---

① 同"做工"。

② 同"拼命"。

③ 同"支"。

④ 意大利前线，当时欧洲联盟国的军队从意大利和莱茵河两方面进攻革命的法国，拿破仑从意大利出击，在意大利境内击溃奥地利军队以后，直趋维也纳，以一年时间，迫使奥地利求和。

四年花月二日执政内阁致五百人院咨文中称作"Buonaparte"[①]的那位总指挥)在芒泰诺泰[②]所获的胜利。这同一天,在比塞特监狱中却扣上了一长条铁链。冉阿让便是那铁链上的一个。当时的一个禁子,现在已年近九十了,还记得非常清楚,那天,那个可怜人待在院子的北角上,被锁在第四条链子的末尾。他和其余的犯人一样,坐在地上。他除了知道他的地位可怕以外好像完全莫名其妙。或许在他那种全无知识的穷人的混沌观念里,他多少也还觉得在这件事里有些过火的地方。当别人在他脑后用大锤钉着他枷上的大头钉时,他不禁痛哭起来。眼泪使他气塞,呜咽不能成声。他只能断续地说:"我是法维洛勒修树枝的工人。"过后,他一面痛哭,一面伸起他的右手,缓缓地按下去,这样一共做了七次,好像他依次抚摩了七个高矮不齐的头顶。我们从他这动作上可以猜想到,他所做的任何事全是为了那七个孩子的衣食。

他出发到土伦去。他乘着小车,颈上悬着铁链,经过二十七天的路程到了那地方。在土伦,他穿上红色囚衣。他生命中的一切全消灭了,连他的名字也消灭了。他已不再是冉阿让,而是二四六〇一号。姐姐怎样了呢?七个孩子怎样了呢?谁照顾他们呢?一棵年轻的树被人齐根锯了,它的一撮嫩叶怎样了呢?

那是千篇一律的经过,那些可怜的活生生的人,上帝的创造物,从此无所凭借,无人指导,无处栖身,只得随着机缘东飘西荡,谁还能知道呵?或者是人各一方,渐渐陷入苦命人的那种丧身亡命的凄凉的迷雾里,一经进入人类的悲惨行列,他们便和那些不幸的黔首一样,一个接一个地消失了。他们背井离乡。他们乡村里的钟塔忘了他们,他们田地边的界石也忘了他们,冉阿让在监牢里住了几年之后,自己也忘了那些东西。在他的心上,从前有过一条伤口,后来只剩下一条伤痕,如是而已。关于他姐姐的消息,他在土伦从始至终只听见人家稍稍谈到过一次。那仿佛是在他坐监的第四年末。我已经想不起他是从什么地方得到了那消息。有个和他们相识的同乡人看见过他姐姐,说她

① "Buonaparte",拿破仑出生于科西嘉岛,该岛原属意大利,一七六八年卖给法国。他的姓,"Bonaparte"(波拿巴),按原来意大利文写法是"Buonaparte"。此处所言咨文,将一字写成两字,盖当时其名未显,以致发生这一错误。

② 芒泰诺泰(Montenotte),意大利北部距法国国境不远的一个村镇。

到了巴黎。她住在常德尔街，即圣稣尔比斯教堂附近的一条穷街。她只带着一个孩子，她最小的那个男孩。其余的六个到什么地方去了呢？也许连她自己也不知道。每天早晨，她到木鞋街三号，一个印刷厂里去，她在那里做装订的女工。早晨六点她就得到厂，在冬季，那时离天亮还很早。在那印刷厂里有个小学校，她每天领着那七岁的孩子到学校里去读书。只不过她六点到厂，学校要到七点才开门，那孩子只好在院里等上一个钟头，等学校开门。到了冬天，那一个钟点是在黑暗中露天里等过的。他们不肯让那孩子进印刷厂的门，因为有人说他碍事。那些工人清早路过那里时，总看见那小把戏沉沉欲睡坐在石子路上，并且常是在一个黑暗的角落里，他蹲在地上，伏在他的篮子上便睡着了。下雨时，那个看门的老婆子看了过意不去，便把他引到她那破屋子里去，那屋子里只有一张破床、一架纺车和两张木椅，小孩便睡在屋角里，紧紧抱着一只猫，可以少受一点冻。到七点，学校开门了，他便跑进去。以上便是冉阿让听到的话。人家那天把这消息告诉他，那只是极短暂的一刹那，好像一扇窗子忽然开了，让他看了一眼他心爱的那些亲人的命运后随即一切又都隔绝了。从此以后，他再也没有听见人家说到过他们，永远没有得到过关于他们的其他消息，永远没有和他们再见面，也永远没有遇见过他们，并且就是在这一段悲惨故事的后半段，我们也不会再见到他们了。

到了第四年末，冉阿让有了越狱的机会。他的同伙帮助他逃走，这类事是同处困境中人常会发生的。他逃走了，在田野里自由地游荡了两天，如果自由这两个字的意义是这样的一些内容：受包围，时时朝后看，听见一点声音便吃惊，害怕一切，害怕冒烟的屋顶、过路的行人、狗叫、马跑、钟鸣、看得见东西的白昼、看不见东西的黑夜、大路、小路、树丛、睡眠。在第二天晚上，他又被逮住了。三十六个钟头以来他没有吃也没有睡。海港法庭对他这次过失，判决延长拘禁期三年，一共是八年。到第六年他又有了越狱的机会，他要利用那机会，但是他没能逃脱。点名时他不在。警炮响了，到了晚上，巡夜的人在一只正在建造的船骨里找到了他，他拒捕，但是被捕了。越狱并且拒捕，那种被特别法典预见的事受了加禁五年的处罚。五年当中，要受两年的夹链。一共是十三年。到第十年，他又有了越狱的机会，他又要趁机试一试，仍没有成功。那次的新企图又被判监禁三年。一共是十六年。到末了，我想是在第十三年内，他试了最后的一次，所得的成绩只是在四个钟头之后又被拘捕。那四个钟头换来了三年的监禁。一共是十九年。到一八一五年的十月里他被释放了。他是在一七九六年关进去的，为了打破一块玻璃，拿了一个面包。

此地不妨说一句题外的话。本书作者在他对刑法问题和法律裁判的研究里遇见的那种为了窃取一个面包而造成终身悲剧的案情，这是第二次。克洛德·格[1]偷了一个面包，冉阿让也偷了一个面包。英国的一个统计家说，在伦敦五件窃案里，四件是由饥饿直接引起的。

冉阿让走进牢狱时一面痛哭，一面战栗，出狱时却无动于衷；他进去时悲痛失望，出来时老气横秋。

这个人的心有过怎样的波动呢？

七　失望的内容

让我们试述一下。

社会必须正视这些事，因为这些事是它自己制造出来的。

我们已经说过，冉阿让只是个无知识的人，并不是个愚蠢的人，他心里生来就燃着性灵的光。愁苦（愁苦也有它的光）更增加了他心里的那一点微光。他终日受着棍棒、鞭笞、镣铐、禁闭、疲乏之苦，受着狱中烈日的折磨，睡在囚犯的木板库上他扪心自问，反躬自省。

他自己组织法庭。

他开始审问自己。

他承认自己不是一个无罪的人，受的处分也没有过分。他承认自己犯了一种应受指摘的鲁莽的行为；假使当初他肯向人乞讨那块面包，人家也许不会不给；无论给与不给，他总应当从别人的哀怜或自己的工作中去等待那块面包；有些人说肚子饿了也能等待么？这并不是一种无可非难的理由；真正饿死的事根本就很少见到；并且无论是幸或不幸，人类生来在肉体上和精神上总是能长期受苦、多方受苦而不至于送命的；所以应当忍耐；即使是为那些可怜的孩子们着想，那样做

① 克洛德·格(Claude Gueux)，雨果一八三四年为穷苦人民呼吁的小说《克洛德·格》的主角。

也比较妥当些；像他那样一个不幸的贱人也敢挺身和整个社会搏斗，还自以为依靠偷窃，就可以解除困难，那完全是一种疯狂举动；无论怎样，如果你通过一道门能脱离穷困，但同时又落入不名誉的境地，那样的门总还是一扇坏门；总之，他错了。

随后他又问自己：

在他这次走上绝路的过程中，他是否是唯一有过失的人？愿意工作，但缺少工作，愿意劳动，而又缺少面包，首先这能不能不算是件严重的事呢？后来，犯了过失，并且招认了，处罚又是否苛刻过分了呢？法律在处罚方面所犯的错误，是否比犯人在犯罪方面所犯的错误更严重呢？天平的两端，在处罚那端的砝码是否太重了一些呢？加重处罚绝不能消除过失；加重处罚的结果并不能扭转情势，并不能以惩罚者的过失代替犯罪者的过失，也并不能使犯罪的人转为受损害的人，使债务人转为债权人，使侵犯人权的人受到人权的保障，这种看法是否正确呢？企图越狱一次，便加重处罚一次，这种作法①的结果，是否构成强者对弱者的谋害，是否构成社会侵犯个人的罪行，并使这种罪行日日都在重犯，一直延续到十九年之久呢？

他再问自己：人类社会是否有权使它的成员在某种情况下接受它那种无理的不关心态度，而在另一种情况下又同样接受它那种无情的不放心态度，并使一个穷苦的人永远陷入一种不是缺乏（工作的缺乏）就是过量（刑罚的过量）的苦海中呢？贫富的形成往往由于机会，在社会的成员中，分得财富最少的人也正是最需要照顾的人，而社会对他们恰又苛求最甚，这样是否合乎情理呢？

他提出这些问题，并作出结论以后，他便开始审判社会，并且判了它的罪。

他凭心中的愤怒判了它的罪。

他认为社会对他的遭遇是应当负责的，他下定决心，将来总有一天，他要和它算账。他宣称他自己对别人造成的损失和别人对他造成的损失，两相比较，太不平衡，他最后的结论是他所受的处罚实际上并不是不公允，而肯定是不平等的。

---

① 同“做法”。

盛怒可能是疯狂和妄诞的，发怒有时也会发错的，但是，人，如果不是在某一方面确有理由，是不会愤慨的。冉阿让觉得自己在愤慨了。

再说，人类社会所加于他的只是残害。他所看到的社会，历来只是它摆在它的打击对象面前自称为正义的那副怒容。世人和他接触，无非是为了要达到迫害他的目的。他和他们接触，每次都受到打击。从他的幼年，从失去母亲、失去姐姐以来，他从来没有听到过一句友好的言语，也从没有见过一次和善的嘴脸。由痛苦到痛苦，他逐渐得出了一种结论：人生即战争，并且在这场战争里，他是一名败兵。他除了仇恨以外没有其他武器。于是他下定决心，要在监牢里磨练[1]他这武器，并带着它出狱。

有些无知的教士在土伦办了一所囚犯学校，把一些必要的课程教给那些不幸人中的有毅力者。他就是那些有毅力者中的一个。他四十岁进学校，学习了读，写，算。他感到提高他的知识，也就是加强他的仇恨。在某种情况下，教育和智力都是可以起济恶的作用的。

有件事说来很可惜，他在审判了造成他的不幸的社会以后，他接着又审判创造社会的上帝。

他也定了上帝的罪。

在那十九年的苦刑和奴役中，这个人的心是一面上升，一面也堕落了。他一面醒悟，一面糊涂。

我们已经知道，冉阿让并不是一个生性恶劣的人。初进监牢时他还是个好人。他在监牢里判了社会的罪后觉得自己的心狠起来了，在判了上帝的罪后他觉得自己成了天不怕地不怕的人了。

我们在这里不能不仔细想想。

人的性情真能那样彻头彻尾完全改变吗？人由上帝创造，生而性善，能通过人力使他性恶吗？灵魂能不能由于恶劣命运的影响彻底转成恶劣的呢？人心难道也能像矮屋下的背脊一样，因痛苦压迫过甚而蜷曲萎缩变为畸形丑态，造成各种不可救药的残废吗？在每个人的心里，特别是在冉阿让的心里，难道没有一点原始的火星，一种来自上帝的素质，在人间不朽，在天上不灭，可以因善而发扬、鼓舞、光大、昌炽，

[1] 同"磨炼"。

发为奇观异彩，并且永远也不会完全被恶扑灭吗？

这是一些严重而深奥的问题，任何一个生理学家，他如果在土伦看见过这个苦役犯叉着两条胳膊，坐在绞盘的铁杆上休息（休息也就是冉阿让思前想后的时刻），链头纳在衣袋里，以免拖曳，神情颓丧、严肃、沉默、若有所思；他如果看见过这个被法律抛弃的贱人经常以愤怒的眼光注视着所有的人，他如果看见过这个被文明排斥了的罪犯经常以严厉的颜色仰望天空，他也许会不假思索地对上面那些问题中最后的一个，回答说："没有。"

当然，我们也并不想隐瞒，这位作为观察者的生理学家也许会在这种场合，看出一种无可挽救的惨局，他也许会替那个被法律伤害了的人叫屈，可是他却连医治的方法也没有想过，他也许会掉转头，不望那个人心上的伤口，他并且会像那个掉头不望地狱门的但丁，把上帝写在每个人前额上的"希望"二字从这个人的生命中拭去。

他的思想情况，我们已试着分析过了，冉阿让本人对自己的思想情况，是否和我们替本书读者试作的分析一样明白呢？构成冉阿让精神痛苦的那一切因素，在形成以后，冉阿让是否看得清楚呢？在它们一一形成的过程中，他又是否看清楚过呢？他的思想是层层发展的，他日甚一日地被困在许多愁惨的景象中颠来倒去，多年以来，他的精神，就始终被局限在那些景象的范围以内，粗鲁不文的他对这种思想的发展层次是否完全了解呢？他对自己思想的起伏波动是否十分明确呢？那是我们不敢肯定的，也是我们不敢相信的。冉阿让太没有知识了，他虽然受了那么多的痛苦，但对这些事，却仍是迷迷糊糊的，有时，他甚至还不知道他所感受的究竟是什么。冉阿让落在黑暗里，他便在黑暗里吃苦，他便在黑暗里愤恨，我们可以说，他无往而不恨。他经常生活在暗无天日的环境中，如同一个盲人或梦游者一样瞎摸瞎撞。不过，在某些时候，他也会，由于内因或外因，忽然感到一股怨气的突袭，一阵异乎导常[①]的苦痛，他会感到突然出现一道惨淡的、一闪即逝的光，照彻他的整个心灵，同时也使他命运中的种种险恶的深渊和悲惨的远景，在那片凶光的照射下一齐出现在他的前后左右。

---

① 应为"寻常"。

闪光过后仍旧是黑夜沉沉，他在什么地方？他又莫名其妙了。

那种刑罚的最不人道，也就是说，最足以戕贼人的智慧的地方，就是它特别能使人经过一种慢性的毒害逐渐化为野兽，有时还化为猛兽。冉阿让屡次执拗不变地图谋越狱，已足够证明法律在人心上所起的那种特殊作用。冉阿让的那种计划完全是无济于事的，愚蠢的，但是只要能得到机会，他总要试一试，绝不想到它的后果，也不想到既得的经验。他像一头狼，看见笼门开了，总要慌忙出逃。本能向他说："快逃！"理智却会向他说："待下！"但是面对着那样强烈的引诱，他的理智终于消失了，他有的只是本能。在那里活动着的只是兽性。他在重新被捕以后受到的新处罚，又足以使他更加惊惶失措①。

有一件我们不应当忽略的小事，就是他体质强壮，苦役牢里的那些人都比不上他。服劳役时，扭铁索，推绞盘，冉阿让抵得上四个人。他的手举得起、背也能够扛得动非常重大的东西。有时他可以代替一个千斤顶，千斤顶在从前叫做②"骄子"，巴黎菜市场附近的那条骄子山街，我们附带说一句，便是以此得名的。他的伙伴们替他起了个浑名③，叫冉千斤。一次，土伦市政厅正修理阳台，阳台下面有许多彼惹雕的人形柱，美丽可喜，其中一根脱了榫，几乎倒下来。当时冉阿让正在那里，他居然用肩头撑住了那根柱子等着其余的工人来修理。

他身体的轻捷比他的力气更可观。有些囚徒终年梦想潜逃，于是他们把巧和力结合起来，形成一种真正的科学。那些无时不羡慕飞虫飞鸟的囚徒，每日都练习一种神奇的巧技。冉阿让的特长便是能直登陡壁，在不易发现的凸处找出着力的地方。他在墙角里把肘弯和脚跟靠紧石块上的不平处，便能利用背部和腿弯的伸张力，妖魔似的升到四楼。有时，他还用那种方法直上监狱的房顶。

他很少说话。他从不笑。必得有一种外来的刺激才能使他发出一种像是魔鬼笑声的回音的苦笑，那也是一年难得一两次的事。看他那神气，仿佛随时在留心瞧着一种骇人的东西。

他的确是一心一意在想什么事的样子。

---

① 同"惊慌失措"。

② 同"叫作"。

③ 同"诨名"。

他的禀赋既不完全，智力又受了摧残，通过他那种不健全的辨别能力，他隐约感到有一种怪物附在他身上。他在那种阴暗、惨白、半明不暗的地方过着非人的生活，他每次转过头颈，想往上看时，便又恐怖又愤怒地看见在自己头上，层层叠叠地有一堆大得可怕的东西，法律、偏见、人和事，堆积如山，直到望不见的高度，崇危峻险，令人心悸，它的形状不是他所能知道的，它的体积使他心胆俱裂，这并不是旁的东西，只是那座不可思议的金字塔，我们所谓的文明。这儿那儿，在那堆蠕蠕欲动、形状畸异、忽远忽近的东西上面和一些高不可攀的高原上面，他看见一群群的人，被强烈的光线照得须眉毕现，这儿是携带棍棒的狱卒，手持钢刀的警察，那边是戴着高冠的总主教，最高处，一片圆光的中央，却是戴着冠冕、耀人眼睛的帝王。远处的那些奇观异彩似乎不但不能惊醒他的沉梦，反而使他更加悲伤，更加惶惑。举凡法律、偏见、物体、人和事，都按上帝在文明方面所指定的神秘复杂的动态，在他的头上来来去去，用一种凶残却又平和、安详却又苛刻、无可言状的态度在践踏他，蹂躏他。所有沉在厄运底下、陷在无人怜恤的十八层地狱里面、被法律所摈弃的人们，觉得这个社会的全部重量都压在他们的头上，这种社会对处在它外面的人是多么可怕，对处在它下面的人是多么可怕。

冉阿让在这种情况下，东想西想，但是他的思想是怎样一种性质的呢？

假使磨盘底下的黍粒有思维的能力，它所想的也许就是冉阿让所想的了。

结果，那种充满了鬼影的现实和充满了现实的鬼域替他构成了一种几乎无可言喻的内心状况。

有时，他正在干着牢里的工作，会忽然停着不动，细想起来。他的那种比以前更加成熟、但也更加混乱的理性起来反抗了。他觉得他所遭受的一切都是不合理的。环绕他的一切都是不近人情的。他常对自己说这是一场梦，他望着那个站在他几步以外的狱卒，会觉得那是一个鬼，那个鬼突然给他吃了一棍。

对他来说，这个历历可见的自然界是若有若无的。我们几乎可以说，对冉阿让，无所谓太阳，无所谓春秋佳日，无所谓晴空，无所谓四月天的清凉晓色。我不知道是怎样一种黯淡的光经常照着他的心。

最后，如果我们要把我们以上所谈的一切，择其可以总括的总括起来，指出一个明确的结果的话，我们只能说，冉阿让，法维洛勒的一个安分守己的修树枝工人，土伦的一个强顽[①]的囚犯，由于监狱潜移默化的作用，十九年来已有能力做出两种坏行为：第一种坏行为是急切的、不假思索的、轻躁的、完全出自本能的，是对他所受痛苦的反击；第二种坏行为是阴沉的、持重的、平心静气考虑过的、用他从痛苦中得来的那种错误观念深思熟虑过的。他的打算经常通过三个连续的层次：思考，决心，固执；只有某种性格的人才会走上这条路。起因是由于一贯愤慨，心灵的苦闷，由于受虐待而引起的深刻的恶感、对人的反抗，包括对善良、无辜、公正的人的反抗，假如世上真有这几种人的话。他一切思想的出发点和目的全是对人类法律的仇恨；那种仇恨，在它发展的过程中，如果得不到某种神智来加以制止，就可以在一定的时刻变成对社会的仇恨，再变成对人类的仇恨，再变成对造物的仇恨，最后变成一种无目标、无止境、凶狠残暴的为害欲，不问是谁，逢人便害。我们知道，那张护照称冉阿让"为人异常险狠"，不是没有理由的。

年复一年，这个人的心慢慢地、但是无可挽救地越变越硬了。他的心一硬，他的眼泪也就干了。直到他出狱的那天，十九年中，他没有流过一滴泪。

① 同"顽强"。

第四章 巴尔扎克与《高老头》

法国浪漫主义文学大师雨果曾盛赞巴尔扎克:“在最伟大的人物中间,巴尔扎克是名列前茅者;在最优秀的人物中间,巴尔扎克是佼佼者。”学习本章,我们可以了解法国批判现实主义文学的发展,深悟法国作家巴尔扎克的文艺观,理解其代表性作品《高老头》的思想内容与所表达的审美价值。通过介绍《高老头》相关的法国批判现实主义文学的概况,分析作家巴尔扎克在其小说《高老头》中运用的“典型环境中的典型人物”的文学创作手法,为更全面深刻理解经典小说《高老头》提供解读的视角。

第一节 法国批判现实主义文学

法国是欧洲批判现实主义文学的发源地。19 世纪三四十年代的法国批判现实主义文学以描写封建贵族与新兴资产阶级的矛盾以及资产阶级内部之间的矛盾为主,在表现出对现实强烈的批判性和揭露性的同时,也流露出对封建时代的依恋之情。

一、法国批判现实主义文学早期

司汤达和巴尔扎克是法国批判现实主义文学的奠基人。1823—1825 年,司汤达陆续发表文学评论,并集结成《拉辛与莎士比亚》,提出了文学反映现实,为现代人服务的创作原则,它是第一部现实主义的宣言书。1830 年,他的长篇小说《红与黑》实践了批判现实主义创作原则,标志着批判现实主义文学的形成。

《红与黑》描写了法国维里埃尔城木匠儿子索雷尔的故事。聪颖好学、从小受启蒙思想熏陶、具有反抗精神的索雷尔,19 岁那年,进入市长雷纳尔家当家庭教师,因与市长夫人有暧昧关系,被迫离开小城,进了贝尚松神学院学习,后又因学院内党派斗争不得不离开省城来到拉莫尔侯爵家当私人秘书。他因才华出众，颇受侯爵赏识，并博得他女儿玛蒂尔德的好感。但正当他沉醉在30岁当上司令的美梦时，市长夫人的揭发信，使一切希望成了泡影。在气愤之下，他试图枪杀市长夫人。事后，得知市长夫人的揭发信是在忏悔教士强迫下写的，索雷尔痛悔不已。在监狱里，他不愿申诉，而且拒绝接待探监的玛蒂尔德小姐，只喜欢与市长夫人相处，最后，终于上了断头台。三天后，市长夫人也抱着孩子离开了人世。作品除了塑造索雷尔这个不朽的艺术形象之外，还以巨大的艺术力量展现了众多既有个性又有某一类型性格的人物。在市长、哇列诺、老索雷尔等人的利欲熏心、拜金主义、市侩习气中，又可以发现市长的迂腐，哇列诺的飞扬跋扈，老索雷尔的锱铢必较。在同与索雷尔有恋情的市长夫人和玛蒂尔德小姐中，我们看到，由于年龄、地位、处境的不同所造成的性格差异。有三个孩子的市长夫人，她的爱情是在封建和宗教观念的恐惧、挣扎中度过的，而浪漫、任性的玛蒂尔德小姐，她大胆、疯狂、反复无常，追求的是不同寻常的爱情。作品也十分重视人物性格的变化与环境之间的关系，例如索雷尔之所以对教会发生兴趣，与他目睹复辟王朝时期圣职人员的荣耀分不开。

巴尔扎克的《人间喜剧》使批判现实主义文学从理论到创作都臻于完善，它代表了西欧批判现实主义文学的最高成就。梅里美（1907—1870年）是一位具有浪漫主义艺术品格的现实主义作家，他创作诗歌、戏剧和历史小说，但主要以中短篇小说赢得文学史上的地位。他喜欢写异国题材，塑造纯朴真诚而又彪悍粗犷的人物，表现反现代道德文明的主题。他的小说在冷峻的叙述中蕴含着激情。比较著名的作品有《高龙巴》和《嘉尔曼》。其中，代表作《嘉尔曼》塑造了个性鲜明的女性形象嘉尔曼。嘉尔曼真诚坦率又放荡不羁，蔑视任何法律和道德的规范，表现出对个性自由的绝对追求。小说以女主人公的“绝对自由”否定了资本主义文明，但“绝对自由”也毁灭了嘉尔曼自己。

二、法国批判现实主义文学中后期

从19世纪50年代起，法国批判现实主义文学强调科学精神，表现出客观冷峻的风格。这种创作风格的倡导者和代表人物是福楼拜

(1821—1880年),他是法国19世纪中后期批判现实主义文学的重要代表。小仲马(1824—1895年)的《茶花女》也是一部杰作。都德(1840—1897年)是法国19世纪后期的一位带有自然主义倾向的批判现实主义小说家。他富于同情心,善于忠实地描写物质现象和人物的心灵世界,在他的作品中,真实与幻想、无情的揭露与诗情画意、严肃与幽默、讽刺与同情等因素往往和谐地结合在一起。《小东西》是都德的长篇小说代表作。在这部带有自传性的作品中,都德描写了孤独的少年爱洒特在冷酷自私的环境中饱受欺凌的不幸遭遇,在冷静的叙述中隐藏着含蓄的讽刺与批判,对人物的内心感受表现得十分细致。都德的短篇小说享有很高的声誉,在以描写普法战争为主的短篇小说集《月曜日的故事》中,就有《最后一课》和《柏林之围》这样的世界性名篇。这两个短篇小说强烈地反映了法国人民的爱国主义情感,情节委婉曲折,富有暗示性,具有动人心弦的艺术魅力。

19世纪中后期出现的巴黎公社文学,是一种新颖的现实主义文学,又称无产阶级文学。它真实地反映了无产阶级和广大劳动人民的斗争生活,表现了无产者为理想而奋斗的革命激情。为了当时斗争生活的需要,巴黎公社文学往往采用通俗活泼的形式,以劳动群众自己的语言,表现现实的生活材料,显得纯朴生动,富有感染力,为广大群众所喜闻乐见。巴黎公社文学包括巴黎公社社员在巴黎公社成立前后约20年间所写的关于巴黎公社革命活动的诗歌、小说、戏剧、杂文、回忆录等,其中以诗歌数量与成就最多最大。巴黎公社文学的创作队伍是群众性的,其中最有代表性的有鲍狄埃(1816—1887年)、米雪尔(1830—1905年)、瓦莱斯(1832—1885年)、克莱芒(1836—1903年)。

鲍狄埃是巴黎公社文学的代表。在巴黎公社革命斗争的过程中,鲍狄埃奋不顾身地投入战斗,被选为委员。巴黎公社革命被镇压后,鲍狄埃创作了不朽的无产阶级战歌《国际歌》。《国际歌》以饱满的无产阶级政治热情,号召全世界无产阶级和劳动大众团结起来,依靠自己的力量,运用革命的手段,彻底推翻资产阶级的反动统治,彻底消灭剥削制度,为解放全人类,争取自由和解放而奋斗。《国际歌》是巴黎公社革命的艺术总结,它形象而精辟地阐述了马克思主义学说,表现了无产阶级为解放全人类而团结战斗的英雄主义和乐观主义精神。

《国际歌》采用民歌的“复唱”形式，语言通俗明快，比喻恰当。《国际歌》音律整齐，音调激越昂扬，风格刚健豪放，如战鼓紧催，似号角震鸣，很好地表达了无产阶级者的战斗激情。巴黎公社文学为 20 世纪世界无产阶级文学的发展奠定了基础。

第二节 法国文坛的拿破仑——巴尔扎克

19 世纪三四十年代，严峻的社会现实击碎了“理性王国”的幻影，人们发现激情的呐喊并不能改变社会现状和解决社会问题，于是开始回归冷静，以冷峻的目光观察错综复杂的社会矛盾，理性面对社会现状。在这样的背景下，批判现实主义文学开始不动声色地登上历史舞台，用一部部厚重的皇皇巨著记录着时代风云，揭示着历史进程。在法国这个神奇的国度，在浪漫不羁的灵魂于文坛上激情呐喊之际，批判现实主义文学也开始登上历史的舞台。法国是批判现实主义文学的发源地。批判现实主义文学往往反映资产阶级与贵族阶级的矛盾，在表现出对现实强烈的批判性和揭露性的同时，也流露出对封建时代的依恋之情。揭露金钱的罪恶是批判现实主义文学创作的主题，塑造的个人反抗者和野心家的形象，贯穿着科学和理性主义精神。在这其中，司汤达和巴尔扎克是法国批判现实主义文学的奠基人。

一、巴尔扎克的生平

巴尔扎克(1799—1850 年)是欧洲批判现实主义文学的奠基人和杰出代表，被称为“现代法国小说之父”。恩格斯曾称赞，在巴尔扎克富有诗意批判的作品中，有着“了不起的革命辩证法”。正如法国浪漫主义作家雨果与法国动荡的风云时代起伏紧密相连，巴尔扎克见证了法国近代史上最为动荡的历史时期。巴尔扎克经历了拿破仑帝国的风云变幻，亲历了波旁王朝的复辟，目睹了七月王朝的残酷专制，还见证了多次声势浩大的工人运动。因此，巴尔扎克的作品既能形象展现封建阶级即将退出历史舞台的挣扎与反击，也能真实书写上升资产阶级的发家史，揭露大资产阶级特别是金融资产阶级的残酷欲望，同时还能看到挣扎在社会底层的劳动人民的苦难与抗争。

1799年5月20日，巴尔扎克生于法国中部城市图尔的一个中产者家庭。在这个法国大革命后致富的家庭里，虽然其父母政见不和，但他们在对金钱的追逐、社会地位的攀附上却达成了惊人的一致。巴尔扎克小时候学习成绩并不好，甚至可以说是一塌糊涂，父母和教师都没有对其寄予厚望，更不要说发现他的文学才能。巴尔扎克并非少年聪慧型作家，在求学期间，也并没有展现出一代文豪所具备的文学天赋。1816年，巴尔扎克进入法律学校学习，毕业后便在律师事务所实习，这在当时是一个让人羡慕的稳定职业。但是心怀大志、爱好文学的青年巴尔扎克，却做出一个在父母看来心血来潮的决定：辞掉律师事务所的工作，决意要当作家。青年巴尔扎克不能忍受在朝九晚五的呆板工作中维系机械的生活，也不甘心在默默无闻的卑微生活中消耗生命。他怀揣着对文学的激情，毅然决然走上文学创作道路，做一个让世人瞩目的大作家！巴尔扎克的决定遭到了父母的极力反对，他们相信这是巴尔扎克的一时冲动，因为在此之前巴尔扎克从来没有展示过文学才能，更不用说发表作品了。但是巴尔扎克决心已定，在与父母反复沟通后，巴尔扎克的父母只好策略性地让步：同意以两年时间为期限，两年后，如果巴尔扎克还没有成为“作家”，那就放弃这一念头，乖乖回去做律师。于是，文学青年巴尔扎克拿着父母资助的几百法郎，在成为“著名作家”梦想的激励下，跑到巴黎，在一处贫民窟的阁楼上开启他的作家生涯，做起了作家梦。

就在一间四处漏风的房子里，充盈着文学激情的巴尔扎克创作出了人生的第一部作品。迎合法兰西剧院的口味，选择了当时最为流行的历史剧文体，写出了五幕诗体悲剧《克伦威尔》。和父母预想的一样，文学创作经验较为匮乏的巴尔扎克，其处女作被剧评人判了“死刑”。“这个作者做什么职业都行，就是不要再写作了”。但是青年巴尔扎克并没有被失败所打倒。在他看来，“成为一个著名的大作家”已然是自己矢志不渝的奋斗目标。文学创作的激情一旦被燃烧起来，是无法被熄灭的。虽然文学创作之路出现了暂时的失败，但是他走上文学创作之路的决定却再也没有改变。短暂沮丧期过后，巴尔扎克自我反省，将其文学处女作的失败归结为是文体选择的错误，于是他转变了方向，开始写当时最流行、最庸俗的通俗小说。上至贵妇人，下至厨娘们都是这种小说的热衷追捧者。因为这种小说所描写的荒诞不经的奇遇满足了贵妇人的浪漫幻想，庸俗的插科打诨故事则是厨娘们日常生活的佐料。巴尔扎克发现写这种东西毫不费力，而且很快给自己带来了可观的收入，唯一遗憾的是没有办法成为著名大作家。

为了维持生计，在成为一名著名文学家梦想的激励下，巴尔扎克在随后的六年时间里，写作之余还从事了一些投机生意。例如，做出版商，出版名著丛书；经营印刷厂和铸字厂等。遗憾的是，他实在没有经商才能，这些生意均赔本，以失败告终。可以想象，巴尔扎克在商界若可以叱咤风云，那文学的长廊上则可能会失去一颗耀眼的星星。生意上的一系列失败使巴尔扎克债台高筑，巨额债务像噩梦一样缠绕着他，直至他生命的最后一刻。当然，这些经历也为他日后的文学创作提供了厚实的生活经验，使他对文学语言的掌握、对作品中人物的塑造和作品中情节的驾驭得到了训练；后来，还为他创作《人间喜剧》等杰作提供了丰富的素材。

二、巴尔扎克的文学创作

巴尔扎克在长达 20 多年旺盛的文学创作生涯中，作品颇丰，共写作长、短篇小说 90 多部，滑稽故事 36 篇，戏剧 6 部，以及一些零星的文章。① 不像颇具文学天赋的雨果那样顺理成章进入文坛，也不同于莫泊桑可以在名师福楼拜严格的专业指导下成长，巴尔扎克既非才子也没有丰厚的经济支撑，他之所以能成为文学大师，除了法国 19 世纪上半叶这一卓具典型意义的时代为他提供文学创作的素材外，艰辛的生活闯荡也磨炼了他的才能，更重要的是当一名出人头地的作家这一坚定的信念一直激励与鞭策着他。当然，还必须要提及的是巴尔扎克高度的自律与勤奋。他一天至少工作 12 个小时，经常达 18 个小时。正如巴尔扎克的手杖上面刻着："我能粉碎一切障碍！"他的雄心勃勃来自他在创作小说时的忘我状态，如同战场上的拿破仑。巴尔扎克称自己夜以继日的创作方式为"可怕的劳作"。也正是这种异于常人的"可怕的劳作"使巴尔扎克保持着其他作家所无法达到的旺盛的创作

① 巴尔扎克.欧也妮·葛朗台[M].刘安平，译.西安：三秦出版社，2016：405-406.

精力。“我六点钟起床，修改《朱安党人》。然后从八点到早上四点，利用八小时来写《战役》。白天我修改晚上写下的东西。这就是我的生活。”①在《贝姨》中他写道：“持续不断的工作是人生的铁律，也是艺术的铁律。”②但是巴尔扎克毕竟不是超人，作为一个人，他的能量也是有限的。即便是精力充沛过人的巴尔扎克也会有疲惫的时刻，他只能大量地饮用黑咖啡，使自己处于紧张兴奋的创作状态。有人说，巴尔扎克因咖啡而活着，也是因咖啡而死去。过量地饮用黑咖啡，日夜颠倒的不规律生活是有害身体健康的。他也预感到自己将死于不健康的饮食作息上，但为了“艺术的铁律”不得不这样做。超负荷的刻苦劳作换来了惊人的效率。“……《卢日里的秘密》是我一夜之间写成的；……《老姑娘》花了三个晚上的功夫。《该死的孩子》的最后部分‘碎了的珍珠’写了一个晚上。……《无神论者做弥撒》和《法西诺·加奈》也是这样写出来的；我在萨什，用了三天时间，写成《幻灭》开头的一百页。”③

1829 年，经过长达两年的素材积累，查阅资料，现场勘查以及反复修改，巴尔扎克完成了长篇小说《最后一个朱安党人》，这部小说是他文学生涯的一个真正起点，自此，他向批判现实主义小说创作迈出了第一步。两年之后，1831 年面世的具有讽喻意义的《驴皮记》则将他推向了文学的舞台，他正式为文学界所认可。由此，巴尔扎克也进入了创作的丰收期，这一黄金季节竟不间断地持续了 20 年。巴尔扎克立志要自己成为文学事业上的拿破仑，在他书房中有一座拿破仑的肖像，他在拿破仑的剑鞘上写下了激励自己一生的座右铭：“我要用笔完成他用剑所未能完成的事业。”在 19 世纪三四十年代，巴尔扎克以惊人的毅力创作了大量丰硕的作品，写出了 91 部小说，合称《人间喜剧》。《人间喜剧》被誉为“资本主义社会的百科全书”。

三、巴尔扎克的文艺观

在文学创作的征途上披荆斩棘，巴尔扎克最终建立起自己的文学事业。巴尔扎克的思想是矛盾复杂的，在哲学上他是一位朴素的唯物

① 张玲霞．文坛上的拿破仑：巴尔扎克和《人间喜剧》[M]．海口：海南出版社，1993：25．
② 同①：26．
③ 同②．

论者，但又受神秘主义的影响；在政治上，他站在中小阶级立场反对金融资产阶级的统治，但他又幻想建立君主立宪制，实行强权统治；在宗教思想上，他抨击基督教，但他又主张用宗教来克制人的情欲。虽然他的思想矛盾复杂，但主要倾向是积极进步的。尽管置身于浪漫主义思潮风起云涌的时代，尽管巴尔扎克本人也具有浓郁的浪漫主义特质，但他的文学创作却始终扎根于现实生活的土壤，着眼于反映现实生活的本质。正如俄国思想家普列汉诺夫所赞誉的：巴尔扎克的作品是最深刻意义上的现实主义。《人间喜剧》作为巴尔扎克的代表作品同时也是一座伟大的现实主义里程碑。在这部被誉为“资本主义社会的百科全书”的小说总集中，巴尔扎克以法国社会这个“历史家”的“书记”的身份，将笔触深入城市的各个角落，展现了金融家、自由艺术家、记者、贫民、警探、律师、高利贷者等这些在城市的“土壤”上滋生的人物及其命运遭际，展示了人间百态，抨击了资本主义金钱统治的罪恶，深刻而生动地写出了“被许多历史家所忽略了的风俗史”。恩格斯认为，这部辉煌巨著《人间喜剧》是“现实主义的最伟大的胜利”，是一部法国社会，特别是巴黎上流社会卓越的现实主义历史。在表现手法上，《人间喜剧》除了细节真实外，还更真实地再现了典型环境中的典型人物。“我从这里（《人间喜剧》），甚至在经济细节方面（如革命的动产和不动产的重新分配）所学到的东西，也要比上学时所有职业的历史学家、经济学家和统计学家那里学到的全部东西还要多。”[①]巴尔扎克作品的深刻性由此可见。

第三节 《高老头》赏析

巴尔扎克的作品在我国已经流传了百年。较早出现在中国文坛的是1915年商务印书馆出版的巴尔扎克短篇集《哀吹录》，由著名翻译家林纾与陈家麟合译。五四运动后，我国对巴尔扎克及其作品的介绍和研究渐渐丰富起来。新中国成立后，尤其是20世纪50年代，《高老头》《贝姨》《高利贷者》《邦斯舅舅》等著名的短篇小说相继出版，巴

① 李安斌，冷和平．外国文学名著选读[M]．北京：中国工商出版社，2013：263．

尔扎克成为我国读者喜欢的作家之一。每个人都有属于他自己的梦想。法国批判现实主义文学大师巴尔扎克，这位用丰富的想象、勤勉的汗水、异于常人的毅力、精益求精的写作态度构筑了《人间喜剧》艺术大厦的文豪，更有着许许多多实现了的和没有实现的梦。

一、《人间喜剧》简介

（一）《人间喜剧》的串联方法

巴尔扎克创作的《人间喜剧》共 91 部小说，塑造了 2 400 多个人物。巴尔扎克使用了分类编目法与人物再现法，将作品连接成一个有机的整体。他采用分类编目法将《人间喜剧》分为：风俗研究、哲学研究、分析研究等三大类，其中风俗研究内涵最为丰富，构成了作品的主体部分。风俗研究又分为私人生活场景、外省生活场景、巴黎生活场景、政治生活场景、军旅生活场景与乡村生活场景等六大场景。人物再现法是巴尔扎克独创的串联小说的方法，也是他人物塑造的一大特色。同一人物在不同作品中反复出现，每部作品只表现人物的某一段或某一侧面的生活，通过人物的足迹，最后构成这个人物的完整形象，由此反映当时的社会生活。《高老头》是巴尔扎克最先使用人物再现法的小说，很多重要的人物都是第一次在这部小说中登场，为他之后的人物系列开辟了一条康庄大道。遗憾的是，因巴尔扎克的逝世，《人间喜剧》并没有最后完成，在这部大部头作品中，《高老头》《欧也妮·葛朗台》《贝姨》被研究者普遍认为是这座未完工的大厦的三块石头。巴尔扎克对金钱的理解比以往任何作家都更为深入。《高老头》反映了父亲对两个女儿非理性、非功利的爱。《欧也妮·葛朗台》关注的是人的贪欲，少女在利益至上、控制欲极强的父权主义下生活的阴影。《贝姨》写出了女性病态的报复心。这三部小说都讲述了人的偏执。巴尔扎克善于冷静观察社会，执着探索人性，描写欲望的丑陋与疯狂。最后经过他的探索，作品告知世人一个有价值的结论：只有在宗教理性制约下的个体对物质的满足，才是解决人类无尽欲望行之有效的办法。

（二）《人间喜剧》的主要内容

《人间喜剧》通过一系列青年奋斗者的典型形象塑造，揭示了金钱腐化人心的历史。《幻灭》中的青年吕西安在巴黎恶劣风气的毒害下，成为党派倾轧的流氓文痞；《驴皮记》中的青年拉斐尔则为了金钱将灵魂卖给了魔鬼。正如巴尔扎克在《幻灭》的序言中所说的，巴黎对当时的外省青年而言就像一座碉堡，在向它发起进攻的过程中也是青年人才能、意志的较量。同时代揭露金钱罪恶主题的作家并不在少数，但是没有一个作家像巴尔扎克一样用几十部作品从不同角度加以揭露。在巴尔扎克的“人间喜剧”舞台上，到处可以遇到金钱这个“人间上帝”，“金钱”不仅构成了小说的中心内容，同时也是《人间喜剧》中塑造最成功、最生动的形象。《人间喜剧》除了揭露金钱笼罩下的人心腐化史，还真实再现了封建贵族阶级的没落衰亡史，巴尔扎克看到了贵族阶级灭亡的必然性。在《高老头》中，名门贵族鲍赛昂夫人抵挡不住金钱的进攻，最终败在资产阶级手下，把上流社会特权让给了纽沁根等新兴阶级。在描写过程中，巴尔扎克对贵族阶级寄予同情，为他们唱了一曲无尽的挽歌。此外，巴尔扎克还按照时间顺序，通过一系列资产阶级典型形象的塑造，真实展示了资产阶级的罪恶发家史。首先出现的是满身铜臭的“卑鄙的胜利者”，一个物化的灵魂——高布赛克，他是资本原始积累时期资产者的典型；其次是原始积累时期向自由竞争时期过渡的资产者代表葛朗台；最后则是金融资产阶级的代表银行家纽沁根。这一系列形象各自代表着资产阶级发展的各个阶段，串联成整体就真实再现了资产阶级的罪恶发家史。作为法国社会历史的“书记员”，巴尔扎克真实记录了阶级的恶习和人性的丑恶。在他笔下，社会成了人性的战场，人人都为生存争上游而不择手段，贪婪、暴戾和冷酷被一一呈现。巴尔扎克在刻画人物和事件时，写出了历史学家忘记写的历史的另一面，向我们展示了一幅栩栩如生的历史画卷。难怪恩格斯坦称，自己从《人间喜剧》中学到的东西，要比从当时所有职业历史学家、经济学家和统计学家那里学到的全部东西还要多。

二、《高老头》的“人生三课”

《高老头》是《人间喜剧》中最重要的一部作品，也是巴尔扎克对拜金主义抨击最为深刻的一部作品。很多人物都是首次在这部小说中登场，为他之后的人物系列奠定了基础。《高老头》以人物命名，讲述的是高老头跌宕起伏的一生，揭示的是金钱泯灭人性的悲剧主题，这也是小说的一条主线索。小说既是对现实的批判，也是对人性的反思。法国大革命时期起家的富有面条商高里奥，中年丧妻。他把自己所有的爱都倾注在两个女儿身上，毫无道德原则地宠爱自己的两个女儿。为了让她们进入上流社会，创造一切条件给她们良好的教育，出嫁时给了她们每人 80 万法郎的陪嫁，但两个女儿拿着父亲给予的丰厚陪嫁嫁人后，却随着父亲的财富越来越少而对他愈加冷漠。两个女儿挥金如土，丝毫不顾及高老头的生存现状。只有需要金钱时，才会想到住在贫穷的伏盖公寓中的老父亲。高老头的爱轻而易举就被金钱至上的原则战胜了。高老头临终时，卧在病榻上，一边呜咽，一边喃喃："我要死了，要气疯了，气死了！气已经上来了！现在我把我这一辈子都看清楚了。我上了当！她们不爱我，从来没有爱过我！"[①]在最后的时刻他才幡然醒悟，自言自语地说："唉！倘若我有钱，倘若我留着家私，没有把财产给她们，她们就会来，会用她们的亲吻来舐我的脸！……做父亲的应该永远有钱，应该拉紧儿女的缰绳，像对付狡猾的马一样。"[②]爱了一辈子女儿的高老头，到头来反被女儿遗弃。最终，高老头身无分文悲惨死去，可两个女儿竟没去看父亲最后一面，甚至没有参加高老头的葬礼，只派出了两辆马车。这种父女关系是在金钱的基础上建立起来的，自然会随着高老头的钱袋被榨干而瓦解。高老头的"父爱悲剧"是小说的一条重要线索，也是巴尔扎克对社会上金钱至上原则的最辛辣讽刺。

小说另一条线索是拉斯蒂涅误打误撞进入上流社会，在虚伪和虚荣中毁灭了自己的良心。金钱不但撕毁了人们脸上的温情面纱，而且埋没了很多有才华有能力的青年。拉斯蒂涅就是一个经历了"人生三课"后，被金钱腐蚀，甘心堕落为不择手段之人。他本来是个涉世未深、未被污染的青年，从外省来到巴黎，想在巴黎重振家业，通过远房表姐鲍赛昂夫人踏入贵族沙龙，开启了他被金钱、被丑陋的人性所腐化的历程。鲍赛昂夫人给拉斯蒂涅上了第一课——"社会不过是傻子

---

① 巴尔扎克.欧也妮·葛朗台 高老头[M].傅雷，译.北京：人民文学出版社，2019：456.

② 同①：453.

跟骗子的集团”[①]“你得以牙还牙对付这个社会。……你越没有心肝，越高升得快。你得不留情地打击人家，叫人家怕你。只能把男男女女当做[②]驿马，把它们骑得筋疲力尽，到了站上丢下来；这样你就能达到欲望的最高峰。”[③]“理智型罪犯”伏脱冷给他上了第二课——“犯罪哲学”的训导，即“在这个人堆里，不像炮弹一般轰进去，就得像瘟疫一般钻进去。清白老实一无用处。”[④]最后一课是高老头惨被两个女儿所抛弃，这是最现实的人生悲剧，也是他所目睹的。他在多次的投降与反抗中“不幸地”明白了在这“文明的战场”中，他需要更强有力的武器——泯没自己的良心，向这个黑暗的社会投降，用自己的野心与欲望去“奋斗”。在小说的最后，拉斯蒂涅埋葬了高老头，也埋葬了最后一滴温情的眼泪。

19 世纪批判现实主义作家普遍重视人物与环境之间的关系，刻画典型环境中的典型人物是他们创作的基本原则。巴尔扎克的文学创作同样也在塑造着“典型环境中的典型人物”。跟随《高老头》中的拉斯蒂涅的人生轨迹，我们见证了潮湿阴冷的伏盖公寓与华丽奢华的鲍赛昂子爵府邸鲜明的对照，在这样外界环境的刺激下，淳朴的外省青年拉斯蒂涅一步步走向了堕落。《高老头》描写的是来到巴黎求学的拉斯蒂涅——一个初入社会的大学生，渴望跻身上流社会且如何在道德和利益之间挣扎的故事。同样，人物也不断地作用于环境，在环境中留下鲜明的痕迹，比如伏盖公寓的主人伏盖太太的庸俗、见钱眼开加深了对这个环境腐朽的渲染；葛朗台的吝啬导致了他的家庭客观环境的穷酸不堪，与其性格吻合一致。通过《人间喜剧》这些“典型环境中典型人物”的刻画，巴尔扎克里给我们提供了一部法国社会的，特别是巴黎上流社会的现实主义历史。这就是巴尔扎克的气魄，一个伟大作家所具有的气质。身处在那样一个大变动的时代里，他以极大的勇气、敏锐的哲思和深刻的分析，对资本主义社会的金钱世界进行了艺术探索，用自己的笔在现实主义的巍峨丰碑上刻下了金钱时代人类

① 巴尔扎克.欧也妮·葛朗台 高老头[M].傅雷，译.北京：人民文学出版社，2019：277.

② 同“当作”。

③ 同①：275.

④ 同①：302.

灵魂发掘者的深刻印记。

巴尔扎克留给文学世界的财富是巨大的,是不可估量的。有学者把巴尔扎克、莎士比亚和托尔斯泰视为“人类为自己建立的三座丰碑”。巴尔扎克用狂热而浪漫的法兰西性格,将他生活时代的一切、人性真实的一切、欲望显现的一切都写进了小说。《人间喜剧》涵盖历史、政治、经济、哲学……像“社会的一面镜子”,映射着时代的风貌,也照亮了后世。正如中国当代文学家木心曾慨叹:“人类再也不会有巴尔扎克了。所幸我们已经有他。”

思考题

1. 请结合《高老头》,分析拉斯蒂涅这一人物形象。
2. 请结合《高老头》,分析高老头父爱悲剧的社会意义。
3. 论述《高老头》的批判现实主义文学特征。

推荐阅读图书

1. 巴尔扎克. 欧也妮·葛朗台 高老头[M]. 傅雷,译. 北京:人民文学出版社,2019.

2. 巴尔扎克. 高老头 欧也妮·葛朗台[M]. 张冠尧,译. 北京:人民文学出版社,2015.

附　录　《高老头》精彩篇章选读[①]

两个女儿

晌午，正当邮差走到先贤祠区域的时候，欧也纳收到一封封套很精致的信，火漆上印着鲍赛昂家的纹章。信内附一份给德·纽沁根夫妇的请帖；一个月以前预告的盛大的舞会快举行了。另外有个字条给欧也纳：

我想，先生，你一定很高兴代我向德·纽沁根太太致意。我特意寄上你要求的请柬，我很乐意认识德·雷斯托太太的妹妹。替我陪这个美人儿来吧，希望你别让她把你的全部感情占了去，你该回敬我的着实不少哩。

德·鲍赛昂子爵夫人。

欧也纳把这封短简[②]念了两遍，想道："德·鲍赛昂太太明明表示不欢迎德·纽沁根男爵。"

他赶紧上但斐纳家，很高兴能给她这种快乐，说不定还会得到酬报呢。德·纽沁根太太正在洗澡。拉斯蒂涅在内客室等。一个想情人想了两年的急色儿，等在那里当然极不耐烦。这等情绪，年轻人也不会碰到第二次。男人对于他所爱的第一个十足地道的女子，就是说符合巴黎社会的条件的光彩耀目的女子，永远觉得天下无双。巴黎的爱情和旁的爱情没有一点儿相同。每个人为了体统关系，在所谓毫无利害作用的感情上所标榜的门面话，男男女女是没有一个人相信的。在这儿，女人不但应当满足男人的心灵和肉体，而且还有更大的义务，要满足人生无数的虚荣。巴黎的爱情尤其需要吹捧，无耻，浪费，哄骗，摆阔。在路易十四的宫廷中，所有的妇女都羡慕拉瓦利埃小姐，因为她的热情使那位名君忘了他的袖饰值到六千法郎一对，把它撕破了

① 巴尔扎克.欧也妮·葛朗台 高老头[M].傅雷，译.北京：人民文学出版社，2019：410-424.

② 同"短信"。

来帮助德·韦尔芒杜瓦公爵降生。[1] 以此为例，我们对别人还有什么话可说呢！你得年轻，有钱，有头衔，要是可能，金钱名位越显赫越好；你在偶像面前上的香越多，假定你能有一个偶像的话，她越宠你。爱情是一种宗教，信奉这个宗教比信奉旁的宗教代价高得多；并且很快就会消失，信仰过去的时候像一个顽皮的孩子，还得到处闯些祸。感情这种奢侈唯有阁楼上的穷小子才有；除了这种奢侈，真正的爱还剩下什么呢？倘若巴黎社会那些严格的法规有什么例外，那只能在孤独生活中，在不受人情世故支配的心灵中找到。这些心灵仿佛是靠近明净的、瞬息即逝而不绝如缕的泉水过活的。他们守着绿荫，乐于倾听另一世界的语言，他们觉得这是身内身外到处都能听到的；他们一边怨叹浊世的枷锁，一边耐心等待自己的超升。拉斯蒂涅却像多数青年一样，预先体验到权势的滋味，打算有了全副武装再跃登人生的战场；他已经染上社会的狂热，也许觉得有操纵社会的力量，但既不明白这种野心的目的，也不知道实现野心的方法。要是没有纯洁和神圣的爱情充实一个人的生命，那么，对权势的渴望也能促成美妙的事业，——只要能摆脱一切个人的利害，以国家的光荣为目标。可是大学生还没有达到瞻望人生而加以批判的程度。在外省长大的儿童往往有些清新隽永的念头，像绿荫一般荫庇他们的青春，至此为止拉斯蒂涅还对那些念头有所留恋。他老是踌躇不决，不敢放胆在巴黎下海。尽管好奇心很强，他骨子里仍忘不了一个真正的乡绅在古堡中的幸福生活。虽然如此，他隔夜逗留在新屋子里的时候，最后一些顾虑已经消灭。前一个时期他已经靠着出身到处沾光，如今又添上一个物质优裕的条件，使他把外省人的壳完全脱掉了，悄悄地爬到一个地位，看到一个美妙的前程。因此，在这间可以说一半是他的内客室中懒洋洋地等着但斐纳，欧也纳觉得自己和去年初到巴黎时大不相同，回顾之下，他自问是否换了一个人。

“太太在寝室里。”泰蕾丝进来报告，吓了他一跳。

但斐纳横在壁炉旁边一张双人沙发上，气色鲜艳，精神饱满；罗绮被体的模样令人想到印度那些美丽的植物，花还没有谢，果子已经

---

① 拉瓦利埃(1644—1710年)，路易十四的情妇，德·韦尔芒杜瓦公爵是他们的私生子。这里指拉瓦利埃分娩时，痛苦中撕下守候在身边的国王的袖饰。

结了。

“哎，你瞧，咱们又见面了。”她很感动地说。

“猜猜我给你带了什么来着。”欧也纳说着，坐在她身旁，拿起她的手亲吻。

德·纽沁根太太念着请帖，做了一个快乐的手势。虚荣心满足了，她水汪汪的眼睛望着欧也纳，把手臂勾着他的脖子，发狂似的把他拉过来。

“倒是你(好宝贝！她凑上耳朵叫了一声。泰蕾丝在更衣室里，咱们得小心些！)，倒是你给了我这个幸福！是的，我管这个叫作幸福。从你那儿得来的，当然不光是自尊心的满足。没有人肯介绍我进那个社会。也许你觉得我渺小，虚荣，轻薄，像一个巴黎女子；可是你知道，朋友，我准备为你牺牲一切。我所以格外想踏进圣日耳曼区，还是因为你在那个社会里。”

“你不觉得吗，”欧也纳问，“特·鲍赛昂太太暗示她不预备在舞会里见到德·纽沁根男爵？”

“是啊，”男爵夫人把信还给欧也纳，“那些太太就有这种放肆的天才。可是管他，我要去的。我姊姊也要去，她正在打点一套漂亮的服装。”她又放低了声音说：“告诉你，欧也纳，因为外边有闲话，她特意要去露露面。你不知道关于她的谣言吗？今儿早上纽沁根告诉我，昨天俱乐部里公开谈着她的事，天哪！女人的名誉，家庭的名誉，真是太脆弱了！姊姊受到侮辱，我也跟着丢了脸。听说德·特拉伊先生签在外边的借票有十万法郎，都到了期，要被人控告了。姊姊迫不得已把她的钻石卖给一个犹太人，那些美丽的钻石你一定看见她戴过，还是她婆婆传下来的呢。总而言之，这两天大家只谈论这件事儿。难怪阿娜斯塔齐要定做一件金银线织锦缎的衣衫，到鲍府去出风头，戴着她的钻石给人看。我不愿意被她比下去。她老是想压倒我，从来没有对我好过；我帮过她多少忙，她没有钱的时候总给她通融。好啦，别管闲事了，今天我要痛痛快快地乐一下。”

半夜一点，拉斯蒂涅还在德·纽沁根太太家，她恋恋不舍地和他告别，暗示未来的欢乐的告别。她很伤感地说：

“我真害怕，真迷信；不怕你笑话，我只觉得心惊胆战，唯恐我消受不了这个福气，要碰到什么飞来横祸。”

欧也纳道：“孩子！”

她笑道：“啊！今晚是我变作孩子了。”

欧也纳回到伏盖家，想到明天一定能搬走，又回味着刚才的幸福，便像许多青年一样，一路上做了许多美梦。

高老头等拉斯蒂涅走过房门的时候问道：“喂，怎么呢？”

“明儿跟你细谈。”

“从头至尾都得告诉我啊。好，去睡吧，明儿咱们开始过快乐生活了。”

第二天，高里奥和拉斯蒂涅只等运输行派人来，就好离开公寓。不料中午时分，圣·热内维埃弗新街上忽然来了一辆车，停在伏盖家门口。德·纽沁根太太下来，打听父亲是否还在公寓。西尔维回答说是，她便急急上楼。欧也纳正在自己屋里，他的邻居却不知道。吃中饭的时候，他托高老头代搬行李，约定四点钟在阿图瓦街相会。老人出去找搬夫，欧也纳匆匆到学校去应了卯，又回来和伏盖太太算账，不愿意把这件事去累高老头，恐怕他固执，要代付欧也纳的账。房东太太不在家。欧也纳上楼瞧瞧有没有忘了东西，发觉这个念头转得不差，因为在抽斗内找出那张当初给伏脱冷的不写抬头人的借据，还是清偿那天随手扔下的。因为没有火，正想把借据撕掉，他忽然听出但斐纳的口音，便不愿意再有声响，马上停下来听，以为但斐纳不会再有什么秘密要隐瞒他的了。刚听了几个字，他觉得父女之间的谈话出入重大，不能不留神听下去。

“啊！父亲，”她道，“怎么老天爷没有叫你早想到替我追究产业，弄得我现在破产！我可以说话么？”

“说吧，屋子里没有人，”高老头声音异样地回答。

“你怎么啦，父亲？”

老人说：“你这是给我当头一棒。上帝饶恕你，孩子！你不知道我多爱你，你知道了就不会脱口而出，说这样的话了，况且事情还没有到绝望的地步。有什么大不了的事，叫你这时候赶到这儿来？咱们不是等会就在阿图瓦街相会吗？”

“唉！父亲，大祸临头，顷刻之间还做得了什么主！我急坏了！你的代理人把早晚要发觉的倒霉事儿，提早发觉了。你生意上的老经验马上用得着；我跑来找你，好比一个人淹在水里，哪怕一根树枝也抓着不放的了。但维尔先生看到纽沁根种种刁难，便拿起诉恐吓他，说法院立刻会批准分产的要求。纽沁根今天早上到我屋里来，问我是不是要同他两个一齐[1]破产。我回答说，这些事我完全不懂，我只晓得有我的一份产业，应当由我掌管，一切交涉都该问我的诉讼代理人，我自己什么都不明白，什么都不能谈。你不是吩咐我这样说的吗？”

高老头回答说：“对！”

“唉！可是他告诉我生意的情形。据说他拿我们两人的资本一齐放进了才开头的企业，为了那个企业，必得放出大宗款子在外边。倘若我强迫他还我陪嫁，他就要宣告清理；要是我肯等一年，他以名誉担保能还我两倍或者三倍的财产，因为他把我的钱经营了地产，等那笔买卖结束了，我就可以支配我的全部产业。亲爱的父亲，他说得很真诚，我听着害怕了。他求我原谅他过去的行为，愿意让我自由，答应我爱怎么办就怎么办，只要让他用我的名义全权管理那些事业。为证明他的诚意，他说确定我产权的文件，我随时可以托但尔维先生检查。总之他自己缚手缚脚地交给我了。他要求再当两年家，求我除了他规定的数目以外，绝对不花钱。他对我证明，他所能办到的只是保全面子，他已经打发了他的舞女，不得不尽量暗中撙节，才能支持到投机事业结束，而不至于动摇信用。我跟他闹，装作完全不信，一步一步地逼他，好多知道些事情；他给我看账簿，最后他哭了，我从来没看见一个男人落到那副模样。他急坏了，说要自杀，疯疯癫癫的叫我看了可怜。”

“你相信他的胡扯吗？”高老头叫道，“他这是做戏！我生意上碰到过德国人，几乎每个都规矩，老实，天真；可是一朝装着老实样儿跟你耍手段、耍无赖的时候，他们比别人更凶。你丈夫哄你。他觉得给你逼得无路可走了，便装死；他要假借你的名义，因为比他自己出面更自由。他想利用这一点规避生意上的风波。他又坏又刁，真不是东西。不行，不行！看到你两手空空我是不愿意进坟墓的。我还懂得些生意

[1] 同“一起”。

经。他说把资金放在某些企业上，好吧，那么他的款子一定有证券、借票、合同等等做凭据！叫他拿出来跟你算账！咱们会挑最好的投机事业去做，要冒险也让咱们自己来。咱们要拿到追认文书，写明但斐纳·高里奥，德·纽沁根男爵的妻子，产业自主。他把我们当傻瓜吗，这家伙？他以为我知道你没有了财产，没有了饭吃，能够忍受到两天吗？唉！我一天，一夜，两小时都受不了！你要真落到那个田地，我还能活吗？嗳[①]，怎么，我忙上四十年，背着面粉袋，冒着大风大雨，舍不得吃，舍不得穿，样样为了你们，为我的两个天使——我只要看到你们，所有的辛苦，所有的重担都轻松了；而今日之下，我的财产，我的一辈子都变成一阵烟！真是气死我了！凭着天上地下所有的神灵起誓，咱们非弄个明白不可，非把账目，银箱，企业，统统清查不可！要不是有凭有据，知道你的财产分文不缺，我还能睡觉吗？还能躺下去吗？还能吃东西吗？谢谢上帝，幸亏婚约上写明你是财产独立的；幸亏有但尔维先生做你的代理人，他是一个规矩人。请上帝作证！你非到老都有你那一百万家私不可，非有你每年五万法郎的收入不可，要不然我就在巴黎闹他一个满城风雨，嘿！嘿！法院要不公正，我向国会请愿。知道你在银钱方面太平无事，才会减轻我的一切病痛，才能排遣我的悲伤。钱是性命。有了钱就有了一切。他对我们胡扯些什么，这阿尔萨斯死胖子？但斐纳，对这只胖猪，一个子儿都不能让，他从前拿锁链缚着你，磨得你这么苦。现在他要你帮忙了吧，好！咱们来抽他一顿，叫他老实一点。天哪，我满头是火，脑壳里有些东西烧起来了。怎么，我的但斐纳躺在草垫上！噢！我的但斐纳！——该死！我的手套呢？哎，走吧，我要去把什么都看个清楚，账簿，营业，银箱，信札，而且当场立刻！直要知道你财产没有了危险，经我亲眼看过了，我才放心。”

“亲爱的父亲！得小心哪。倘若你想借这件事出气，显出过分跟他作对的意思，我就完啦。他是知道你的，认为我担心财产，完全是出于你的授意。我敢打赌，他不但现在死抓我的财产，而且还要抓下去。这流氓会拿了所有的资金，丢下我们溜之大吉的，他也知道我不肯因

① 同“哎”。

为要追究他而丢我自己的脸。他又狠又没有骨头。我把一切都想透了。逼他太甚，我是要破产的。”

“难道他是个骗子吗？”

“唉！是的，父亲，”她倒在椅子里哭了，“我一向不愿意对你说，免得你因为把我嫁了这种人而伤心！他的良心，他的私生活，他的精神，他的肉体，都是搭配好的！简直可怕，我又恨他又瞧不起他。你想，下流的纽沁根对我说了那番话，我还能敬重他吗？在生意上干得出那种勾当的人是没有一点儿顾虑的；因为我看透了他的心思，我才害怕。他明明白白答应我，他，我的丈夫，答应我自由，你懂得是什么意思？就是说我要在他倒霉的时候肯让他利用，肯出头顶替，他可以让我自由。”

高老头叫道：“可是还有法律哪！还有沙滩广场给这等女婿预备着呢；要没有刽子手，我就亲自动手，割下他的脑袋。”

“不，父亲，没有什么法律能对付这个人的。丢开他的花言巧语，听听他骨子里的话吧！——要么你就完事大吉，一个子儿都没有，因为我不能丢了你而另外找个同党；要么你就让我干下去，把事情弄成功。——这还不明白吗？他还需要我呢。我的为人他是放心的，知道我不会要他的财产，只想保住我自己的一份。我为了避免破产，不得不跟他作[①]这种不清白的、盗窃式的勾结。他收买我的良心，代价是听凭我同欧也纳自由来往。——我允许你胡来，你得让我犯罪，叫那些可怜虫倾家荡产！——这话还说得不明白吗？你知道他所谓的企业是怎么回事？他买进空地，叫一些傀儡去盖屋子。他们一方面跟许多营造厂订分期付款的合同，一方面把屋子低价卖给我丈夫。然后他们向营造厂宣告破产，赖掉未付的款子。纽沁根银号这块牌子把可怜的营造商骗上了。这一点我是懂得的，我也懂得，为预防有朝一日要证明他已经付过大宗款子，纽沁根把巨额的证券送到了阿姆斯特丹、伦敦、那不勒斯、维也纳。咱们怎么能抢回来呢？”

欧也纳听见高老头沉重的膝盖声，大概是跪在地下了。

老头儿叫道：“我的上帝，我什么地方触犯了你，女儿才会落在这

① 同“做”。

个混蛋手里，由他摆布？孩子，原谅我吧！”

但斐纳道：“是的，我陷入泥坑，或许也是你的过失。我们出嫁的时候都没有头脑！社会，买卖，男人，品格，我们懂了哪一样？做父亲的应该代我们考虑。亲爱的父亲，我不埋怨你，原谅我说出那样的话。一切都是我的错。得了，爸爸，别哭啦，”她亲着老人的额角。

“你也别哭啦，我的小但斐纳。把你的眼睛给我，让我亲一亲，抹掉你的眼泪。好吧！我去找那大头鬼，把他一团糟的事理出个头绪来。”

“不，还是让我来吧；我会对付他。他还爱我呢！唉！好吧，我要利用这一点影响，教他马上放一部分资金在不动产上面。说不定我能叫他用纽沁根太太的名义，在阿尔萨斯买些田，他是看重本乡的。不过明儿你得查一查他的账目跟业务。但维尔先生完全不懂生意一道。哦，不，不要明天，我不愿意惹动肝火。德·鲍赛昂太太的跳舞会就在后天，我要调养得精神饱满，格外好看，替亲爱的欧也纳挣点儿面子！来，咱们去瞧瞧他的屋子。”

一辆车在圣·热内维埃弗新街停下，楼梯上传来德·雷斯托太太的声音。“我父亲在家吗？”她问西尔维。

这一下倒是替欧也纳解了围，他本想倒在床上装睡了。

但斐纳听出姊姊的口音，说道：“啊！父亲，没有人和你提到阿娜斯塔齐吗？仿佛她家里也出了事呢。”

“怎么！”高老头道，“那是我末日到了。真叫作祸不单行，可怜我怎么受得了呢！”

“你好，父亲，”伯爵夫人进来叫，“呦！你在这里，但斐纳。”

德·雷斯托太太看到了妹妹，局促不安。

“你好，娜齐。你觉得我在这儿奇怪吗？我是跟父亲天天见面的，我。”

“从哪时起的？”

“要是你来这儿，你就知道了。”

“别挑错儿啦，但斐纳，”伯爵夫人的声音差不多要哭出来。“我苦极了，我完了，可怜的父亲！哦！这一次真完了！”

“怎么啦，娜齐？”高老头叫起来，“说给我们听吧，孩子。哎哟，她脸色不对了。但斐纳，快，快去扶住她，小乖乖，你对她好一点，我更喜欢你。”

“可怜的娜齐，”但斐纳扶着姊姊坐下，说，“你讲吧！你瞧，世界上只有我们俩始终爱着你，一切原谅你。瞧见没有，骨肉的感情才是最可靠的。”她给伯爵夫人嗅了盐，醒过来了。

“我要死啦，”高老头道，“来，你们俩都走过来。我冷啊。”他拨着炭火，“什么事，娜齐？快快说出来。你要我的命了……”

“唉！我丈夫全知道了。父亲，你记得上回马克西姆那张借票吗？那不是他的第一批债。我已经替他还过不少。正月初，我看他愁眉苦脸，对我什么都不说；可是爱人的心事最容易看透，一点儿小事就够了，何况还有预感。他那时格外多情，格外温柔，我总是一次比一次快乐。可怜的马克西姆！他后来告诉我，原来他暗中和我诀别，想自杀。我拼命逼他，苦苦央求，在他前面跪了两小时，他才说出欠了十万法郎！哦！爸爸，十万法郎！我疯了。你拿不出这笔钱，我又什么都花光了……”

“是的，”高老头说，“我没有办法，除非去偷。可是我会去偷的呀，娜齐！会去偷的呀！”

姊妹俩听着不出声了。这句凄惨的话表示父亲的感情无能为力，到了痛苦绝望的地步，像一个人临终的痰厥，也像一颗石子丢进深渊，显出它的深度。天下还有什么自私自利的人，能够听了无动于衷呢？

“因此，父亲，我挪用了别人的东西，筹到了款子，”伯爵夫人哭着说。

但斐纳感动了，把头靠在姊妹的脖子上，她也哭了。

“那么外边的话都是真的了？”但斐纳问。

娜齐低下头去，但斐纳抱着她，温柔地亲吻，把她搂在胸口，说道：“我心中对你只有爱，没有责备。”

高老头有气无力地说；“你们两个小天使，干吗直要患难临头才肯和好呢？”

伯爵夫人受着热情的鼓励，又道：“为了救马克西姆的命，也为了救我的幸福，我跑去找你们认识的那个人，跟魔鬼一样狠心的高布赛克，拿雷斯托看得了不起的，家传的钻石，他的，我的，一齐卖了。卖了！懂不懂？马克西姆得救了！我完啦。雷斯托全知道了。”

高老头道：“怎么知道的？谁告诉他的？我要这个人的命！”

“昨天他叫我到他屋子去。他说：‘阿娜斯塔齐……（我一听声音就猜着了），你的钻石在哪儿？’‘在我屋里啊。’‘不，他瞅着我说，在这儿，在我的柜子上。’他把手帕蒙着的匣子给我看，说道：‘你知道从哪儿来的吧？’——我双膝跪下……哭着问他要我怎么死。”

“哎哟，你说这个话！”高老头叫起来，“皇天在上，哼！只要我活着，我一定把那个害你们的人，用文火来慢慢地烤，把他割作一片一片，像……”

高老头忽然不响，话到了喉咙说不出了。娜齐又道：

“临了他要我做的事比死还难受。天！但愿做女人的永远不会听到那样的话！”

“我要杀他，”高老头冷冷地说，“可恨他欠我两条命，而他只有一条；以后他又怎么说呢？”高老头望着阿娜斯塔齐问。

伯爵夫人停了一忽儿说道：“他瞧着我说：‘阿娜斯塔齐，我可以一笔勾销，和你照旧同居；我们有孩子。我不打死特拉伊，因为不一定能打中；用别的方法消灭他又要触犯刑律。在你怀抱里打他吧，叫孩子们怎么见人？为了使孩子们，孩子们的父亲跟我，一个都不伤，我有两个条件。你先回答我：孩子中间有没有我的？’我回答说有。他问：‘哪一个？’‘爱乃斯特，最大的。’‘好，’他说，‘现在你得起誓，从今以后服从我一件事。（我便起了誓。）多咱[1]我要求你，你就得在你产业的卖契上签字。’”

“不能签呀，”高老头叫着，“永远不能签这个字。吓！雷斯托先生，你不能使女人快活，她自己去找；你自己不惭愧，反倒要责罚她？……哼，小心点儿！还有我呢，我要到处去等他。娜齐，你放心。啊，他还舍不得他的后代！好吧，好吧。让我掐死他的儿子，哎哟！天打的！那是我的外孙呀。那么这样吧，我能够看到小娃娃，我把他藏在乡下，你放心，我会照顾他的。我可以逼这个魔鬼投降，对他说：咱们来拼一拼吧！你要儿子，就得还我女儿财产，让她自由。”

① “多咱”指“什么时候”。

“我的父亲!”

“是的,你的父亲! 唉,我是一个真正的父亲。这流氓贵族不来伤害我女儿也还罢了。天打的! 我不知道我的气多大。我像老虎一样,恨不得把这两个男人吃掉。哦呀! 孩子们,你们过的这种生活! 我急疯了。我两眼一翻,你们还得了! 做父亲的应该和女儿活得一样长久。上帝啊,你把世界弄得多糟! 人家还说你圣父有个圣子呢。你正应当保护我们,不要在儿女身上受苦。亲爱的小天使,怎么! 真要你们遭了难我才能见到你们么? 你们只拿眼泪给我看。嗳[①],是的,你们是爱我的,我知道。来吧,到这儿来哭诉吧,我的心大得很,什么都容得下。是的,你们尽管戳破我的心,撕作几片,还是一片片父亲的心。我恨不得代你们受苦。啊! 你们小时候多么幸福! ……”

“只有那个时候是我们的好日子,”但斐纳说。“在阁楼面粉袋上打滚的日子到哪里去了?”

“父亲! 事情还没完呢,”阿娜斯塔齐咬着老人的耳朵,吓得他直跳起来。“钻石没有卖到十万法郎。马克西姆给告上了。我们还缺一万二。他答应我以后安分守己,不再赌钱。你知道,除了他的爱情,我在世界上一无所有;我又付了那么高的代价,失掉这爱情,我只能死了。我为他牺牲了财产,荣誉,良心,孩子。唉! 你至少想想办法,别让马克西姆坐牢,丢脸;我们得支持他,让他在社会上混出一个局面来。现在他不但要负我幸福的责任,还要负不名一文的孩子们的责任。他进了圣佩拉日监狱[②],一切都完啦。”

“我没有这笔钱呀,娜齐。我什么都没有了,没有了! 真是世界末日到了。哦呀,世界要坍了,一定的。你们去吧,逃命去吧! 呃! 我还有银搭扣,六套银的刀叉,我当年第一批买的,最后,我只有一千两百的终身年金……”

“你的长期存款哪儿去了?”

“卖掉了,只留下那笔小数目做生活费。我替但斐纳布置一个屋子,需要一万二。”

“在你家里吗,但斐纳?”德·雷斯托太太问她的妹妹。

---

① 同“哎”。

② 圣佩拉日监狱,当时拘留债务人的监狱,一八二七年起改为政治犯的监狱。

高老头说："问这个干吗！反正一万二已经花掉了。"

伯爵夫人说："我猜着了。那是为了德·拉斯蒂涅先生。唉！可怜的但斐纳，得了吧。瞧瞧我到了什么田地。"

"亲爱的，德·拉斯蒂涅先生不会叫情妇破产。"

"谢谢你，但斐纳，想不到在我危急的关头你会这样；不错，你从来没有爱过我。"

"她爱你的，娜齐，"高老头说，"我们刚才谈到你，她说你真美，她自己不过是漂亮罢了。"

伯爵夫人接着说："她！那么冷冰冰的，好看？"

"由你说吧，"但斐纳红着脸回答，"可是你怎么待我呢？你不认我妹妹，我希望要走动的人家，你都给我断绝门路，一有机会就叫我过不去。我，有没有像你这样把可怜的父亲一千又一千地骗去，把他榨干了，逼他落到这个田地？瞧吧，这是你的成绩，姊姊。我却是尽可能地来看父亲，并没把他撵出门外，直到用着他的时候再来舐他的手。他为我花掉一万二，事先我完全不知道。我没有乱花钱，你是知道的。并且即使爸爸送东西给我，我从来没有向他要过。"

第五章　狄更斯与《雾都孤儿》

狄更斯是第一个注意到维多利亚时代边缘人物的批判现实主义小说家。高尔基曾称赞狄更斯是一位不仅反映现实，而且还尽力对现实起作用的作家。学习本章，我们可以了解英国 19 世纪上半叶批判现实主义文学的发展，深悟"现代英国的一批杰出的小说家"的文艺观，把握狄更斯的代表性作品《雾都孤儿》的思想内容与所表达的审美价值。本章通过介绍与《雾都孤儿》相关的英国批判现实主义文学概况，分析作家狄更斯在小说《雾都孤儿》中塑造的英国社会底层的"小人物"以及所运用的"幽默与讽刺"的艺术手法，从而可以让读者更全面地理解《雾都孤儿》。

第一节　英国批判现实主义文学

英国是欧洲资本主义发展较早较快的国家，因而，英国的批判现实主义文学较多地表现了劳资矛盾以及"小人物"的悲惨命运和苦难生活，人道主义和改良主义色彩特别浓厚。英国批判现实主义文学于 19 世纪 30 年代产生，到 19 世纪 40 年代和 50 年代达到繁荣。这一阶段产生了马克思所称赞的"一派出色的小说家"，他们是狄更斯、萨克雷、勃朗特姐妹、盖斯凯尔夫人等。狄更斯是英国批判现实主义文学的杰出代表，他的作品描写了 19 世纪上半叶英国社会的广阔图景，在当时拥有广泛的读者。

一、英国批判现实主义文学早期

英国 19 世纪批判现实主义文学大师萨克雷(1811—1864 年)是一位讽刺作家。萨克雷认为道德训诫是作家的重要职责。他善于描写社会中等和上等阶层人与人之间看似风雅实则虚伪的关系。他的作品忠实于生活，细腻地刻画人物的情绪状态，并以生动风趣的叙述、描写、对话及评论吸引读者，情节丰富而生动。他的代表作《名利场》以19世纪20年代为背景，主要描写两个生活态度截然不同的妇女的命运，一个是穷画匠的女儿夏泼，另一个是有钱人家的小姐爱米丽亚。小说着重描写的是不择手段的女冒险家夏泼的形象。她冷酷而自私，利用一切人往上爬，迎合上流社会的道德标准，为达到目的不择手段，是一个十足的野心家。小说通过这个人物写出了资本主义金钱社会是一个冷酷自私、趋炎附势、尔虞我诈、弱肉强食的名利场，写出了上层社会那些貌似风雅的绅士们伪善、卑劣的精神世界。小说的副标题“没有主人公的小说”，正好说明了在那个被金钱权势挤压下的名利场中正面人物的丧失，金钱才是真正的主人公。小说夹叙夹议，风格幽默而哀婉。另外，《纽克姆一家》也是萨克雷的重要作品。

勃朗特姐妹的小说在当时英国文坛引人注目。其中，《简爱》塑造了简爱这个追求心灵自由和人格独立，具有反抗精神的知识妇女形象；《呼啸山庄》描写了18世纪末英国北部约克郡偏僻地区弃儿出身的希斯克利夫被恩肖家收养后的辛酸生活。盖斯凯尔夫人（1810—1865年）是与勃朗特姐妹同时代的女作家，她的代表作《玛丽·巴顿》是欧洲文学史上最早触及劳资矛盾的小说。《玛丽·巴顿》从侧面反映了英国的宪章运动，描写了英国经济萧条时期工人与资本家的矛盾冲突。盖斯凯尔夫人同情工人的不幸，但又用基督教的方式解决劳资双方的冲突：工人与资本家在各自都悔悟了之后互相宽恕，互相谅解，重新合作。

二、英国批判现实主义文学中后期

19世纪70年代开始，英国逐步进入垄断资本主义阶段。英国中后期批判现实主义文学中代表性的作家有哈代、萧伯纳、高尔斯华绥，其中后两位作家属于20世纪的作家。哈代的作品反映了资本主义侵入宗法制的农村后普通人的命运和心灵，宿命论和悲观色彩较浓。

19世纪英国文坛上还出现了令人瞩目的宪章派诗歌，它是欧洲早期的无产阶级文学，也是一种新型的批判现实主义文学。宪章派诗歌是19世纪三四十年代英国宪章运动高涨时期出现的一种群众性的文艺派别。工人们以诗歌和歌曲等形式，配合他们反抗资产阶级的斗争，这些作品真实地反映了工人的生活与情感，在形式上节奏明快，格调高昂，语言通俗。宪章派诗歌的代表有琼斯(1819—1869年)、林顿(1812—1897年)、梅西(1828—1907年)。琼斯的《未来之歌》、林顿的《人民集会》和梅西的《红色共和党人抒情诗》等，都是具有鲜明政治倾向、强烈战斗性和鼓动性的著名诗篇。宪章派诗歌不仅鼓舞了工人的斗志，推动了工人运动的发展，而且为后来无产阶级文学的发展作出了贡献。

第二节　英国时代的旗帜——狄更斯

“那是最好的年月，那是最坏的年月，那是智慧的时代，那是愚蠢的时代，那是信仰的新纪元，那是怀疑的新纪元，那是光明的季节，那是黑暗的季节，那是希望的春天，那是绝望的冬天。”[①]英国著名小说家狄更斯在小说《双城记》描述自己生活的时代时这样说道，这一开篇之词已经成为传诵的经典。当时英国刚刚完成工业革命，维多利亚国进入欢欣鼓舞的鼎盛时期。这一时期，很多作家不吝溢美之词去歌颂盛世，为上层统治阶级歌功颂德，而狄更斯却客观审视所处的时代，将眼光聚焦于社会底层的“小人物”，大胆揭露社会问题，用温情的笔调，感召世人去关注关爱弱势群体，尤其是弱小的孩童。19世纪上半叶经历工业革命的英国正处于一个“好得不能再好，糟得不能再糟”的时代。当时的英国资产阶级与无产阶级矛盾日益白热化。“好得不能再好”指的是对处在社会上层资产阶级以及享有特权的旧贵族而言，大资产阶级对金钱不顾一切地掠夺，享受着从工人阶级那里压榨出来的财富。朱门酒肉臭，路有冻死骨。“糟得不能再糟”指的是对处于社会底层劳动人民而言，这绝对称不上最好的时代。骇人听闻的恶劣工作环境、工厂里贫苦无依的童工、恃强凌弱的监工、困苦潦倒的工人苦苦挣扎在生死线上以及政府官僚令人发指的低效率等，这一幕幕社会的悲惨现状每天都在上演。那是一个充满了贫穷和疾病的世界，包括饮

① 狄更斯.双城记[M].石永礼，赵文娟，译.北京：人民文学出版社，2004：1.

食、医疗在内的生活条件堪称可怕。狄更斯曾在小说《雾都孤儿》中这样描述："地上几乎满是漫过脚背的污水和烂泥。从牛马的身体上不停地升起阵阵热气，这热气和那似乎一直停息在烟囱上的大雾相混后，严实地将大地覆盖起来。"[①]。正如德国文艺评论家梅林所言，狄更斯小说是对社会生活一切重大问题的"集中注意"。狄更斯有着敏锐的社会观察力，他特别注意描写生活在英国社会底层的"小人物"的生活遭遇。高尔基赞扬狄更斯是一位不仅反映现实，而且还尽力对现实起作用的作家。他带着柔软的诗人心肠坚定地站在穷苦百姓的立场上，其小说贯穿惩恶扬善的人道主义精神，展现着包罗万象的社会现实。狄更斯揭露和批判的锋芒，使其小说对社会问题的看法远比一般人更深刻、更全面。

一、狄更斯的生平

狄更斯(1812—1870 年)，1812 年 2 月 7 日出生于英国海港城市朴次茅斯。他的父亲老狄更斯是海军部门一名职员，虽有较为稳定的收入，但好赌、贪酒，家庭生计总是岌岌可危。他的母亲叫巴罗。全家人经常跟随狄更斯父亲职务的调动而搬家。即使如此，小狄更斯与其他孩童一样也曾经度过了一段无忧无虑的时光。狄更斯幼时受父亲爱好戏剧的影响，不仅有表演的天赋而且还常常在家里的阁楼上阅读《鲁滨逊漂流记》《天方夜谭》《堂吉诃德》等文学书籍，幼小的他早就同文学结上了不解之缘。但这种快乐并没有持续很长时间。

狄更斯 10 岁那年，因为家庭债务问题，经济窘迫的父亲再也负担不起哪怕最低的费用。小狄更斯不得不离开学校，用弱小的肩膀担负起养活家庭的重担。狄更斯被安排到伦敦一家黑色涂料工厂里做童工，这家工厂专门制造提升金属表面光泽的增亮剂。高压下机械的工作、单调重复的节奏、乌烟瘴气的烟尘……成为他永远挥之不去的噩梦。直到晚年，狄更斯回忆起这段经历，依然觉得那是一段可怕的经历，时常在梦中被惊醒。英国作家阿克罗伊德在《狄更斯传》对这段经历曾这样描述："靴用黑鞋油在《匹克威克外传》中出现过后，在之后每

① 狄更斯.雾都孤儿[M].黄雨石，译.北京：人民文学出版社，2014：167.

一部小说中都出现过，一直到最后一部《艾德温·德鲁德之谜》。黑鞋油瓶、黑鞋油刷、擦鞋工箱子上的广告、甚至连黑鞋油作坊都在狄更斯的小说中露过面，像他小说和私人生活之间的某种秘密交流；给人的感觉是他反复提起这段人生插曲，是在以此表明自己的一个力量源泉。"[①]正因为这段经历被狄更斯视为屈辱，所以其心理烙印也格外深。在映射的心理作用下，这段经历才会成为其笔下孩童苦难生活的真实写照。

很快，狄更斯的父亲作为债务人因为负债问题被债主起诉而被捕入狱，直到开始还债才被释放。几周之后，当时狄更斯全家除了他之外，都被迫搬到了环境恶劣的马夏尔西监狱。少年狄更斯为分担家庭生计，来回奔波，继续从事可怕的童工工作。他在鞋油厂贴过标签，在印刷厂做过小时工……每天工作十个小时只能换取些许微薄的工钱。这段做童工可怕的经历不仅大大损害了他的身体健康，也在其幼小的心灵上留下了严重的阴影以及挥之不去的痛苦。加之，被父母忽视带来的屈辱，用他自己的话说："有着非凡的才能：聪明、急切、脆弱，所以很容易受伤，不论是身体上还是心灵上。"[②]敏感的他当回忆自己那段经历时，"一想到这段经历，我整个人都会沉浸在无尽的悲伤和羞耻之中，以至于现在尽管很有名，受到大家爱戴，也很快乐，但我还是会经常在梦里忘记自己有亲爱的妻儿；甚至会忘记自己已是一个男人；并且会落寞地回想起生命中的那段时光。"[③]早年的贫困经历使他对贫苦无依的儿童、对穷人、对被迫害者充满了深深的同情，并赋予狄更斯独特的观察社会的视角，这在其小说作品中就能够很明显看出来。狄更斯将苦难经历投射在其小说人物身上，这为他日后的写作生涯奠定了坚实的基础，并使其最终成了维多利亚时代最伟大的批判现实主义文学家。他塑造了孤儿、弃儿、流浪儿、小乞丐等一系列的"小人物"形象。例如《雾都孤儿》中的奥利弗、达金斯、克雷坡尔、小蒙克斯、南希等；《大卫·科波菲尔》中的小大卫、小爱弥丽、小爱妮丝等儿童人物。无论是身体上的弃儿还是精神上的弃儿，他们悲惨的经历都是狄更斯

① 阿克罗伊德. 狄更斯传[M]. 包雨苗，译. 北京：北京师范大学出版社，2015：40.

② 同①：33.

③ 同②.

自身悲惨童年的再现。

在狄更斯的家庭当中，他所缺乏的温暖和关爱使得他对温馨家庭有着较之于他人更强烈的欲望，他喜欢描绘家庭的幸福生活，这些写作特点与他的过往生活不无关系，可以说文学世界成了治愈他苦难回忆的一剂良方。狄更斯的作品中处处体现着不幸却又处处显现着温馨，在揭露人物悲惨遭遇的同时又以仁慈的心灵、柔和的感情营造了一个温馨家庭或者是塑造了一个会给予悲惨主人公关爱的群体。这是童年的小狄更斯的梦想，也是狄更斯终生所求。这使他后来的作品总是有温暖的底色，慰藉着读者的心灵。

幸运的是，狄更斯童年苦难的经历在其父亲继承了远方亲戚的遗产后暂时告一段落。虽然生活并没有宽待小狄更斯，但在苦难的历练下，狄更斯对社会现实有了进一步的认知。后来，家庭境况有所好转的狄更斯，断断续续也上过学。尽管狄更斯没有接受过系统的教育，但真实的社会却赋予了他独特的观察视角。青年时期的狄更斯辗转做过律师所的学徒、邮差、法庭速记员、杂志编辑、报社记者等，甚至还考虑过当戏剧演员。所幸的是，他终究选择了文学之路。这些工作让狄更斯接触了更为广阔的英国社会现实，积累了丰厚的社会素材同时也锻炼了他的写作能力。做报社记者的时候，狄更斯就用笔名在报纸杂志上尝试着发表了几篇短篇小说和随笔。这些故事诙谐幽默的写作风格受到了读者们喜爱，意外地反响不错，报社强烈要求他在报纸上正式连载。从这个角度而言，狄更斯还是叙事小说连载出版的开创者，并促使这种形式成为维多利亚时代小说出版的主流模式。狄更斯的文学成就可以追溯到《匹克威克外传》(1836—1837)。20 年来，狄更斯以高度的自律，勤耕不辍，坚持每周为杂志社撰稿，写小说，为了生计，他还广泛地进行演讲和朗诵。狄更斯也是一位热心的社会学者，为儿童权利、教育和其他社会改革积极奔走。1870 年 6 月 9 日，狄更斯中风发作逝世。狄更斯的墓碑上这样写着，“他是贫穷、受苦与被压迫人民的同情者；他的去世令世界失去了一位伟大的英国作家。”

二、狄更斯的文学创作

狄更斯一生致力于维护儿童权利的文学创作，而且从事教育、演讲以及其他社会改革活动，代表性作品包括《雾都孤儿》《双城记》《大卫·科波菲尔》《远大前程》等。狄更斯的创作时期可以分为早期、中期和晚期。

(一) 创作早期

创作早期(1833—1842 年)是狄更斯小说艺术的探索期。这一时期的作品多采用流浪汉小说的叙事结构，充满了道德说教的色彩，受当时英国鼎盛国力的鼓舞，其创作洋溢着积极乐观的感情色彩。狄更斯创作早期的代表性作品有《匹克威克外传》《雾都孤儿》《老古玩店》等。《匹克威克外传》是狄更斯的第一部长篇小说也是其成名作。狄更斯以诙谐幽默的写作风格和讽刺的手法见长，奠定了小说创作的主体风格。《匹克威克外传》通过匹克威克先生及其朋友的游历广泛反映了 19 世纪初英国社会生活的真实面貌。小说描写了匹克威克先生等人游历的见闻，反映了英国 19 世纪广阔的社会生活，解剖了贵族、地主、军人与上层人物的丑恶生活和肮脏灵魂，抨击了资本主义的法律、司法和监狱等上层建筑的虚伪和腐朽。狄更斯用轻松幽默的笔调，向人们展示了英国社会种种荒诞可笑的不合理现象。善良的匹克威克先生及其朋友们在“堂吉诃德式”的冒险旅行中，向俱乐部的其他成员报道着旅途见闻。由于他们的单纯、无知闹出了许多笑话：在他们刚走出家门时，就被马车夫误认为是私家侦探而遭到无辜痛打；在匹克威克先生向旅店老板娘请求让山姆做他的仆人时，却被误认为自己在向旅店老板娘求婚，让人忍俊不禁。小说《匹克威克外传》通过匹克威克先生及朋友的冒险足迹，真实揭露了英国尖锐的社会矛盾和社会黑暗面；通过山庄、旅店、公寓、法庭、监狱等地点的转换，将上层阶级的地主、贵族、资本家、政客、律师和下层社会的各色人物栩栩如生地刻画出来，客观再现了当时英国上层阶级的冷酷自私、利欲熏心、伪善狡诈。狄更斯在对虚伪的司法制度、黑暗的监狱生活等予以抨击的同时，也真实描写了广大底层贫困民众的悲惨境况。

(二) 创作中期

创作中期(1843—1850 年)是狄更斯小说艺术的过渡期。虽然此时期的作品延续了创作早期的道德说教，但是对社会现实批判的力度随着作家对现实的探索而愈发明显。这一时期的作品也较少使用早期作品的结构，情节结构渐趋完备；讽刺的艺术手法更为巧妙，人物塑造的夸张手法也更为得当。狄更斯曾访问美国，美国民主的虚伪与政客的冷酷让他对这个宣称自己是“真正民主”的国家感到深深失望，特别是暗无天日的蓄奴制度，更引起了狄更斯极大的愤慨。他说：“我已经失望了，这不是我要来看的共和国，这不是我想象中的共和国。”[①]他创作于此时期的长篇小说《马丁·朱什尔维特》有力揭发了美国社会的黑暗和政治的虚伪丑恶。此外，中篇小说《圣诞颂歌》《董贝父子》《大卫·科波菲尔》等也创作于这个时期。

弥漫魔幻色彩的《圣诞颂歌》讲述了圣诞前夜，三个圣诞精灵“过去之灵”“现在之灵”“未来之灵”，造访吝啬鬼斯库奇的梦境，对其进行道德感化的奇妙故事。斯库奇是一个富有却自私的商人——对员工严苛刻薄，对亲人冷漠无情，对社会公益毫无怜悯之心，认为金钱是世上最重要的东西。三个圣诞精灵带着这个吝啬鬼提前看尽一生，让他重新认识金钱，最终改头换面，获得灵魂救赎。小说最触动人心之处在于它传递了和谐的幸福价值观——金钱并非万能，拥有一颗仁慈怜悯、善良宽恕的心才能获得幸福感。这部作品在当时的影响力非常大，小说中名为“现在之灵”的精灵，是圣诞老人的原型，他乐善好施、仁慈和蔼、把快乐带给孩子们……受到了读者们的喜爱。当狄更斯逝世的消息传出时，居然有一个孩子大哭起来：“狄更斯先生死了，那么圣诞老人也要死了吗？”

1848年，狄更斯极具讽刺意味的批判现实主义小说《董贝父子》面世。这一时期，不容忽视的还有另一部小说，那就是《大卫·科波菲尔》，这是一部自传色彩非常明显的小说。狄更斯借用“小大卫自身的历史和经验”，回顾和总结了自己孩童时代的辛酸与青年奋斗的残酷人生之路，小说妙语连珠、诙谐风趣，通过夸张漫画式的人物勾勒，反映了其人生哲学和道德理想——“善有善报，恶有恶报”。有评论家认为，《大卫·科波菲尔》是狄更斯所有作品中最好的一部。

（三）创作晚期

创作晚期（1851—1870年）是狄更斯小说艺术的高峰期，代表性作

① 陈伉.中学生必读中外名著导读[M].北京：知识出版社，2003：546.

品有《小杜丽》《艰难时世》《双城记》《远大前程》等。这一时期的创作是狄更斯处于不惑之年的成熟作品，除了真实再现了英国社会激化的社会矛盾，其艺术手法也更为娴熟，代表了狄更斯创作生涯前所未有的高度与深度。

1859年，《双城记》面世。狄更斯希望通过这本小说描述的法国大革命给人民带来的灾难，来凸显激烈的阶级斗争，借此告诫英国上层阶级。小说一方面揭示了封建贵族阶级对人性的压迫残害；另一方面也展示了革命群众非理性的破坏。作为人道主义者的狄更斯试图通过这部小说开出拯救世界的良药——博爱。这种爱不仅体现在梅尼特医生与露西父女之间的亲情，代尔与露西之间的爱情，露西与卡顿之间的友情这种私人间的感情，也体现在卡顿抛弃贵族身份而去拯救苍生的那种博爱。卡顿在小说一开场是个悲观者，“太阳凄凄凉凉地升起，照着没有比这个人更凄凉的景象，他空有真才实学和美好的感情，却无法，也不能振作起来，为自己谋幸福，虽然明知自己萎靡，消沉，也听其消沉，自暴自弃。”①

被自己遗弃的悲观者——卡顿，却在朋友遇难，在心爱女子的丈夫即将被送上断头台时，以自己的生命为代价去救赎。他走上断头台前曾说过，“我看到这个时代的邪恶，和造成这一恶果的前一个时代的邪恶，逐渐为自己赎了罪而消亡。”②在临死前卡顿以圣经的口吻说，“复活在我，生命也在我。信我的人，虽然死了，也必复活。凡活着信我的人，必永远不死。”③这就是狄更斯为“最坏的时代”开出的良药，用博爱去救赎，虽然是一种难以实现的理想，却闪现着作家人道主义的光辉。

纵观狄更斯的作品，他始终怀着一颗“同情的心”写下对社会底层民众的悲悯、对流浪孩童的关怀，用温暖的诗人之心映照着“小人物”的命运，不仅同一切卑微、弱小和被压迫者站在一起，还始终把握时代的命脉，关注社会问题，为英国批判现实主义文学的发展作出了重要贡献，推动了英国文学的发展。狄更斯作为19世纪英国批判现实主

① 狄更斯. 双城记[M]. 石永礼，赵文娟，译. 北京：人民文学出版社，2004：78.
② 同①：327.
③ 同①：273.

义大师，他的作品深刻反映了当时的英国乃至整个欧洲的社会现实和时代气息，具有强烈的社会写实性和批判性。这种社会写实性和批判性在狄更斯晚期的作品中愈加强烈，对资本主义制度的愤懑情绪逐渐取代了他早期作品当中的乐观主义。正是狄更斯态度和写作风格的转变使得其作品在晚期呈现出较之早期明显的深刻性。早期生活的经历在狄更斯心中留下阴影，而这种影响当他在现实生活当中得不到慰藉时，换言之就是在社会当中所看到的景象与童年的遭遇有所重叠时，这时候就会激发出当事人对于这一景象的愤懑情绪。与此同时，随着狄更斯对社会认识的逐渐加深，现实生活中的理想逐渐破灭，打破自身理想转而直接、深刻地揭露社会阴暗以及人性的阴暗成为他的表达方式。狄更斯的小说对英国当时社会现实的揭露与他对社会认识的加深，看不到理想的实现和自身的心理阴影有密切的关联。因而，有学者认为狄更斯的小说展现出来的哥特式小说特征也恰恰满足了狄更斯所需要表达的思想以及情感的需求。

第三节 《雾都孤儿》赏析

西方哲学家罗素认为在人类一切道德品质中，善良的本性是我们最需要的。可以说，最打动人心的总是彰显真善美的文学作品，慰藉心灵，给人以温暖，促人奋发。狄更斯的作品更是如此。狄更斯始终以悲天悯人的情怀，真实反映时代风貌、暴露社会问题，塑造了一系列不失道德本心的善良仁慈的“小人物”形象。这些“小人物”生存的环境虽然是困苦难堪的，有的是被父母抛弃的弃儿，有的是与罪犯为伍的孤儿，有的是流浪街头的乞丐，有的是挣扎在生死线上的苦儿……但难能可贵的是，在这些生活在社会最底层的“小人物”身上，仍然保持着一颗善良正直的心。他们虽遭遇重重磨难，或是精神孤儿，或是身体弃儿，或是流浪的苦儿，但却始终保持初心，并最终依靠不懈努力在人生的道路上获得成功。在狄更斯塑造的“小人物”系列中，既能明显体现其人道主义情怀又最能体现其艺术创作手法的是《雾都孤儿》（又名《奥利弗·退斯特》）中的主人公退斯特（又称奥利弗）。

不可否认，狄更斯的作品对英国资本主义批判之深刻，没人能比得了他。因为有狄更斯和其他有正义感的艺术家，英国民众得到启蒙，推动英国政治制度改良，进而造福全人类。在狄更斯生活的时代，“当英国发生世界上第一次广泛的、真正群众性的、政治上已经成型的无产阶级革命运动即宪章运动的时候，欧洲大陆发生的革命大都是软弱的资产阶级革命，而在法国却爆发了无产阶级和资产阶级之间的第一次伟大的国内战争。”[①]正是英国资本主义日益发展、资产阶级已经取得胜利的时代。资产阶级与其对立面即工人阶级之间的阶级斗争日益尖锐起来。狄更斯开始创作的时期正是“宪章运动”发展的时期。可以说，狄更斯作品显示出的批判性质，恰恰显示了他善于抓住时代脉搏，反映社会问题的文学敏锐性。更难能可贵的是，在狄更斯笔下，创造出一个个善良而受压迫的儿童形象，深深打动了读者，他所塑造的“小人物”置身于宏阔的历史背景下，却性格善恶鲜明，给人以温暖，让我们深切感受到其悲天悯人的人文情怀。

一、《雾都孤儿》简介

1838 年，狄更斯的批判现实主义长篇小说《雾都孤儿》面世。和狄更斯其他小说一样，《雾都孤儿》塑造了一个在充满贫困与犯罪的悲惨世界里的“小人物”形象。小说以高度的艺术概括和生动的细节描写，反映了英国 19 世纪初的社会真实面貌，讲述了一个生活在雾都伦敦的孤儿奥利弗悲惨的身世遭遇。奥利弗在孤儿院凄惨长大，经历被欺凌的学徒生涯，在艰苦逃难后却又误入贼窝，被迫与狠毒的凶徒为伍，历尽千辛万苦，终于幸得善良的绅士帮助，他的身世之谜被解开并获得幸福。《雾都孤儿》一如既往地展现了狄更斯妙趣横生的幽默和细致入微的心理分析等高超的艺术手法。《雾都孤儿》内蕴的温暖感情，触动人心，“狄更斯的小说结尾，失散或久别的亲友又在一起了，总是夜晚，总是壁炉柴火熊熊然[②]，总是蜡烛、热茶，大家围着那张不大不小的圆桌，你看我，我看你，往事如烟，人生似梦，昔在，今在，永在。这种

---

① 中共中央马克思恩格斯列宁斯大林著作编译局.列宁选集：第三卷[M].北京：人民出版社，2012：792.

② 同“燃”。

英国式的小团圆，比中国式的大团圆有诗意得多。”[①]善恶有报的结局以及惩恶扬善的写作意图，让《雾都孤儿》带有了童话的温情！《雾都孤儿》曾多次改编为电影、电视及舞台剧等艺术形式，迪士尼公司还曾将其改成童话，受到小读者们的欢迎。

小说主人公“小人物”奥利弗的全名为奥利弗·退斯特，英文名为Oliver·Twist。Twist的意思是“扭曲，曲折，使苦恼”，已然暗示了孤儿奥利弗坎坷的一生。他出生在教区救济院，无情圈养式长大后，刚满九岁就被送进工厂做童工，因抽签被选中提出增加伙食的要求，被阴谋出售，在棺材铺当学徒。因无法忍受蓄意的加害加之难以忍受饥饿，奥利弗奋起反抗并连夜出逃到伦敦。饥寒交迫、绝望无援中的他遇到了少年小偷达金斯，被达金斯领进贼窝。贼首费金是一个唆使流离失所的弃儿专干偷盗等不法勾当的恶人。一次达金斯行窃失手，此时逃跑中心虚的奥利弗被扭送警察局。书店老板出庭作证，称奥利弗被冤枉了，并非真正的扒手。被偷窃的主人富翁布朗罗先生感到很歉疚，心地善良的他决定将可爱、可怜的小奥利弗领回家抚养。身陷囹圄的奥利弗得到了和蔼的布朗罗先生的帮助，但这仅仅是他一系列冒险经历的开始。奥利弗引起利欲熏心的布朗罗先生亲戚蒙克斯的仇恨。蒙克斯一直觊觎老人的财产，担心奥利弗会成为他利益的阻碍。在他追查奥利弗身世后发现，原来他竟然是老人的外孙。人性的黑暗包围着奥利弗，蒙克斯便与贼首费金、赛克斯勾结，企图谋害奥利弗以侵吞布朗罗先生的财产。趁着奥利弗单独出门，蒙克斯伙同费金、赛克斯强行把他绑架回了贼窝。女扒手南希在天真纯洁的奥利弗身上看到了往日清白的自己，最终良心未泯的她不顾贼首费金的监视和威胁，冒着生命危险向布朗罗先生报信。然而，为了救这位可怜的孤儿，南希自己却被害。经过几番周折之后，奥利弗终于知道了自己的真实身份，最后得以与亲人团聚。

二、《雾都孤儿》的艺术特色

《雾都孤儿》艺术构思严谨，情节扣人心弦，故事跌宕起伏，思想深

① 木心．文学回忆录[M]．桂林：广西师范大学出版社，2013：532-533．

邃，人物个性鲜明，语言优雅。狄更斯通过描写小说主人公奥利弗在伦敦狭小肮脏的恶劣环境里如何受到恐怖与暴力的摧残，以及如何得到好心人帮助，最终获得幸福的温暖故事，侧面反映了英国当时残酷的社会现实，暴露了救济院的盘剥、童工被欺凌、贼匪帮派吸收青少年参与犯罪等社会问题。狄更斯在揭露资产阶级利欲熏心的丑陋嘴脸同时，也赞扬了奥利弗保持纯真的道德品质与布朗罗先生和露丝小姐等人可贵的仁爱思想。小说将各类人物的命运都做了认真详细的阐述，让“善之花”与“恶之花”同时绽放，善有善报，恶有恶果。小说通过奥利弗这一人物形象的塑造，热情讴歌了人性的正直、善良，宣扬真善美，让读者读后充满了爱的力量。深受读者喜爱的奥利弗是一个无辜的孩子，经受了由社会、家庭带来的痛苦，不幸沦为孤儿。在四处流浪中，他历尽艰辛，经历了贵族的欺凌、流氓的蹂躏、盗窃集团的欺骗，但却从不向苦难低头。顽强聪慧的他敢于与无情的命运抗争，并始终对未来的人生抱有希望。与那些在寻找幸福过程中倒下的孩子相比，奥利弗顽强奋斗终获幸福的结局更让人心生暖意。当然，我们也要看到，由于时代及阶级的局限，狄更斯的仁爱思想具有一定的局限性。作为一个典型的阶级调和者，他幻想用道德教育把那些残酷的剥削者改造过来，幻想依靠仁慈宽厚来消除社会阶级矛盾问题。从这个角度而言，狄更斯始终只是一个小资产阶级的人道主义者、一个改良主义者，所以其小说既有对社会现实问题的深切批判、有力揭发，同时也有不少消极因素，例如在宣扬资产阶级某些人物形象人性美好的同时，忽略了资产阶级的本质。

作为时代的文学巨匠，狄更斯是欧洲 19 世纪杰出的批判现实主义大师之一。狄更斯的杰出不仅在于其小说深刻暴露了英国各个阶层的现实，并以讽刺笔法揭露资产阶级虚伪的“民主政治”，无情抨击资本主义制度的不平等现象。更难能可贵的是，狄更斯用生动而热情的笔触描绘了下层阶级人们及其悲惨生活，有效改变了在此之前英国文学作品对底层民众的忽视，给予这些正直的劳动者最大的同情，真正引领了英国的文学革命。值得一提的是，狄更斯小说善用幽默诙谐的手法去塑造人物形象，性格鲜明，让人印象深刻。托尔斯泰、奥威尔、切斯特顿、沃尔夫等作家都曾称赞过他，我国木心先生也曾赞誉过他。

三、《雾都孤儿》的人物形象

《雾都孤儿》是英国文学巨匠狄更斯的代表作之一，是一部反映19世纪伦敦社会阴暗面的小说。这部小说通过一个孤儿的故事，生动地展现了当时伦敦社会的黑暗、腐败和不公，同时也表达了对人性的探索和呼唤。

《雾都孤儿》情节跌宕起伏，令人着迷。主人公奥利弗是一个孤儿，从小在孤儿院长大，年仅九岁就在殡仪馆做学徒，备受欺凌，由于不堪虐待而独自逃往伦敦。奥利弗在伦敦遇到了一系列的困难和危险。奥利弗被迫加入一个窃贼团伙，最终获救。奥利弗遇到了一些善良的人，例如布朗罗先生、梅莱小姐、南希等人，这些人帮助他重新获得信心和勇气。但是，奥利弗也遇到了许多残忍的人，例如冷酷的贼首费金、心狠手辣的赛克斯等，他们对他施加了各种各样的暴力和虐待。

通过奥利弗的经历，狄更斯揭示了当时伦敦社会的不公和黑暗。伦敦被描绘成一个充满犯罪和贫穷的地方，而社会的精英阶层则只顾着自己的享乐和利益。窃贼团伙是一个道德堕落的代表，其不仅以偷窃为生，还通过各种手段来控制和剥削无助的人。这些场景无疑反映了当时英国社会的黑暗面，狄更斯利用小说来探索和揭示这些问题。

《雾都孤儿》并不只是一部揭示社会问题的小说。狄更斯通过奥利弗表达了对人性的探索和呼唤。奥利弗是一个纯真、善良、勇敢的孩子，他经历了许多的苦难和磨难，但是他的内心始终充满着希望和憧憬。他对世界的好奇和对美好事物的向往，展现了人性中的善良和美好。在小说的结尾，奥利弗得到了自己的家庭和幸福的生活，而这也表明了狄更斯对人性中正面价值观的追求和信仰。

《雾都孤儿》中的奥利弗、布朗罗夫人、梅莱小姐、南希等人都是那个时代的典型代表，他们虽有着不同的性格、命运和经历，但身上所具备的那份善良和正直，让人们感到无尽的敬畏和感动。《雾都孤儿》中那些道德堕落的人物，例如贼首费金、心狠手辣的赛克斯等则是那个时代的“罪人”，他们在社会中肆意妄为，破坏和伤害着无辜的人，他们的存在为社会带来了极大的危害。

总之，狄更斯的《雾都孤儿》是一部令人难以忘怀的文学作品。它的情节曲折离奇，具有很强的吸引力和感染力，同时它也通过小说中的人物形象和社会情境，展示了那个时代的社会问题和人性探索。这部小说让我们认识到，生活的世界中充满了矛盾和困难，但是人性中的善良和美好始终存在着，并且有着强大的力量。

思考题

1. 狄更斯小说的批判现实主义特征是什么？
2. 简析狄更斯《雾都孤儿》的人物形象特征。
3. 请结合作品，分析狄更斯的人道主义思想。

推荐阅读图书

1. 狄更斯. 雾都孤儿[M]. 黄雨石，译. 北京：人民文学出版社，2014.

2. 钱乘旦，许洁明. 英国通史[M]. 上海：上海社会科学院出版社，2019.

附　录　《雾都孤儿》精彩篇章选读①

第一章
关于奥利弗·退斯特的出生地和他出生时的情景

在某个出于多种原因以姑隐其名为宜，而我又不愿胡乱呼以假名的市镇上，除了其他许多公共建筑之外，还有一座自古以来一切大小城镇几乎都莫不具有的建筑，那就是，一所贫民习艺所；而其姓名被冠于本章之首的一介凡夫便在这个习艺所里降生；至于他出生的那一天是哪一年的哪一月我也就用不着絮烦了；因为不管怎么，至少在现阶段，这事对读者不可能有任何意义。

在教区医生把这小东西领入这个充满悲伤和苦难的世界很久以后，人们一直都十分怀疑，是否值得给他取个名字；因为看来这孩子未必能存活几天。要真是那样，那我这部传记，不只是十之八九，而是肯定，永远也出不来了；或者，即便写出来，那也总共不过二三页，而且必将在简练和忠实方面堪称任何时代或国家现存的一切传记作品中的典范。

尽管我无意断言，降生在习艺所对一个人来说这本身便是一件可遇难求、令人钦羡的莫大幸事；但我可一定要说，在这一特殊情况中，对奥利弗·退斯特来说，这可是一件求之不得的大好事。实际情况是，当时要让奥利弗·退斯特自己负起自行呼吸——这件麻烦事的责任来确有相当的困难，而习俗又使得我们为了能活下去非如此不可；有一段时候，他喘着气躺在一条羊毛褥子上，不均衡地徘徊于今世和另一个世界之间，而且明显地偏向于后者。那么，在这短暂期间，如果奥利弗·退斯特的身边围着关切的老祖母、悲伤的姑姑、阿姨、经验丰富的看护和知识渊博的大夫，那他便会确切无疑、不可避免地立即送了性命。然而现在，除了一个已被过量的啤酒灌得迷迷糊糊的穷苦的老妇人和一位只是按合同处理此类事务的教区医生之外，并无任何其

① 狄更斯.雾都孤儿[M].黄雨石，译.北京：人民文学出版社，2014：3-15.

他人在他身边;在奥利弗和自然之间倒着实进行了一番较量。结果是,在又经过一番新的斗争之后,奥利弗·退斯特开始呼吸了、打喷嚏了,并以一种难以想象的一个刚具有发声这一有用本能才不过三分十五秒的男婴可能发出的响亮哭声,向习艺所的同仁宣告,本教区从此又增添了一份新的负担。

在奥利弗刚一表明他的肺部已能自由地正常活动,那胡乱搭在铁床架上的破旧的被褥便开始窣窣响了几声;一个年轻女人的苍白的脸无力地从枕头上抬起来;一丝微弱的声音断断续续地说:"让我在死去之前先看孩子一眼。"

外科医生本来一直面对炉火坐着,不时烘烘手又搓搓手。一听到那年轻女人讲话便站起身来,走到床头边,用一种出人意料的柔和的声音说:

"哦,你现在还不是该说死的时候。"

"上帝保佑,她可别说死!"那女护士插嘴说,匆匆把一个她刚才躲在一个旮旯里一直显然十分满意地从中吮饮的绿色瓶子塞进衣服口袋里去。"愿上帝保佑她,等她活到我这个年岁,先生,自己生下十三个孩子,除了两个外全都死了,那两个也和我一起在这习艺所里生活,那她就会懂得点人事,不会再那么个腔调了。上帝保佑她!想一想做妈妈是个什么滋味,瞧,多么可爱的一只小羊羔!想一想吧。"

很显然这一番有关做妈妈的美好前景的安抚性的描述并未产生任何效果。产妇摇摇头,向孩子伸出一只手去。

医生把孩子放在她的怀里。她用她的苍白、发凉的嘴唇热情地吻着孩子的额头;用双手摸摸脸;呆呆地向四周望望;哆嗦了几下;忽然倒下——死去了。他们揉搓她的胸部,她的双手和太阳穴;但血液已经永远停止流动了。他们谈论希望和安慰。而这些东西和她已是长时间久违了。

"一切全了结了,辛格米太太!"医生终于开口说。

"啊,真可怜呀,全了结了!"那女护士说,顺便拾起了刚才她弯腰抱孩子时掉落在枕头边的那个绿瓶子的塞子。"真可怜呀!"

"要是孩子哭起来,护士,你不必一定要去找我了,"医生说,一边慢吞吞地戴上他的手套,"看来很可能他会大哭大闹的。他闹的时候可以喂他一点稀粥。”他戴上帽子，向门边走去，可经过床边时又停下说，“她可长得真漂亮，她是从哪里来的？”

“她是昨天夜里按照监察员的吩咐，”那老妇人回答说，“被抬到这里来的。有人看到她躺在街上。她肯定已走了不少的路，她的鞋全都磨破了；可她从什么地方来，要到什么地方去，谁也不知道。”

医生弯下身去，举起她的左手。“又是老一套，”他摇摇头说，“没有结婚戒指，明白吗？啊！晚安！”

这位看病的先生自去吃他的晚餐了；那个护士再次对着那绿瓶子的嘴嘬了一口之后，在炉火前的一张矮椅子上坐下来，给孩子穿衣服。

在说明服装的巨大作用方面，小奥利弗·退斯特可真是一个绝妙的例证！刚才仅仅只捂在一条毛毯里，他可以是一位贵族或一个乞丐的孩子；一个最冒失的陌生人也很难说出他属于社会中的哪一个阶层。但是现在他被裹在一件因多次使用而颜色已发黄的白布袍中；他便立即被贴上了标签，归入他所应归属的门类——一个教区收养儿——一个贫民习艺所的孤儿——一个下贱的饿不死的苦力一类了——这类人一生到处遭人殴打、欺凌——人人厌恶，却无人怜悯。

奥利弗大声地哭着。如果他能知道他是一个只能任凭教堂执事和监察员们的善心给予照顾的孤儿，他定会哭得更响亮。

第二章
奥利弗·退斯特的成长、教育和董事会

在接下去的十来个月中，奥利弗变成了一种有计划的背信与欺骗行为的牺牲品。他是靠人喂养大的。这幼小孤儿挨饿、受苦的情境由习艺所当局及时报告了教区当局。教区当局慎重其事[①]地询问习艺所当局，目前有没有一个“在所内”定居的妇女，可以为奥利弗·退斯特提供他所必需的照顾和奶水。习艺所当局谦恭地回答说，当时没有合适的人。于是，教区当局慷慨和仁慈地决定，奥利弗当被“寄养”出去，换句话说，他将被送到相距约三英里[②]的一个习艺所分所去，那里有二

---

① 应为“郑重其事”。

② 1千米＝0.621 4英里。

三十个违犯[①]贫民法的少儿罪犯，由一位每个小人头每周收费七个半便士的上了岁数的女人照看，不受什么乱吃零食或穿衣服太多的干扰，整天在地板上打滚儿。每周七个半便士的伙食费对一个孩子来说，可以吃上满[②]不错的饭菜；七个半便士可以买来很多食品，足可以填饱他的肚子，并让他撑得难受。但这位老太太可是一个富有经验的机灵人；她知道怎样对孩子最好；而对手怎样对她自己最好她更有一个明确的算计。所以，她把孩子们每周伙食费中的一大部分扣留下来，归她自己使用，从而使得为这教区新生的一代所花的费用，比原来规定用在他们身上的数目，就更少了；从而为他们在苦难的深渊中找到一个更深的坑；借以证明她是一个伟大的富有探索精神的哲学家。

谁都知道曾有另一位勇于探索的哲学家，他提出了一个伟大的理论，认为一匹马什么都不吃也可以活下去。他还用他自己的马十分成功地作出示范，做到使它一天就吃一根稻草了，而且若不是它在有幸品尝到第一餐空气美食之前二十四小时便一命呜呼，他准能把它养成一头什么东西也不要吃的精力旺盛的烈性牲畜了。对受托精心照看奥利弗·退斯特的这位太太来说，不幸的是，她的探索活动也只能产生同样的结果；因为，每当一个孩子尽力只靠最少量的、最稀薄的食物活下去的时候，他十之八九总会或者由于缺吃少穿病倒了，或者由于照顾不到掉进火里了，或者由于意外被憋个半死了；在上述不论哪种情况下，那可怜的小东西一般总会被召唤到另一个世界去，在那里去和他在这个世界上从未见过面的先辈团聚。

有时，由于一个教区孩子在翻身时没有被人注意而摔伤或者在洗澡时无人看管给烫死了——这后一种情况倒极少发生，因为在寄养所里洗澡可是十分罕见的事——陪审团会感到有必要提出一些烦人的问题，或者教区会众会起而造反，签名抗议。不过这类冒失行动很快便会被教区医生提出的证明和教区管事的证词压下去的；因为永远由前者来解剖尸体，他会报告说，什么也没找到（那可真是太可能了），而后者总是永远会按照教区的需要向上帝发誓提出证词；这正可以表示他的一片忠心。此外，董事会还会定期到寄养所看看，不过他们动身

① 同“违反”。

② 应为“蛮”。

前总让教堂管事先告知一声，他们要来了。因而他们来到的时候，孩子看上去一个个还都干干净净；此外又还能要求什么呢！

我们也不能希望这种寄养办法将会产生非常出色或丰盛的成果来。在奥利弗·退斯特过九岁生日的那天，他完全是一个苍白、瘦弱的孩子，个头儿矮小，浑身无肉。不过造化或者遗传却让奥利弗·退斯特有一副坚忍、刚毅的性格。感谢寄养所的微薄的饮食，他的胸怀倒得到了长足的发展；恐怕连他终于能度过他的九岁生日都应归功于这一条件。不管怎么，反正这一天正是他的九岁生日；而且他还特别邀请了，由于无理地拼命喊饿和他一同挨了一顿毒打，并被一同锁进煤屋的另外两位小先生，加以庆祝。而正在这时寄养所的好管家曼太太，却因为意想不到，惊慌地看到教区管事像幽灵一样正十分费力地要打开花园正门上的小门。

“我的老天哪！班博先生，是您吗，先生？”曼太太装出一副无比高兴的神态从窗口伸出头去问道。“（苏珊，把奥利弗和那个小东西带到楼上去，马上给他们洗澡。）我的天哪！班博先生，见到您我是多么高兴啊，千真万确！”

这位班博先生是个大胖子，脾气暴躁；所以对这个充满热情的问候他并未以笑脸作答，却只是使劲摇晃着那个小门，接着还给了它狠狠的一脚，除了教区管事谁也不敢这样踢。

“天哪，瞧瞧，”曼太太说，向外跑去——因为那三个孩子现在已经被弄上楼去了——“您瞧瞧！我只顾照看那些可爱的孩子们，竟然忘了园子门从里面拴着！请进来吧，先生，请进来，班博先生，快请，先生。”

尽管这邀请还伴着深深一礼，应该可以让一位教堂执事消气了，但这位教堂管事却仍然气鼓鼓的。

“教区官员总是为了和教区孤儿有关的教区事务才来到这里，”班博先生手里抓着手杖问道，“这样让他们在园门外久等着，合适吗？或者能说这是表示尊敬的态度吗？你知不知道，曼太太，你也是，我可以说，一位教区代表，而且是领取薪金的？”

“我刚才的确还正在，班博先生，对一两个最喜欢您的孩子说，您一会儿就要来了。”曼太太无比谦恭地回答说。

班博先生一向认为自己辩才超人，自己的身份非同一般。现在他已显示了前者，证实了后者。他的情绪慢慢缓和下来。

“行了，行了，曼太太，”他较为平静地说，“可能真是像你说的那样；可能真是。前面带路，咱们进去吧，曼太太，因为我有正事要办，有几句话得说说。”

曼太太把教区管事领进了地上铺着砖的一间小客厅里，给他搬过一把椅子来；殷勤地把他的翘边儿的帽子和手杖放在他面前的桌子上。班博先生擦了擦刚才因为赶路额头上冒出的汗，满意地望着面前的翘边帽笑了。是的，他笑了。教区管事也不过是人；班博先生笑了。

“请不要对我要说的话生气，”曼太太满脸堆笑地说，“您刚才跑了很远的路，您说是不是？要不我也不提这事了。请问，您要不要喝一丁点儿什么，班博先生？”

“一丁点儿也不喝。一丁点儿也不喝。”班博先生说，一边威严地但十分轻快地挥着他的右手。

“我想您愿意尝尝的，”曼太太说，她已注意到他说不喝的口气和他说话时的姿态，“就一丁点儿，加上点凉水和一块方糖。”

班博先生咳嗽了一声。

“怎么样，就一丁点儿。”曼太太仍劝说着。

“你要让我喝什么？”教区管事问道。

“嗨，为了在这些乖乖孩子们不舒服的时候，给他们兑达菲糖浆，我只得在家里经常预备着一瓶，班博先生，”曼太太回答说，伸手打开墙角的一口橱柜，从里面拿出一个瓶子和一个玻璃杯来，“是杜松子酒。我不骗您，班博先生。就是杜松子酒。”

“你给孩子们喝达菲糖浆，曼太太？”班博先生问道，两眼甚感兴趣地直盯着她调酒。

“啊，天知道，我确实常给他们吃达菲糖浆，尽管价钱很贵，”那女保育员回答说，“我不能看着他们在我眼前受折磨，您知道，先生。”

“那是，”班博先生表示赞同说，“那是，你决不能①。你是一个仁慈的大娘，曼太太。（这时她把杯子放在他的面前。）我一有机会一定向

① 同“绝不能”。

董事会提出这件事，曼太太。”（他把酒杯拿过来。）“你有一颗母亲的心，曼太太。”（他搅动着那加水的杜松子酒。）“我——我衷心地为你的健康干杯，曼太太。”说着他一口喝下了半杯酒。

“现在，谈谈正事，”教区管事说，同时掏出了一个羊皮面的笔记本，“那个凑合着有个教名的奥利弗·退斯特今天该是九岁了。”

“祝福他，是的。”曼太太插嘴说，用她的围裙的一角揉红了她的左眼。

“而尽管早提出了十镑的赏金，后来又增加到二十镑。尽管本教区尽了最大的，我要说是非人的努力，”班博先生说，“我们却始终没能查出他的父亲是谁，他的母亲现在何处，姓甚名谁，情——情况怎样。”

曼太太惊异地举起双手来；然而在想了一想之后她却忍不住问道：“那他怎么又会有什么名字呢？”

教区管事十分骄傲地坐直身子说：“是我创造的。”

“您，班博先生？”

“我，曼太太，我们按 A、B、C、D……的顺序给拾来的弃儿取名字。上一个是 S，我叫他斯伍博。接下去是 T，我叫他退斯特。再有新来的下一个将叫着昂温，再下一个叫费尔金斯。一直到字母表的最后一个名字我都已经想好了，等到我们用过了 Z，我们便会再从头来。”

“瞧，您可真是满肚子的学问，先生！”曼太太说。

“得，得了，”教区管事说，显然对这奉承话颇为满意，“也许我应该如此。也许我应该如此，曼太太。”他喝完了杯中加水的杜松子酒接着说，“奥利弗年岁已大，不应该让他再待在这里了，董事会决定让他回到所里去。我现在便是亲自来把他带走的。所以，让他马上来见我。”

“我马上去把他带来。”曼太太说，走出去领孩子。奥利弗经过一次草草的洗刷，刚刚洗去了在他脸上和手上结嘎巴的泥污，便被他的仁慈的女保护人带进这间屋子里来了。

“给这位先生鞠个躬，奥利弗。”曼太太说。

奥利弗向着椅子上的管事和桌子上的翘边帽之间鞠了一躬。

“你愿意跟我走吗，奥利弗？”班博先生十分气派地说。

奥利弗正要说他随时都十分乐意跟任何人立即离开这里，而他一抬起眼睛，却看到曼太太正站在教区管事的椅子背后，满脸杀气地对他晃着拳头。他马上领会她的意思了。因为那拳头曾无数次落在他的身上,使他不能不一想起来还心有余悸。

"她也同我一起去吗?"可怜的奥利弗问道。

"不,她不能去,"班博先生回答说,"不过她有时候会去看望你的。"

这话对那孩子并不是什么极大的安慰。不过,尽管他年纪很小,却已懂得如何装出一副恋恋不舍,依依惜别的样子来。要让这孩子立即挤出几滴眼泪来,可不是什么难事。如果你要哭,饥饿和最近受到的虐待便都是极有用的帮手;而奥利弗还真哭得非常自然。曼太太对他千拥万抱,还给了他一件他真正十分需要的东西,一块涂着黄油的面包,她是怕他到了习艺所显得太饿了。奥利弗手里拿着那片面包,头上戴着棕色棉布做成的教区小帽,便随着班博先生走出了这从没有一句好话或一张好脸,照亮他阴暗童年的可怕的家。然而,当那村舍的大门在他身后关上的时候,他却立即陷入了儿童的巨大的悲伤。尽管留在他身后的这些曾和他一同生活在苦难中的小伙伴们全都十分可怜,他们却是他所结识的唯一的朋友;面对这广阔的世界,一种可怕的孤独感第一次渗入这孩子的心中。

班博先生迈着大步走着;小奥利弗紧紧抓住他的镶着金线的袖口,跟在他后面紧赶,每走不到半里地他总要问一声他们是不是"快到了"。班博先生对他的这类问话总只是不耐烦地简单回答一声;因为一杯加水的杜松子酒在他的胸怀中暂时唤起的慈悲心肠到这会儿已化为乌有了;他仍然又露出了教区管事的真面目。

到习艺所之后,班博先生把他交给一个老妇人去照看便走开了,但奥利弗来到这里总共还不到一刻钟,刚刚吃完第二片面包,他却又回来了;告诉他今天晚上正好木板子①开会,还通知他,木板子说要他立即去和它见面。

一时弄不十分清楚一块活的木板究竟是怎么回事,奥利弗对这个消息不免颇感到吃惊,也拿不定主意自己到底是该笑还是该哭,但他也没有时间思考这个问题;因为班博先生用手杖在他头上敲了一下,

① 原文 board,在此应作"董事会"解。但幼小的奥利弗,只知道此字最普通的含义,因而在他听来却变成了"木板"。

让他清醒过来；又在他背上敲了一下，让他振作起精神来；吩咐他跟着他走，便把他带到一间宽大的粉刷过的房子里来，房子里有十来位身体肥胖的先生，围着一张桌子坐着。在桌子的最上端，在一把比其他椅子都高一些的扶手椅上，坐着一位长着一张大红圆脸的特别胖的老先生。

“向木板鞠躬。”班博说。奥利弗抹掉了存留在眼中的两三滴眼泪；眼前看不见什么木板，只有那张桌子，倒也不错，他也就对它鞠了一躬。

“你叫什么名字，孩子？”那位坐在高椅子上的先生问道。

一下子见到这么多阔佬儿把他吓坏了，他止不住直发抖；这时教区管事又在他背上敲了一下，弄得他哭了起来。由于这两个原因，他回答的声音很低，而且吞吞吐吐；因此，这时一位穿白坎肩的先生说他是个傻子。这却是使他打起精神来的最有效的办法，他立即完全放松了。

“孩子，”那坐在高椅子上的先生说，“你听我说，我想，你知道你是个孤儿吧？”

“什么是孤儿，先生？”可怜的奥利弗问道。

“这孩子是个傻子——我早就看出来了。”那位穿白坎肩的先生说。

“别说话！”最初说话的那位先生说，“你知道你已经没有了父母，而是由教区抚养大的，这你知道吧？”

“知道，先生。”奥利弗伤心地哭泣着，回答说。

“你哭什么？”穿白坎肩的先生问道。这也的确是一件超出常情的事。这孩子究竟为什么哭呢？

“我希望你每天晚上都做祷告的，”一位声音粗哑的先生说，“为那些喂养你、照顾你的人们祷告——像一个基督徒一样。”

“做的，先生。”那孩子结结巴巴地说。刚才说话的这位先生无意中说出了一个真理。如果奥利弗曾为喂养他、照顾他的人祈祷，那他便将完全像一个基督教徒，而且还是一个非常出色的基督教徒。但他没有，因为没有人教过他。

“行了！你到这里来将受到教育，并学会一门有用的手艺。”坐在高椅子上的那位红脸的先生说。

"所以,明天早上六点钟你就得开始去摘麻絮。"那个粗暴的穿白坎肩的先生补充说。

为了感谢他们在摘麻絮这个简单的劳作中一举而完成上述两大善举,奥利弗在教区管事的引导下又深深鞠了一躬,然后他便被匆匆领到一间大房子里去;在那里的一张脏乱的硬板床上,他哭泣着终于睡着了。这对于充满人情味的英国法律是多么出色的一个证明啊!它竟然容许一些靠救济活着的孩子睡觉!

可怜的奥利弗!他忘掉身边的一切幸福地沉睡着的时候,完全没有想到,就在那一天,董事会已做出了对他一生的命运都有重大影响的决定。那就是:

要知道这个董事会的成员都是些非常明智、思想深刻、洞察事理的人:当他们把他们的注意力转向贫民习艺所的时候,他们立即发现了一个一般人难以发现的问题——穷人都很喜欢这个地方!对于较穷苦阶层的人民来说,这是一个正常的公共的游乐场所;一个什么都不用花钱的酒馆;一年到头有由公家供给的早餐、午餐和晚餐;简直是一座砖石砌就的人间乐园,在这里整天游玩却什么工作也没有。"啊哈!"董事会显出深明内情的神态说,"我们这些人一定要对这种情况加以纠正了;我们一定得马上结束这种状况。"因此他们立下一条规矩,所有的穷人都可以在——待在习艺所里缓慢地饿死,或者离开这里立即给饿死——二者之间作出自己的选择(因为他们决不强迫任何人,那是肯定的)。有鉴于此,他们和水厂定下无限制供水的合同;却和谷物商人言定只是按时供给极少量的燕麦片;每天发放三顿稀粥,每星期两次各发一个葱头,星期天多发半个面包卷儿。他们在涉及妇女的问题上还制订①了许多明智、仁慈的规章,这里也就不必细说了;由于法院的诉讼费用太贵,他们慈悲地自己来负责让已婚的夫妇离婚;就是说,他们不再像以往一样强迫一个男人养活妻子儿女,却为他解脱掉赡养妻儿的负担,让他变成个光棍!单凭这两条,要不是因为把申请救济总和贫民习艺所联系在一起,真没法儿说,从社会的各个

① 同"制定"。

阶层不知会出现多少人要申请救济了;但董事会的人全都深谋远虑,他们早已防着这一麻烦事的发生。他们让救济不可分割地跟习艺所和稀粥联系在一起,这就会把他们吓跑了。

在奥利弗来到新居后最初的半年中,那套制度已完全普遍实行。一开始由于丧葬费用剧增,还有所有受救济的贫民,在喝过一两个星期的稀粥后,衣服全都松松垮垮,笼不住瘦小干枯的身躯,而必须改小,这不免使开支大增。但是,习艺所的人数和吃救济的人同样都日益减少了;这使得董事会十分高兴。

孩子们吃饭的地方是一间石头砌的大厅,在它的一端,有一口大铜锅,到开饭的时候,厨师专门穿上一条白围裙,在两个妇女的帮助下,从那锅里舀粥分给大家。这种美餐,每个孩子可以分到一碗,但仅仅一碗——除了遇上盛大的节日,他们还可以另外分到二又四分之一英两面包。他们用过的粥碗永远用不着刷洗。孩子们会用勺儿把它们刮得锃亮:在他们做完这件事后(这从来不会花费太多的时间,因为那勺儿几乎和碗一样大),他们便会盯着那口铜锅,仿佛他们连那支锅的砖都能吃得不去:同时,他们全都使劲嚼自己的手指头,盼望着从什么地方嘬到一点儿无意中溅出来的粥嘎巴儿,男孩子一般胃口都非常好。奥利弗·退斯特和他的伙伴们忍受这慢慢饿死的折磨已经三个月了;最后他们都饥饿不堪,实在耐不住了,以致有一天,一个个头显得特别大的男孩,他可从没受过这种罪(因为他父亲原来是开小饭铺的),凄惨地对他的伙伴们表示,要是他每天不能再加一碗粥,恐怕有一天夜里,他会把睡在身边的一个碰巧十分瘦弱的小家伙给吃了。他那饿疯了的眼神是那么可怕;他们全都对他的话信以为真。于是大家一同计议;最后决定用抽签的办法决定,由谁在当天吃完晚饭后出面去找厨师,要求再添一碗;结果奥利弗·退斯特中签了。

晚上到了,孩子们各就各位。穿着厨子制服的大师傅走过来,站在大铜锅旁边;他身后站着几个贫民帮手;粥开始分下去了;对着一点儿不能饱腹的食物却说了很长一段祷告词。稀粥下肚了,孩子们纷纷彼此耳语,并向着奥利弗挤眼;他身旁的一个孩子更用胳膊肘推他。他尽管是个孩子,却实在饿得难以忍受,痛苦得什么也顾不得了。他从桌子边站起来；手里拿着碗和勺子，真的走到大师傅面前，对自己能如此大胆不免也有些吃惊，说：

“求您，先生，我还要再添一点儿。”

那厨师是一个身体强壮的大胖子；但他止不住脸色煞白了。他满脸惊愕的神情呆呆地对着这个小叛乱分子看了好一阵儿，最后竟止不住用手扶着铜锅来支撑自己的身子。那些助手也都为这意想不到的事惊住；孩子们也都吓呆了。

“什么！”厨师终于有气无力地说。

“求您，先生，”奥利弗回答说，“我还要添一点儿。”

厨师举起粥勺向奥利弗头上打去；反剪住他的双臂，尖着嗓子大声叫教区管事。

当班博先生万分激动地冲进会议室的时候，董事们正严肃地进行秘密会议，他对那位坐在高椅子上的先生说。

“对不起，林姆金斯先生！奥利弗·退斯特提出要多添饭！”

满屋的人为之一惊。每个人的脸上都显出惊慌失措的神态。

“要多添！”林姆金斯先生说，“镇静些，班博，仔细回答我的问题。你是说他在吃完按饮食单分配给他的晚餐之后，另外还要添？”

“正是这样，先生。”班博回答说。

“那孩子将来准得给绞死。”那穿白坎肩的先生说，“我断定他将来得给绞死。”

对这位先生的预言性的意见谁也没有反驳。一场热烈的讨论开始了。最后下令将奥利弗立即禁闭起来。第二天一早在大门边贴出一张布告，提出不论任何人，如愿把奥利弗·退斯特从教区接出去，将会得到五镑酬金。换句话说，任何一个男人或女人，不论从事任何职业、行当，或买卖，如需要找个学徒工，便可以得到奥利弗·退斯特，另外还可以得到五镑钱。

“我一生中再没有任何事比这个更让我深信不疑的了，”那位穿白坎肩的先生在第二天早晨敲门时看了看那张布告说，“我一生中再没有任何事情比这个更让我深信不疑的，那就是这孩子将来准得给绞死。”

我打算到时候再来说明，这位穿白坎肩的先生的话究竟对与不对，如果我现在就试图讲明，奥利弗·退斯特的一生是否真落到一个如此悲惨的结局，那也许会破坏了读者对我正讲着的这个故事的兴趣（假定它还有些趣味的话）了。

第六章　哈代与《德伯家的苔丝》

哈代不仅是英国杰出的批判现实主义作家也是英国20世纪一位伟大的诗人。学习本章，我们可以了解英国19世纪下半叶批判现实主义文学的发展，深悟哈代的文艺观，把握哈代的代表性作品《德伯家的苔丝》的思想内容与所表达的审美价值。通过介绍《德伯家的苔丝》及相关英国批判现实主义文学概况，理解作家哈代在《德伯家的苔丝》中所展现的在资本主义进程中英国乡村文明的崩塌与传统道德体系的沦丧，为更全面深刻理解经典小说《德伯家的苔丝》所蕴含的文艺观，提供有益的启示。

第一节　英国小说的悲剧大师——哈代

在英国文学从现实主义文学向现代主义文学过渡的时期，有这样一位文学家用其诗性的文学起到了重要的助推作用，他就是英国维多利亚时代后期举世闻名的作家——哈代。文学大师喜欢用文字、情感和色彩记录人生的悲欢离合和喜怒哀乐，反映人的生存状态。哈代同样用他的文学创作折射社会的变化和时代的精神，如果说狄更斯悲悯地关怀城市“小人物”的生存境遇，那么哈代则吟唱了一曲宗法制农村崩溃的挽歌。

一、哈代的生平

哈代(1840—1928年)是一位极具浓郁诗人气质的小说家，被韦伯称为“英国小说中的莎士比亚”。1840年，他生于紧邻英国多塞特郡大荒原的一个名为博克汉普顿村的贫穷偏僻的小村庄。这里的自然环境日后成了哈代小说作品的主要背景。哈代家是一个普通的家庭，父亲是一名石匠也是一名建筑工人，母亲曾做过仆人，但却很喜欢读书，尤其是古典文学类书籍。哈代8岁上学前，都是由母亲来教他读书的。因此，哈代从小就产生了对文学艺术的兴趣，可以说母亲是哈代重要的启蒙教师。上学的时候，少年哈代就展露了文学天赋，拉丁语非常好，但由于家庭条件有限，哈代无法去上大学。16岁时，还是少年的他就去当地一个建筑师希克斯那里做了学徒，从事修缮教堂的工作，这也算是继承了他父亲的职业。22岁时，哈代申请到了英国皇家建筑师机构的奖学金，进入了伦敦国王大学学习建筑，同时也开始涉猎广博的文学书籍。后来，在参与许多教堂的建筑过程中，哈代还自学了拉丁文、希腊文和神学等，同时开始了他的文学创作。1874年，34岁的哈代与妻子爱玛步入婚姻的殿堂。他们的婚姻在开始的几年是很幸福的，可惜由于两个人的出身和经历的差别，婚姻渐渐产生了分歧，变得疏远。直至1912年，在哈代72岁时，妻子病逝。哈代妻子的故去唤醒了哈代对往昔的回忆与对妻子的温情。年迈的哈代十分伤痛，当他重回故地时，勾起了对亡妻的思念之情，写下了一组诗篇来悼念亡妻的病逝。哈代和妻子之间的婚姻因自己的过错，使得其对于妻子的伤悼格外刻骨铭心。哈代已经无法向妻子当面忏悔。即便74岁的哈代再婚，他依然没有放弃用诗歌来悼念亡妻。哈代这些感情真挚的悼念亡妻的组诗成了英国悼亡诗歌中最杰出和最具独特风格的作品。1928年1月11日，88岁的哈代病逝。人们执意要将他埋葬在威斯敏斯特教堂的诗人角，但是，哈代的遗愿却是希望和第一任妻子爱玛合葬。最终，在多方协商下，1月16日，哈代的骨灰被葬在了诗人角，而他的心脏被送去了故乡的斯丹斯福德墓园爱玛的坟墓，与其合葬。

二、哈代的文学创作

作为横跨两个世纪的作家，哈代早期和中期的文学创作以小说为主，继承和发扬了维多利亚时代的文学传统；晚年以其出色的诗歌开拓了英国20世纪的文学。哈代以批判现实主义小说创作而闻名文坛，其小说大胆质疑和批判社会问题。《德伯家的苔丝》《无名的裘德》《还乡》《远离尘嚣》《卡斯特桥市长》被认为是哈代批判现实主义小说最好的作品。

其实，哈代浪漫主义诗歌的创作也颇受瞩目。哈代对外在世界感知敏锐、对社会观察深刻，与生俱来的诗人气质使其小说洋溢着浪漫诗情、理性诗心。有的评论家盛赞哈代诗歌的艺术性超过了叶芝、劳伦斯等诗人，将其视为英语诗人的魁首。哈代的抒情诗传承了英国诗歌的古老传统，坚守着诗人传达世界的真实性和守护内心心灵世界的独立性，情感朴素、思想深刻。哈代自身沉稳内敛的艺术气息在众声喧嚣的 20 世纪实属难能可贵。尤其是他对自然的咏唱、对世界的描述总能拨动读者们的心弦，甚至有一丝中国散文的神韵。在诗歌表现形式上，哈代也做了大胆创新和尝试。哈代悼念亡妻的组诗《如果你早知道》，艺术形式新颖，感情缠绵悱恻，便是一首上乘之作。哈代被认为是英国传统诗的最后一位大诗人，又是英国现代诗的第一位大诗人。

三、哈代作品的风格——悲悯动人

"人生里有价值的事，并不是人生的美丽，却是人生的酸辛。"[①]以批判现实主义小说创作闻名的哈代，其小说大都以虚构的乡村威塞克斯为背景，通过人物悲剧性的遭遇展示大自然的不可知力对个体命运所产生的影响，故而有"威塞克斯小说"之称。英国女作家伍尔夫认为，哈代是英国小说中最伟大的悲剧作家。[②] 哈代的作品，无论是小说还是诗歌总是充盈着浓重的悲剧色彩和伤感情调，这往往让读者震撼于弥漫其中的悲观气氛而感慨万千。哈代小说中的人物被宗教、自然、社会这些异己力量所控制，这些力量操纵着他们的行为以及与他人的关系，使他们无法掌控自己的命运。同样，他的诗歌也展示了不可预知地操纵人类世界的神秘力量。无论是对世界不可知未来的关注，还是对人类命运的忧虑，抑或是对全知、全善、全能的上帝统治的怀疑，都赋予了哈代文学作品鲜明的宿命论色彩。

那么，是什么原因让哈代在其创作中流露出浓重的悲观意识呢？让我们先将目光投向哈代生活的年代——19 世纪维多利亚时代。受益于工业革命的成功，英国获利匪浅，但是向工业化转型的进程又是极其痛苦的。在繁荣的经济表面下，隐藏着极深的社会、经济、政治危机，与此同时还有科学与宗教的矛盾。天文学与地质学的发现不断地

① 哈代．德伯家的苔丝：一个纯洁的女人[M]．张谷若，译．北京：人民文学出版社，2020：494．

② 伍尔夫．论小说与小说家[M]．瞿世镜，译．上海：上海译文出版社，2009：200．

冲击着人们固有的宗教信仰。达尔文的理论也使维多利亚时代的人感到无比孤独。钢筋铁骨般的哲学和宗教信仰也开始崩溃。与大自然生疏，与社会隔绝，与他人陌生，自我的各种心力也揉搓不到一块，这一切现象成为“现代人”的真正悲剧。[①] 人们遭受前所未有的困惑、迷茫、信仰缺失的焦虑，感受到一种亘古未有的悲观主义情绪。生活在该时代的哈代也不例外，他见证了资本主义的发展，也目睹了这一发展带来的破坏。作为一个小说家，他忠实地再现了一个充满悲剧色彩的威塞克斯。无论是《德伯家的苔丝》还是《无名的裘德》都表现了挣扎在现代文明社会中的人的生存悲剧，深刻地表达了哈代的生活观和社会观。与此同时，在抒情诗中，哈代也在他梦幻般的“威塞克斯高原”上孤独、悲哀地吟唱，试图对抗那残酷的现实。在哈代所处的特殊历史时期，他所吟唱的那些美丽的圣诞故事似乎与当时的实证主义科学研究成果相悖。不过即使在这样的环境下，诗人仍希望这些传说是真实的。哈代试图大声说出他的这种失落感，以寻求解脱，但又不能允许自己这样做。哈代诗中所持的微弱的希望实际上是一种对于基督教真实性的深深怀疑。哈代内心的冲突来自他信仰的缺失，这可能也是他悲观情绪流露的原因之一。

失望不等同于绝望，对人类命运持有悲悯情怀的哈代并不是一位悲观主义者，而是一位悲剧气质的作家。如徐志摩所言，哈代不是一个武断的悲观论者，在最烦闷和黑暗的时刻他也不放弃为他的思想寻求一条出路的决心。他的写实，他的所谓悲观，正是他在思想上的忠实与勇敢。[②] 作为批判现实主义大师的他，认为作家的主要任务应该按照生活的本来面目反映现实。他始终用其作品来思考社会、反思人生，用小说的形式阐述他那个时代的哲学议题。

四、哈代作品的主题——理性与信仰相交织

维多利亚时代是理性与信仰交织的时代，哈代的创作深受其影响。用理性节制冲动、用仁爱克服感性既是那个时代的主旋律，也是哈代作品中贯穿始终的主题。哈代秉承了伊丽莎白时期的文学创作

① 王吉民，罗杰鹦．论哈代小说的“死亡”意象[J]．丽水学院学报，2005，27(3)：41-44.
② 徐志摩．徐志摩全集：第六卷[M]．北京：中央编译出版社．2013：149.

风格，作品中的人物往往是人性某一特点的化身和表达，作品主题基本都是人自然天性的感性与后天克制的理性相冲突的情感故事。从这个角度而言，哈代是一个跨时代的诗人和小说家，他生活在维多利亚时代鼎盛时期与工业文明兴起之际的历史交汇点，他所面对的社会境况，既有传统的宗教意识和乡村浓厚的宗法观念也兼具新时代的解放观念；既有古老高原上岁月驻足的静谧沉寂和田园牧歌式的生活，也有蓬勃向上的精神和奋发拼搏的雄心。就这样，两种相互冲突的环境和观念交织在一起，个体在精神领域和现实生活中苦苦挣扎。正是这些矛盾和冲突构成了哈代小说的主要题材。徐志摩曾这样评价哈代："不论他写的是小说，是诗，是剧，他的目的永远是单纯而且一致的。"[①]哈代在访谈中也坦承：自己所有的书，一言以蔽之，都是在与人类对男人、女人以及低等生物的不人道行为进行抗辩。[②] 哈代的作品契合了18世纪和19世纪英国小说家热衷探讨的话题——情感与理智的搏斗。同时受英国小说家奥斯汀和勃朗特姐妹的影响，哈代的作品不论是短篇小说还是长篇小说，都有殊异于环境而富于幻想的冲动型人物，例如《德伯家的苔丝》中的克莱，《远离尘嚣》中的清纯靓丽的芭思希芭、英俊潇洒的特洛伊。人性内在的胶着和抗衡，理性与感性的激烈搏斗，几乎都显现在哈代的每一部小说人物身上。

在哈代看来，小说主人公的悲剧根源多是来自人类天然的冲动和感性的执迷，因缺少了理性的规约，个体不可避免走向了绝望的深渊，这鲜明彰显了哈代对人类理性的召唤。在他看来，很多时候主人公悲剧命运的形成，不单单是与周遭环境的不协调，更多的是由于人物性格中存在的缺陷。哈代曾认为，幸福不过是痛苦戏剧中的偶然插曲。最好的悲剧——简而言之，最高的悲剧——是应该由必然性所决定的悲剧。[③] 哈代希望将之生动讲述出来，从而让更多的人能够避免这样的悲剧。比如《还乡》中那对命途多舛的恋人游苔莎和克林，《卡斯特桥市长》中那个任性刚愎、冲动暴烈的市长亨查德。综上所述，从哈代

① 徐志摩．徐志摩全集：第六卷[M]．北京：中央编译出版社，2013：147．

② 聂子楠．理性与情感的冲突：哈代作品中的理性主义[J]．南华大学学报（社会科学版），2016(17)：105-110．

③ 刘文荣．19世纪英国小说史[M]．北京：中国社会科学出版社，2002：243．

的作品里，我们看到了人类冲动性的情感，脱离了理性的挟制，火焰似的迸窜着，同时在灰烬的底里孕育着鲜明的"现代意识"，"病态的、自剖的、怀疑的、厌倦的、上浮的，炽焰愈消沉，底里的死灰愈扩大，直到一种幻灭的感觉软化了一切生动的努力，压死了情感，麻痹了理智，人类忽然发现他们的脚步已经误走到绝望的边沿，再不留步时前途只是死与沉默。"[①]这也许是哈代作品带给我们最深邃的生存启示。

第二节 《德伯家的苔丝》赏析

哈代的小说大多以远离城市文明的英国西南各郡农村为背景，真实反映资本主义进程中英国乡村人民的悲惨命运，从不同侧面反映当时社会的经济、政治、道德、风俗等变化，在暴露资产阶级道德、法律观念虚伪性的同时，也赞美了劳动人民的正直善良、勤劳朴实。《德伯家的苔丝》是哈代最著名的批判现实主义的长篇小说之一，其确立了哈代在19世纪末英国最杰出的批判现实主义文学家的地位。自小说出版以来，不仅在英国，而且在全世界为广大读者所喜爱。

一、《德伯家的苔丝》简介

《德伯家的苔丝》讲述了美丽、善良、勤劳的农家姑娘苔丝短促而不幸的悲剧人生。苔丝在懵懂无知的年纪，为了帮助家庭摆脱经济困难来到所谓"本家"德伯家认亲，希望能得到一份工作来接济自己的家庭。不幸的是，苔丝在做工时，遭到地主少爷亚雷的侮辱，怀孕后回到家乡，后又遭遇邻居的嘲讽，从此拉开了一生悲剧的序幕。回到家乡的苔丝，生下一个孩子，不久孩子夭折。经历不幸之后，苔丝仍然要为贫穷的家庭分担生活的重担，她又来到一家牛奶厂做工，在这里，苔丝认识了牧师的儿子克莱。克莱受过良好的教育，风度翩翩，思想开明。苔丝也被他吸引，只是因为过去的经历，一直压抑着自己的情感。在克莱热烈的追求，苔丝终究抵挡不住自己内心炽热的爱，她也数次想把自己曾经的不幸遭遇告诉克莱，但终究缺乏勇气。在新婚之夜，克

① 徐志摩.徐志摩全集：第六卷[M].北京：中央编译出版社，2013：148.

莱向苔丝坦白了自己曾经的一段不负责任的恋爱经历，苔丝表示原谅克莱并表示会依然爱他。然而当苔丝坦承失身之事，克莱“就住了口，把这几个字眼儿琢磨；于是忽然又狞笑起来，笑得迥异自然，阴森可怕，赛过地狱里的笑声。”[①]正如苔丝所担心的那样，她的坦诚却未能得到克莱原谅。小说这样写道，苔丝苦苦哀求丈夫的原谅“你看着咱们俩爱的分[②]儿上，饶恕了我吧！”“我已经饶恕了你了！”“你也像我饶恕你那样，饶恕了我吧！我饶恕你了，安玑。”[③]然而对于这样的哀求，曾热恋着苔丝的克莱却无情地说：“唉，苔丝，这不是饶恕不饶恕的问题！你从前是一个人，现在又是另一个人了。哎呀，老天爷——饶恕两个字，怎么能应用到这样一桩离奇古怪、障目隐形的魔法幻术上呢！”[④]夫妻二人在悲痛之后，第二天，克莱还是抛弃了苔丝只身前往巴西，苔丝只好回到娘家。

再次遭遇不幸后，苔丝剃光了自己的眉毛，为了生计，来到了一处遥远的农场工作。命运没有放过不幸的苔丝，她再次遇到了侮辱她的亚雷少爷。亚雷表示愿意补偿苔丝，然而苔丝痛恨亚雷将她陷入不幸的绝境，打了亚雷一个耳光，并驱赶了他。但亚雷却一直纠缠苔丝。被生活的压迫与亚雷的纠缠困扰不已的苔丝不断给克莱写信，希望克莱能够尽快回来，并原谅自己。可是，她终究没能等来克莱的只言片语。在父亲去世、母亲患病、弟弟妹妹失学，一家人流落街头的窘境下，苔丝怀着绝望和自我牺牲的精神，被迫和亚雷维持关系，依赖他接济自己在乡下的家人，但同时也恨他给自己带来的不幸。醒悟的克莱突然有一天归来，出现在了苔丝眼前，并表示悔恨愧疚，自己一直爱苔丝。苔丝悔恨交加，在长久的自我精神的压抑摧残下，她近乎丧失理智的将所有的怨恨都堆积到了亚雷身上，认为亚雷使她第二次失去了克莱，愤怒激情之下将亚雷杀死。苔丝与丈夫克莱踏上了逃亡的征途，在度过了几天幸福生活后，在一个静谧的黎明，苔丝被捕了。等待她的，是绞刑。就这样，苔丝从一个纯洁善良的乡村少女经历了失身、

---

① 哈代．德伯家的苔丝：一个纯洁的女人[M]．张谷若，译．北京：人民文学出版社，2020：333．

② 同“份”。

③ 同①：332．

④ 同①．

被弃、残酷剥削后，在不平等的法律下最终成为杀人犯。

二、苔丝——一个纯洁的女人

“是多么鲜亮、多么纯洁的一个自然女儿哟！”[①]“不过在情感和天性方面，你不能说她不是个小姐。”[②]“她这个人，充满了诗意，她一举一动，都把诗现实化啦，我想我可以这样比方。诗人的诗，不过笔下写写就是了；她的诗可就是她的生活。”[③]苔丝这样一位纯洁、善良、勤劳的少女，是如何变成杀人犯的呢？让我们走进作品，一起剖析苔丝悲剧人生的原因。

（一）时代社会的悲剧

苔丝的悲剧是时代环境和社会的悲剧。有价值的事物受到不可避免的环境扼杀，是哈代小说典型的悲剧主题。哈代赋予了苔丝劳动妇女一切美好的品质，将其视为美的象征和化身，但冥冥之中总有一种不可抗力，操纵她一生的命运，使其人生在黑暗的悲剧与光明的时刻相互交替。苔丝是无辜的，她的悲剧是时代环境和社会的悲剧。苔丝作为一个贫苦农民的女儿，虽然勤劳善良、聪明美丽，之后又作为一个雇佣劳动者，一个无权无钱的农业工人，社会地位低下，其命运必然是悲惨的，自然会受到资本主义社会的种种压迫。作家哈代的意图很明显：环境是人类巨大的异己力量。随着资本主义的入侵，那些自食其力占有少量土地和生产资料的农民，都不得不随之破产。为了生存只能去寻求其他的生存之路。苔丝家的老马被邮车撞死后，一家人陷入困顿，苔丝为了全家的生计，只能被迫去认亲，从而遭受到侮辱，开始了她的悲剧人生。哈代通过苔丝一家的遭遇，生动描写了资本主义工业的发展侵蚀了英国传统农业社会的宗法秩序，打乱了长期在乡村田园环境中农民所形成的种种生活方式和习惯。很多淳朴憨厚的农民在资本主义的冲击下遭遇了阵痛，失去了自己的土地，他们不得不从自给自足的农民转向受雇于人、被人剥削的农业工人。按照规定，苔丝父亲去世后，房子只传到她父亲一辈，母亲和弟弟妹妹被赶了出

① 哈代. 德伯家的苔丝：一个纯洁的女人[M]. 张谷若，译. 北京：人民文学出版社，2020：174.
② 同①：239.
③ 同①：240.

来，到处流浪，无处安身，这剥夺了苔丝最后的尊严。亚雷又来纠缠，这使苔丝陷入独立无援的地步，最终走向了悲剧人生。

更重要的是，亚雷和克莱代表了把苔丝推向死亡深渊的两种不同的客观社会势力，他们共同造成了苔丝的悲剧人生。亚雷是新兴资产阶级的代表，是资本主义社会财富和罪恶的象征，他对苔丝的压迫更多地表现为强权与暴力对人身的侵害，他相信“资本之魔”力量无穷，相信金钱可以买到一切，并完全享受于这个过程和这种结果。如果说亚雷对苔丝的摧残是其悲剧人生的开始，那么克莱则带给苔丝精神上的摧残，这是一种无形的、更可怕的精神戕害，最终造成了苔丝的悲剧人生。克莱是自由资产阶级的代表，代表着资产阶级的传统伦理道德。哈代对克莱的态度是矛盾的。一方面，出于资产阶级人道主义与自由主义的思想立场，哈代美化了克莱。克莱藐视社会习俗，厌恶城市生活，不愿意遵从父母的意愿去当牧师，果断选择自己的人生道路，俨然是资产阶级人道主义与自由思想的化身。但是他对旧道德、旧观念的反叛并不彻底。另一方面哈代严厉批判了克莱虚伪的资产阶级道德。克莱爱苔丝，但又不像苔丝爱他那样无私和真诚。“他的情爱里真火少，虚光多”①。在他眼里，苔丝是“大自然的新生女儿”，但克莱是资产阶级偏见的奴隶，当他得知苔丝失身，不仅没有丝毫同情，甚至“不能优容苔丝”②，拿出当时社会上的道德教条义正词严地来批判辱没苔丝。“因为你爱的那个她，并不真是我，只是一个和我形影一样的人；只是一个我本来可以是而现在可不是的人哪！”③甚至，单单骂过了侮辱过了苔丝还不够，还要加上苔丝的家人甚至是整个家族。“你的意志这样不坚定，和你们家由盛而衰的情况有关联。家庭衰老，就等于说，那家的人意气消沉，思想腐朽……我本来还以为你是大自然的新生儿女呢，谁知道可是奄奄绝息的贵族留下来的一枝日暮途穷的孽子耳孙呢。”④克莱视而不见苔丝对他的深情厚谊，冷酷无情地抛弃了她，置苔丝于痛苦绝望之中，而且永远扑灭了爱情在她心中重新唤起

① 哈代.德伯家的苔丝：一个纯洁的女人[M].张谷若，译.北京：人民文学出版社，2020：351.
② 同①.
③ 同①：314.
④ 同①：339.

的希望。

可见，亚雷和克莱对苔丝的压迫和摧残，在本质上并没有区别。苔丝的悲剧是时代和社会的悲剧，哈代通过苔丝悲剧的人生故事，控诉了资产阶级社会及其法律的不公以及虚伪的道德与宗教。正如苏联文艺学家、批评家阿尼克斯特所言：苔丝招致毁灭的真正原因是属于现实的性质，女主人公的贫苦和无依无靠，社会上盛行的社会风习——这些情况都决定了这个女子的悲惨命运。

（二）性格的悲剧

苔丝对社会的反抗并不彻底。哈代关注的是人、人与环境的相互影响、人对命运的反应，善良的苔丝有反抗也有妥协。苔丝虽然屡遭困境折磨，但却没有丧失生活的勇气，敢于反抗社会的不公正，但却难以跳出世俗观念的羁绊。苔丝是勇敢、坚强的，周围歧视的眼光并没有把她吓倒，她默默地忍受生活的不公正。她敢于反对和鄙夷世俗，不顾教规，自己动手给孩子施洗礼，然而她却不能彻底摆脱固有道德观念对自身的捆缚，这又表现了她性格软弱的一面。一方面，苔丝认为自己的失身是无辜的，但另一方面她在世俗条框中寻找自己存在的理由，认为自己是“有罪”的，“她那种颓丧，其实并没有什么真实的根据，不过是因为她觉得自己触犯了一条纯系人为毫无自然基础的社会法律，是一个礼法的罪人就是了”①，她比别人更不能忘记自己的“耻辱”。克莱的爱使她感到幸福，可是在体验到幸福的同时，苔丝感受到更多的是内心的痛苦、折磨、恐惧、悔恨和羞耻。即便被克莱抛弃，她也毫无怨言地承受，并认为这是一种公正的惩罚。这一切都表明苔丝无法忘记过去，更无法卸掉背在自己身上沉重的精神十字架。她遭遇的痛苦是世俗带给她的，在遭到世俗舆论、传统道德迫害的同时，受制于当时社会的道德准则、马洛特村民的流言蜚语，抑或是燧石场苛刻的农场主，苔丝毫不留情地责难自己。

苔丝在大胆地反抗传统道德的同时，又囿于传统道德的观念成为传统道德的维护者。小说通过苔丝性格矛盾性的呈现，从更深层次上表现了传统道德对苔丝人性的迫害、心灵的扭曲。苔丝受到世俗舆

① 哈代．德伯家的苔丝：一个纯洁的女人[M]．张谷若，译．北京：人民文学出版社，2020：406．

论、传统道德戕害的同时，可悲的是她同样用这一道德标准来静观自己。她不仅把失身当作自己人生的污点，遇到克莱之后更从弱者的角度乞求他的宽恕和原谅。这就使她的悲剧显得更浓重、更深沉。哈代打破了传统小说对人物和情节的束缚，从遗传和环境的角度去重新观察认识人类[①]使小说的批判力量更为强烈。苔丝性格中真善美的毁灭，是社会扼杀的结果，但悲剧的形成又同性格的内在矛盾不可分割。

（三）作家宿命观使然

苔丝的人生悲剧是作家哈代宿命观在作品中的体现。如同古希腊悲剧阐述个体抗争的崇高悲剧精神一样，哈代的悲剧小说也在诉说个体在神秘而不可抗拒的命运面前的抗争。古希腊人认为人的命运是由神规定的，人是无法摆脱的。哈代的宿命观使作品中的苔丝成了命运的牺牲品，即便个体进行反抗也是枉然。哈代认为苔丝的悲剧是冥冥中由神的意志安排的，无论怎样努力和反抗，总逃不脱神的意志的主宰。正如哈代在小说结尾写的一样："'典刑'明正了，埃斯库罗斯所说的那个众神的主宰，对于苔丝的戏弄也完结了……"[②]正如劳伦斯所言：哈代在小说中，在主人公微小的行动背后设置一个莫测的大自然可怕的行动背景，将人类的意识所把握和构建的小道德体系置于大自然或生活本身那庞大、难以理解并且是不可理喻的道德体系之中，它超越了人的意识。[③]苔丝一生的悲剧由一连串偶然和巧合构成：家中老马被撞，父亲听闻有钱本家，苔丝被迫认亲，引发失身事件；苔丝给克莱的信却被插入地毯下面，克莱没有看到，导致新婚之夜被抛弃；无家可归，委身亚雷，但丈夫又突然归来。直至苔丝的死亡情节，仿佛苔丝的人生每个阶段，都是神秘莫测的命运在作祟。

哈代宿命观还体现为在小说中多次埋下伏笔，暗示苔丝的悲剧命运是家族因果报应的结果，小说中不止一次提及历史上德伯家族的荒淫无耻和德伯家的祖先杀人的传说，"现在这场灾难里，也许含有因果报应的成分在内。毫无疑问，苔丝·德伯有些戴盔披甲的祖宗，战斗

---

① 唐丽伟.典型的自然主义者托马斯·哈代[J].泰安教育学院学报岱宗学刊，2005，9(2)：18-19.

② 哈代.德伯家的苔丝：一个纯洁的女人[M].张谷若，译.北京：人民文学出版社，2020：577.

③ 林静.英美文学名家的死亡哲学[M].昆明：云南人民出版社，2014：43.

之后，乘兴归来，恣意行乐，曾更无情地把当日农民的女儿们同样糟蹋过。”[①]“（克莱）同时心里纳闷儿，不知道德伯氏的血统里，究竟有什么令人不懂的特征，才会让苔丝做出这种离经反常的事来——如果那真能说是一件离经反常的事。他心里有一瞬的工夫，曾经想到，德伯氏马车杀人的传说，所以会发生，也许就是因为人家都知道德伯家常干这种事儿吧。”[②]人在浩瀚的宇宙中是渺小的，在未知神秘的命运面前是无力的。哈代的宿命论反映了他在探索人类命运问题上的迷惘、苦闷和悲观的情绪，这也是哈代悲观意识基础之上的世界观与人生观的局限性表现。实际上，苔丝的悲剧历程真正代表了破产后的整个威塞克斯农民阶层的悲惨命运，她的悲剧性历史反映出威塞克斯农民阶级在寻求出路的过程中所遭受的各种各样的灾难，具有高度的典型性和象征性。[③]

哈代通过小说主人公苔丝的悲剧人生对维多利亚时代虚伪的道德体系进行了批判，对女性的独立思想和价值进行了充分肯定。苔丝曾经自由地选择了自己的道路。用哈代生活的维多利亚时代的传统道德标准衡量，苔丝是一个道德上不完美的女人，但在其笔下，她善良真诚，是“一个纯洁的女人”。哈代称赞她美得纯粹；纯洁不受玷污。正如小说副标题所示“一个纯洁的女人”，为此，他还引用莎士比亚一句话作为小说题词：“可怜你这受了伤害的名字！我的胸膛就是卧榻，要供你栖息。”这句话表达了哈代对苔丝遭遇的同情，期望在时代涡轮碾压下给予诸如像苔丝这样不幸的女性以心灵的援助，向维多利亚时代虚伪的社会道德发起严正挑战。遗憾的是，哈代是永远无法将苔丝从破产的农村经济下、丑恶冷酷的人性中、虚伪的道德审判中救赎出来，当苔丝用匕首杀死魔鬼时，她对自己进行了自我救赎，捍卫了心灵的纯洁，同时也不可避免地毁灭了自己，走向了悲剧的结束。值得一提的是，哈代在此部小说中所展现的高超的叙事艺术手法同样让人惊叹，正如木心先生所评价的：“像《苔丝》这种小说，福楼拜、托尔斯泰，

---

① 哈代. 德伯家的苔丝：一个纯洁的女人[M]. 张谷若，译. 北京：人民文学出版社，2020：103-104.

② 同①：559.

③ 马弦. 苔丝悲剧形象的“圣经”解构[J]. 外国文学研究，2002(3)：47-52，169-170.

看了都会发呆的。福楼拜会说：‘我还是写得太粗了，急躁了。’托尔斯泰，老实的骨头，也会说：‘他的才是小说，我们写的还不是呢……’如果给陀思妥耶夫斯基看，他会说：‘你注意到吗？我用的方法也是这样。他用大调，我用小调。’”①

思考题

1. 为什么哈代用“一个纯洁的女人”作为《德伯家的苔丝》的副标题？

2. 请分析《德伯家的苔丝》中苔丝这一人物形象。

3.《德伯家的苔丝》为什么被称为“性格与环境小说”？

推荐阅读图书

1. 哈代.德伯家的苔丝：一个纯洁的女人[M].张谷若，译.北京：人民文学出版社，2020.

2. 聂珍钊，刘富丽，等.哈代学术史研究[M].南京：译林出版社.2014.

3. 陈珍.多维视域下的托马斯·哈代研究[M].保定：河北大学出版社.2021.

① 木心.文学回忆录[M].桂林：广西师范大学出版社，2013：542.

附　录　《德伯家的苔丝》精彩篇章选读[①]

第五期　痴心女子

35

苔丝的叙述完结了；连反复的申明和详细的解释，也都做完了。她的声调，自始至终，都差不多跟她刚一开口那时候一样高低；她没说为自己开脱罪名的话，也没掉眼泪。

但是身外各种东西，在听她表明身世的过程中，连在外貌上，都好像经历了一番变化。壁炉里的残火，张牙怒目，鬼头鬼脑，仿佛表示对于苔丝的窘迫，丝毫都不关心。炉栏懒洋洋地把嘴咧着，也仿佛表示满不在乎。盛水的瓶子放出亮光来，好像只是在那儿一心一意研究颜色问题。所有身外一切东西，全都令人可怕地反复申明，自脱干系。然而无论哪样东西，实际上却和克莱吻苔丝那时候，并没有任何改变；或者不如说，无论哪样东西，本质上都没有任何改变；但是神情上却前后大不相同了。

她把故事说完了以后，他们从前耳边絮语的余韵，就好像一齐挤到他们脑子里面的角落上，在那儿反复重念，仿佛提示，他们从前的行动，全是盲目而愚昧的。

克莱做了一种不合时宜的举动：他拨弄起炉子里面的火来。他对于这段新闻，还没完全领会到它的意义呢。他拨完了火，站了起来，那时候，她这一番话的力量才完全发作：他脸上憔悴苍老了。他努力要把心思集中，就在地上一阵一阵地乱踩。他用尽了方法，都不能把杂念驱逐，所以才做出这种茫无目的[②]的举动。他开口的时候，他的声音是她所听见过他那富于变化的种种音调里最平常、最不切当的那一种。

“苔丝！”

“啊，最亲爱的。”

---

① 哈代.德伯家的苔丝：一个纯洁的女人[M].张谷若，译.北京：人民文学出版社，2020：331-359.

② 同“漫无目的”。

“难道我得当真相信你这些话吗？看你的态度，我得相信你这些话是真的。唉！你不像是疯了的样子！你说的话应该是一派疯话才对呀！但是实在你却又并没疯……我的太太，我的苔丝——你没有什么可以证明你疯了吗？”

“我并没丧失神志。”她说。

“可是——”他恍恍惚惚地看着她，又头晕眼花地说。“你为什么不早告诉我呢？哦，不错，我想起来啦，你本来想要告诉我来着——可是我那时候没让你说！”

克莱说这些话和别的话，只是外面上虚应故事罢了，他心里还是照旧像瘫痪了的一般。他转身走去，俯在一把椅子背儿上。苔丝跟着他走到屋子中间他所在的地方，站在那儿，拿两只没有眼泪的眼睛瞅着他。跟着她就在他脚旁跪下，跪下以后，又趴在地上，缩成一团。

“你看着咱们俩爱的分儿[1]上，饶恕了我吧！”她口干唇焦地低声说，“我已经饶恕了你了！”

他没回答，她又说：

“你也像我饶恕你那样，饶恕了我吧！我饶恕你了，安玑。”

“你吗，不错，你饶恕了我了。”

“但是你可不能饶恕我，是不是？”

“唉，苔丝，这不是什么饶恕不饶恕的问题！你从前是一个人，现在又是另一个人了。哎呀，老天爷——饶恕两个字，怎么能应用到这样一桩离奇古怪、障目隐形的魔法幻术上呢！”

他说到这儿，就住了口，把这几个字眼儿琢磨；于是忽然又狞笑起来，笑得迥异自然，阴森可怕，赛过地狱里的笑声。

“真别价，别价！这要我的命！”她尖声喊着说，“唉，你慈悲慈悲吧，慈悲慈悲吧！”

他没回答；她满脸煞白，跳了起来。

“安玑，安玑！你这一笑，是什么意思？”她喊着问，“你知道我听了你这一笑，心里是什么滋味儿？”

他摇了摇头。

---

① 同“份儿”。

“我自始至终，老成天价提心吊胆、战战兢兢，一时一刻都怕你不痛快、不遂心。我老心里想，我要是能让你遂心，能让你如意，那我该多高兴；我要是不能让你遂心如意，那我该多么不配做你的太太！我白天晚上，没有一时一刻不是那么想的，安玑。”

“这个我知道。”

“我还只当是，安玑，你真爱我——你爱的是我自己，是我本人哪！要是你真爱我，你爱的真是这个我，那你现在怎么能做出这种样子来，怎么能说出这种话来呢？这真叫我大吃一惊！我只要已经爱上了你，那我就要爱你爱到底儿——不管你变了什么样子，不管你栽了多少跟头，我都要一样地爱你，因为你还是你呀！我不问别的。那么，唉，我的亲丈夫哇，你怎么居然就能不爱我了呢？”

“我再说一遍，我原来爱的那个女人并不是你！”

“那么是谁？”

“是另一个模样儿跟你一样的女人。”

她听了这些话，就觉得她从前害怕的事，现在果然实现了。他把她看成一个骗子了！看成一个外面纯洁，心里淫荡的女人了。她见到这一点，灰白的脸上是一片恐怖，两颊的肌肉都松松地下垂，一张嘴差不多都看着好像只是一个小圆孔的样子。真没想到，他居然会这样看待她，她吓得魂飞魄散，身软肢弱，站都站不稳了；他以为她要摔倒，就走上前去，温柔地说：

“坐下好啦，坐下好啦。你要晕了；本来也该晕。”

她倒是坐下了，却不知道自己到底是在哪儿；她脸上仍旧是那种绷得很紧的神气，她的眼神儿，让克莱看着，浑身都起鸡皮疙瘩。

“那么，安玑，我已经不是你的人了，我还是你的人吗？”她毫无办法，问，“他说过，他爱的不是我嘛，是另一个模样儿像我的女人嘛。”

她想到这儿，就可怜起自己来，因为自己受了委屈了。她把自己的情况又想了一想，便不觉满眼含泪；她背过脸去，跟着自伤自怜的眼泪，就像泉水一样，涌了出来。

克莱见了她这一哭，觉得轻松了一些；因为苔丝对于这件事表面上仿佛不痛不痒的情况，开始使他苦恼起来，这份苦恼，比起这件事揭露了以后他那份苦恼，也并差不了许多。他不动感情安安静静地在一旁看着，一直等到后来，苔丝悲伤的劲头儿自消自灭，泪如泉涌的痛哭，也变成了抽抽搭搭的余哀。

"安玑，"她忽然说，这回说的时候，音调很自然，完全是她本来的样子，不是刚才那种口干舌燥，近于疯狂的恐怖声音了，"安玑，我太坏了，你跟我不能再同居了是不是？"

"我还没能盘算到咱们两个该怎么办呢。"

"我一定不要求你让我跟你同居，安玑，因为我没有这种权利！我原先说要写信给我母亲跟我妹妹们，告诉她们我已经结了婚了。现在那封信我也不写啦；我本来铰好了一个盛针线的袋儿，想要在咱们寄寓的时候把它缝起来，现在我也不缝啦。"

"你不缝了吗？"

"我不缝啦，除非你吩咐我，我无论什么都不做；要是你把我甩下，自己走了，我也决不跟着你；就是从此以后，你永远不再理我，我也不问你为什么，除非你告诉我，说我可以问，我才问。"

"比方我不管什么事情，都吩咐你做，你怎么样呢？"

"那我一定像你一个卑微可怜的奴隶一样，绝对地服从你，就是你叫我倒地不起，舍身送命，我也不违背你。"

"你这样很好。不过这可让我想起来，你现在这种自我牺牲的精神，和你已往那种自我护卫的态度，未免有些前后矛盾吧。"

这是他们两个初次冲突的话。不过，现在对苔丝加以精心细意的讥刺诮让，就好像用那种态度对待猫狗一样。话里的微妙刻薄意味，她一概不能领会，她只听着那是些含有敌意的声音，表示他正控制不住自己的愤怒就是了。她一言不发，静静地待着，却不知道，他在那儿正极力抑制他对她的爱情。她几乎没看见，一颗[①]眼泪，慢慢地从他脸上流下来——一颗[②]很大的眼泪，把它流过去那块地方上的毛孔都放大了，好像那颗[③]眼泪就是显微镜上的物镜一样。同时新的启示，使他明白过来，她这番自白，都怎样把他的生命、他的宇宙，全都令人可怕地给他改变了。他拼命挣扎，想要在他所处的现状之中前进。总得有点承前继后的动作才成啊，可是做什么呢？

---

①②③ 同"滴"。

"苔丝，"他极力做出温柔的样子来说，"现在——我在屋里——待不住啦。我要到外面去走一走。"

他轻轻悄悄地离开了屋子，他倒出来的两杯葡萄酒，本来预备吃晚饭的时候喝——一杯给自己，一杯给苔丝——都还放在桌子上，一动没动。这就是他们两个"合卺"杯的下场头了。两三点钟以前，用茶点的时候，他们还那样异想天开，相亲相爱，硬要用一个杯子来着呢。

他随手关门的声音，虽然极其轻柔，却也把苔丝从昏迷中惊醒。他已经走了；她也不能待着。她急急忙忙，披上大衣，开开门，跟在后面，出去的时候，把蜡烛熄灭了，仿佛要一去永也不再回来似的。雨已经下过了，夜景很清爽。

克莱走得很慢，又没一定的方向，所以待了不大的一会儿，她就差不多追上了他了。他的形体和她那轻淡灰白的形体一比，显得黑漆漆、阴沉沉的，令人望而生畏；她脖子上戴的珠宝，先前还有一阵儿使她觉得那么骄傲，现在却好像是在那儿讥刺诮笑她了。克莱听见了她的脚步声，回头看了一看；不过虽然他认出来是她，却没改变什么态度，只仍旧往前走去，从房前那座长桥那五个张得很大的桥孔上面跨了过去。

路上牛和马的蹄子印儿里，满是积水，因为雨下得还不很大，只能把蹄子印儿注满了，却没能把蹄子印儿冲没了。她从那儿走过去，星星的影子，也在这些微小的水坑儿上面一闪而过。她要是没看见这些水坑儿里的星光——宇宙间最伟大的物体反映在这么卑微的东西里面——她简直就不会知道，它们就在头上闪烁。

他们今天到的那块地方，本来和塔布篱坐落在同一平谷里，不过又往下游去了几英里就是了；那儿四外都平旷显敞，所以她能很容易看见克莱老在望中。从房子往外去，有一条路，蜿蜒曲折，穿过草场，她就顺着这条路，跟在克莱后面，不过却总不想追到他跟前，也没设法去引他注意，只是不言不语，无情无绪，而忠心耿耿，跟在后面。

走了些时候，她那种无精打采的脚步，到底把她带到克莱身旁了，但是他还是一言不发。一个人，忠诚老实，而却受到愚弄，那他一旦觉悟过来，就常常觉得，那种愚弄非常残酷；现在克莱心里这种感觉尤其强烈。野外的清爽天气，显然让他头脑镇静，行动稳定了。她知道，现在他眼睛里的她，只是茕茕赤裸，毫无光彩的了；现在时光之神，正在那儿吟咏讥讪苔丝的颂歌了：

你的真面目一旦显露，从前的恩爱反成冤仇；
时衰运败的时候，原先的姣好也要变得丑陋。
你的生命要像秋雨一样淋沥，秋叶一般飘零；
你的面纱是痛苦的源泉，花冠是恨悔的象征。①

克莱还是在那儿聚精会神地思索，苔丝在他身旁，并不能分他的心，并不能转变他的思路。她在克莱眼里，真是丝毫无足轻重了！她不得不向克莱开口了。

“我怎么了，我到底怎么了啊？我说的话，并没有一句表示我爱你是假的，没有一个字表示我爱你是装的呀！你不会认为我骗你吧，会吗？安玑，惹你生气的，都是你自己编造出来的情况，我并不像你琢磨的那样，我并不是那样。哦，我一点儿也不是那样，我不是你想象出来那个骗人的女人！”

“哼！我的太太倒是并没骗人；可是前后不是一个人了。话又说回来啦，你别再惹我生气，招我责备你啦。我已经起过誓了，决不责备你；我一定要想尽一切办法不责备你。”

但是她在心痴意迷的情况下，仍旧替自己直辩护；并且还说了一些也许不如不说的话。

“安玑呀！——安玑呀！我那时还是个小孩子啊——发生那件事的时候，我还是个小孩子啊！男人的事儿，我还一点儿都不懂得啊。”

“我倒承认，与其说是你把别人害了，不如说是别人把你害了。”②

“这么说来，你还不能饶恕我吗？”

“我饶恕是饶恕你了，不过饶恕了并不能算是一切都没有问题呀。”

“还不能仍旧爱我吗？”

对于这个问题，他没回答。

“哦，安玑呀——我母亲说过，这是世界上有时候有的事情！——她就知道有好几个女人，比我的情况还糟，可是她们的丈夫，都没怎么在意——至少都把这件事慢慢看开了。可是那些女人爱她们的丈夫，

① 引自史文朋的《艾特兰塔在凯利顿》中的一个合唱曲。
② 与其说你把别人害了……，见《李尔王》第3幕第2场第56行。

都没有我爱你这样厉害!”

“不要说啦,苔丝;不要辩啦。身份不一样,道德的观念就不同,哪能一概而论?我听你说了这些话,我就只好说你是个不懂事儿的乡下女人,对世事人情的轻重缓急,从来就没入过门儿。你自己并不知道你都说了些什么。”

“由地位看,我自然是一个乡下人,但是由根本上看,我并不是乡下人哪!”

她说这句话的时候,不觉发了一阵火儿,但是它怎么来就怎么去了。

“所以才更糟啦。我想,把你们的祖宗翻腾出来的那个牧师,要是闭口不言,反倒好些。我总觉得,你的意志这样不坚定,和你们家由盛而衰的情况有关联。家庭衰老,就等于说,那家的人意气消沉,思想腐朽。天哪,你为什么必得把你的家世都告诉我,叫我多得一个看不起你的把柄呢?我本来还以为你是大自然的新生儿女呢,谁知道可是奄奄绝息的贵族留下来的一枝日暮途穷的孽子耳孙呢。”

“还有许多人家,也跟我一样地糟呢!莱蒂家原先不也是大地主吗?还有开牛奶厂的毕雷,不也是一样吗?你看现在他们怎么样?戴贝鹤家从前本是德巴夜贵族①,现在都成了赶大车的了。你到处都能找到跟我一样的人家;这本是咱们这一郡里特别的情况,你让我有什么法子呢?”

“所以这一郡才更糟。”

她把所有这些责难,全都一体看待,不去追求细情。她只知道,他现在不像从前那样爱她了,除此而外,别的情况对于她一概没有关系。

他们又一声不响地往前瞎走。事后都说,那天晚上,井桥村有一个乡下人半夜去请医生,在草地上遇见了一对情人,一前一后,慢慢地走,一声也不言语,好像送殡似的。他瞅了他们一眼,觉得仿佛他们脸上,非常焦灼,非常愁闷。后来他回来的时候,又在那块地里碰见了他们,还是跟先前一样,慢慢地走,跟先前一样,不顾夜深露冷。他因为自己家里有病人,没心思去管闲事,所以当时就把这件稀奇的事忘了;

① 德巴夜,巴夜,法国诺曼底地名,德巴夜应即那个地方的贵族而随威廉第一来英国的。

后来过了许久，才又想起来的。

在那个乡下人去而复返的中间，她曾对她丈夫说：

“我看，我活着，就没法儿不让你因为我而受一辈子的苦恼。那边儿就是河，我在那儿寻个自尽吧。我并不怕死。”

“我已经做了不少的蠢事了，再在我手里弄出一条人命来，那就更蠢了。”

“我死的时候，留下点儿东西，让人知道，我是因为羞愧，自己寻死的。那么一来，别人就不能把罪名加到你身上了。”

“别再说这种糊涂话啦，我不愿意听这种话，这件事用不着那么着想，那净是胡闹。因为咱们不能把现在这件事看成一场悲剧，咱们只能把它看成一场有讽刺性的噱头。我看你一点儿也不明白这场不幸的意义。要是别人知道了，十个人里头得有九个把这件事看做[1]是一桩笑谈。请你听我一句话，快回去睡觉吧。”

“好吧。”她奉命唯谨地说。

他们绕的那条路，通过磨坊后面一座人所共知的古代寺院遗迹；这座古代寺院是西斯特派的僧侣[2]修建的。古代的时候，那个磨坊，就属于那个寺院的僧众，到了现在，磨坊还是工作不停，寺院却早已残破消灭了，因为食物不能一日间断，信仰却只是过眼的烟云罢了。我们老看到，暂时需要的东西，永远有人供应，永久需要的东西，却供应一会儿就完了。那天晚上，他们两个本来只在一块地方上绕来绕去，因此走了半夜，离那所房子还是并不很远。她当时服从了他的指示，要回去睡觉，只要顺着大石桥，跨过大河，再顺着路往前走几码，就是自己的寓所了。她回到屋里的时候，一切的情况都跟她离开那个屋子的时候一样。壁炉的火也还没灭。她在楼下待了不过一分钟，就上了楼，进了自己的卧室，他们的行李，起先已经搬到那个屋子里了。她在床沿儿上坐下，茫然地四外看了一眼，跟着就动手脱衣服。她把蜡烛挪近床前的时候，烛光射到白布帐子的顶儿上；只见有些东西挂在帐子顶儿下面，她举着蜡烛仔细一看，原来是一丛寄生草。她立刻就明白了，这一定是安玑干的事儿。因为原先收拾行李的时候，有一个包

① 同“看作”。

② 西斯特派的僧侣，僧侣之一派，一〇九八年洛贝特创始于西斯特斜姆，为本笃会之分支。

裹，也不知道里面是什么东西，打包儿的时候和携带的时候，都顶麻烦的；克莱没告诉她是什么，只说到时候就知道了；那个包裹的秘密现在才揭穿了。那原是先前克莱心里快活，感情热烈的时候，把它挂在那儿的。现在这一丛寄生草，看着有多呆傻，有多讨厌，有多不顺眼呢！

苔丝现在觉得，想让克莱回心转意，好像万难办到，因此再没有什么可怕的，也差不多再没有什么可盼的了，所以就无情无绪地躺下了。愁人绝望的时候，就是睡神来临的机会。一个人心情比较快活的时候，往往不容易睡得着，而在现在这种心情中，却反倒容易入睡。所以过了不到几分钟，孤独的苔丝，就在那个微香细生，寂静无声的屋子里，忘记了一切了；这个屋子，也许就是她的祖先曾经用作新房的呢。

那天夜里，到了后来，克莱也转身顺着原路，回到了寓所。他轻轻地走进了起坐间，找到了一个亮儿；他带着考虑好了办法的态度，在那个旧马鬃沙发[①]上，放开了他那几床炉前地毯，铺成了一个临时小床铺。还没躺下以前，他先光着脚，跑到楼上，在她的卧房门口静静地听了一会儿。他听她喘的气非常匀和，就知道她已经睡熟了。

"谢谢上帝！"他嘟囔着说，但是他一想，不觉一阵辛酸，心疼如刺，因为他觉得，她如今是把一身重负，都移到了他的肩头上了，她自己倒毫无牵挂，安然睡去。这种想法，差不多是对的，不过不完全是对的。

他转身要下楼了，却又游移不定，重新向她的屋门那儿回过头去。他这一转身，就看见了德伯家那两位夫人里的一位，这位夫人的画像，正镶在苔丝卧室的门口上面。在烛光下看来，这个画像不止让人看着不痛快而已。他当时看着，好像这个女人脸上，隐含着一股报仇雪恨的凶气，好像她心里憋着一肚子仇恨男子的心思。画像上那种查理时代的长袍，低颈露胸，正和苔丝那件叫他把上部掖起，好露出项圈来的衣服同一式样；因此他又重新感觉到，苔丝和这个女人，有相似之处，这使他非常难过。

这一种挫折就已经够了。他又回过身来，下楼去了。

克莱的态度，仍旧安静、冷淡；他那副小嘴紧紧地闭着，表示他这个人有主意，能自制；脸上仍旧冷漠无情得令人可怕，和他刚一听到苔

① 马鬃沙发，沙发之上罩以马鬃编的网子，叫做(同"叫作")马鬃沙发，这种网子，也有罩在椅子上的。

丝的身世那时候的神气一样。这副面孔表示出来，他虽然已经不再做热情的奴隶[①]了，却还没得到由热情解脱出来的好处。他只在那儿琢磨，人生无常，世事难料。白云苍狗，是生苦恼。在他崇拜苔丝那个很长的时期里，一直顶到一个钟头以前，他都认为，天地之间，没有什么像苔丝那样纯正、那样甜美，那样贞洁的了，但是——

只少了一点点，就何啻天样远！[②]

他对自己说，从苔丝那个天真诚实的脸上，看不透她的心；他这种想法，当然是不对的，不过当时苔丝没有辩护人，来矫正克莱。他又接着说，一个人，眼里的神气和嘴里的话语，完全一致，但是心里头却又琢磨别的事情，和她外面所表现的完全龃龉，完全相反：这种情况，想不到居然可能。

克莱在起坐间里他那张小床铺上斜着躺下去，把蜡烛熄灭了。夜色充满了室内，冷落无情，宰治一切；那片夜色，已经把他的幸福吞食了，现在正懒洋洋地在那儿慢慢消化，并且还正要把另外千千万万人的幸福，也丝毫不动声色地照样吞食。

36

克莱第二天早晨起来的时候，一片晨光，颜色灰暗惨淡，神气鬼鬼祟祟，仿佛做了什么见不得人的事似的。壁炉里只剩了一堆残灰；摆好了的饭桌上面，还放着满满两杯当时并没沾唇的葡萄酒，现在沫子也没了，颜色也浑了；她和他坐的椅子都空着；其余的家具，也都带着它们那种老是无可奈何的神气，不管人烦不烦，一死儿地追问怎么个办法。楼上一点儿声音也没有；但是待了不到几分钟，却有人敲门。克莱想，来的人大概是住在小房儿里伺候他们那个女街坊。

那时候，克莱已经穿好了衣服了。他听见女仆来了，就心里琢磨，在现在的情况之下，家里有外人，一定很不方便，因此就开开窗户，对那个女人说，他们那天早晨自己就可以安排一切，不用她在这儿伺候。她手里拿的那一罐儿牛奶，就放在门外头好啦。他把那个女人打发走了以后，就在房子后面，找到了些木柴，很快就把火生起来了。伙食房里有的是鸡蛋、黄油、面包和别的食物，他在牛奶厂里，又学得很会做

① 热情的奴隶，见《哈姆莱特》第3幕第2场第77行。

② 引自布朗宁的诗《炉边》第40节。

些家务事，所以一会儿就把早饭做好了。壁炉里的木柴哔剥地响，烟囱上的烟气滚滚地冒，老远看来，好像柱头上雕着莲花的柱子；本地人打那儿过的，见了这种情况，都不由想到这一对新婚夫妇，都不觉羡慕他们新婚的快乐。

安玑把屋里的一切，最后又看了一眼，跟着走到楼梯下口那儿，用一种合于常例的声音说：

"早饭做好啦！"

他开开前门，在晨间清新的空气里闲走了几步。待了不大会儿，他就回了屋里，那时候，苔丝已经在起坐间里了，正死板板地把杯盘等等重新安排。既是她那时已经穿得整整齐齐的了，而他叫她的时候，离那时又不过两三分钟，那么，他叫她的时候，她一定是早就穿戴好了的了，或者差不多穿戴好了的了。她把头发在脑后挽了一个大圆髻，身上穿了一件新连衣裙——一件浅蓝色的毛料衣裳，领子上镶着白绉边儿。她的脸和手仿佛冰凉，也许是她起来，穿着衣服，在冷屋子里坐了许久了。克莱刚才叫她的口气，显然非常温文有礼，她当时听了，心里不由得一时重新生出一线的希望来。但是现在她一看他的神气，那点儿希望就又消逝了。

说句实话，从前他们两个好像一盆烈火，现在他们却只是一堆残灰了。昨天晚上是热辣辣的一片愁绪，今天早晨却是闷沉沉的满怀抑郁了。仿佛没有东西，能把他们的情感再鼓动起来，能使他们的感觉再跟从前一样地热烈。

他对她说话的态度老是温和的，她回答他也老是同样地喜怒不形于色。等到后来，她才走到他面前，往他那副眉目清晰的脸面上瞅着，仿佛并不觉得，自己也是一个有形可见的活东西似的。

"安玑！"她说，说了这一声，又停住了，用手轻轻去触他，轻得好像微风一样，仿佛她不大能够相信，这就是她那位旧日情人的肉体。她的眼睛仍旧水汪汪的，她那灰白的两颊仍旧像旧日那样丰润饱满，不过半干的眼泪却在那儿留下了痕迹了；她那鲜润红艳的嘴唇儿，也变得跟她的两颊差不多一样地灰白了。固然不错，她的心房仍旧跳动，她仍旧还活着，但是她心里的悲痛，却重重地压在她身上，把她的生气压得时断时续，如果稍微再增加一点儿压力，她就一定要真病倒了，一定要两眼无神，一定要嘴唇儿变薄了。

她的样子是绝对纯洁的。这是老天成心要离奇古怪的把戏，才在她的容貌上给她印了一副女儿无瑕的标志，让他傻了一般地瞧着她。

“苔丝！你得说你说的都是瞎话！一定是，一定是瞎话！”

“不是瞎话！”

“字字是实？”

“字字是实。”

他带着哀求的神气瞧着她，仿佛他情愿听她亲口说一句谎话，纵然明明知道是谎话，也情愿用诡辩的方法欺骗自己，把谎话当作真话。但是她只回答说：

“不是瞎话。”

“他还活着吗？”于是安玑问。

“孩子死啦。”

“那个男人呢？”

“还活着。”

克莱脸上显出一种最后绝望的神气来。

“他在英国吗？”

“是。”

他来回瞎走了几步。

“我的地位——是这么一种情况，”他突然说，“我总想——无论谁都要这么想——我不娶有身份，有财产，通达世务的女人，我把那种野心一概放弃了，那我就不但可以得到一个天然美丽的女人，也一定可以得到一个质朴纯洁的女人了；谁知道——唉，也罢，我不配说你的不是，我也不愿意说你的不是。”

苔丝对于他的地位完全了解，所以那句话的下文用不着说出来。这件事叫人最感痛苦的地方，就在这儿了。她可以看出来，他是面面都吃了亏的了。

“安玑——我当初所以答应你跟我结婚，因为我知道，闹到究竟，有最后让你脱身的办法；固然我倒是希望，你永远也不——”

她的嗓音都哑了。

“最后的办法？”

"我是说,最后跟我脱离关系的办法。你可以跟我脱离关系呀。"

"什么办法呢?"

"跟我离婚啊。"

"哎呀天哪,你怎么就这样简单!我怎么能跟你离婚呢?"

"不能吗——我把话都告诉你了,还不能吗?我原先认为,我的自白,很够构成离婚的理由的了。"

"唉,苔丝——你太——太——幼稚了——太没有知识了——太粗鲁浅薄了,我想!我简直不知道说你什么好。你不懂得法律——你不懂得!"

"那么——你不能跟我离婚了?"

"实在不能嘛。"

苔丝满脸的惭愧,立时和她原来满脸的苦恼混合。

"我本来想——我本来想,"她打着喳喳儿说,"唉呀[①],现在我才明白,在你看来,我多么坏了!不过请你相信我——请你相信我,我对天起誓,我压根儿就没想到,你会不能跟我离婚!我倒是希望,你别那么办来着;不过我可实实在在地相信,只要你一拿定了主意,只要你一不——不——爱我,你就可以把我甩开!"

"那你是想错了。"他说。

"哦,这么说起来,我应该把那件事办了,昨天晚上,就应该把那件事办了!可是我又没有那样的胆量。唉,我个人就是这样!"

"干什么的胆量?"

因为她没回答,所以他就拉住了她的手问她:

"你想要干什么来着?"

"想要自尽来着。"

"多会儿?"

他这么一追问,她畏缩起来。"昨儿晚上。"她回答说。

"在哪儿?"

"在你挂的那一串寄生草下面。"

"哎呀!用什么法子?"他严厉地问。

---

① 同"哎呀"。

"你要是不生我的气,我就告诉你!"她一面畏缩,一面回答说,"我本来想用捆箱子的绳子来着。可是到了最后一步,我又没有胆量了!我恐怕我真那么一来,别人就都要说你的坏话,于你的名誉就有了妨害了。"

这段供词,原是逼出来的,并不是她自动地说出来的;供词里让人想不到的情况,显然使克莱震惊。但是他仍旧拉着她的手,同时把眼光从她脸上移开,低垂下去,说:

"你现在听着,我决不许你再想那种可怕的事!你怎么能那么想呢!我是你的丈夫,你得答应我不再想那种事。"

"我愿意答应你。我早就看出来,那种办法非常地坏了。"

"坏!你那种想法没出息到家了。"

"不过,安玑,"她辩护说,同时一点儿也不在乎地把眼睛睁大了,安安静静地看着他,"我想那种办法的时候,完全是为了你起见,完全是想要让你跟我脱离,可又不落离婚的骂名。要是为我自己,我做梦也想不到那个呀。话又说回来啦,我死在我自己手里,究竟还是太便宜了。我应该死在你手里才对,因为我把你毁了么。既然你没有其他脱身的办法,那么,你要是能把我置之死地,我想,我一定要爱你爱得更厉害,这是说,如果我爱你还能更厉害的话。我觉得,我一点儿价值都没有!我觉得,我是你一个大大的绊脚石!"

"别说啦!"

"好吧,你不让我那样,我就不那样好啦。我决不跟你反着。"

他知道这是实话。昨天晚上,她不顾一切闹了一阵之后,现在一丁点儿劲头儿也没有了,不用再怕她有什么孤注一掷的举动了。

苔丝又去安排早饭,好占着身子。她这样做,多少有些成功。安排了一会儿,他们两个就都在桌子的一面儿坐下,免得彼此的眼光相碰。起初两个人互相听见彼此吃喝的声音,觉得有点儿别扭,不过这是没法子的事;好在他们两个吃的东西不多。吃完了早饭,克莱站起来,告诉苔丝什么时候回来吃午饭,就往水磨厂,呆呆板板地去实行他那研究水磨的计划去了,因为那是他到这儿来唯一的实际原因。

他走了以后,苔丝站在窗前,顷刻之间,就看见他跨过那座通到水磨磨坊的大石桥。他下了桥,又往前走去,穿过一道铁路,就再看不见了。于是，苔丝连气都没叹，就把注意力集中到房子里，动手清理饭桌，归置屋子里的东西。

打杂儿的女仆一会儿就来了。苔丝起初觉得有她在面前，很不得劲儿，不过后来又觉得有她在面前，可以减少烦闷。到了十二点半钟的时候，她就离了厨房，叫女仆一个人在那儿预备一切，自己回到起坐间里，坐在窗前面，老远看着，等克莱再在石桥后面出现。

靠近一点钟的时候，果然看见克莱来了。虽然还隔四分之一英里，而苔丝远远看见了他，却不觉脸上又红又热。她跑到厨房里，吩咐他一进门就开饭。他回来的时候，先到昨天他们一块儿洗手那个屋子里去了一趟，他刚一进了起坐间里，桌子上的盘子也同时揭开了盖儿，仿佛是盘子盖儿揭开，是由于他的动作似的。

"真准!"他说。

"不错，我瞧见你过桥来着。"她说。

他们吃饭的时候，他只谈了些极平常的闲话，说他一早晨在水磨磨坊里做的事情，说磨房[①]里分离麦糠的方法和老式的机器。他说，恐怕这种机器，不大能在近代改良的新方法方面对他有什么启发；有的机器，好像还是当年这个水磨给隔壁寺院里那些僧侣磨面的时候用的呢，现在那座寺院早已成了一片瓦砾了。中饭吃完了，不到一个钟头，他又出门儿去了，到了黄昏的时候，才回到家里，一晚上净忙于文件上。她恐怕她在面前碍手碍脚，所以那个老婆子走了以后，她就上了厨房，在那儿尽力地忙了足足有一个多钟头的工夫。

克莱来到厨房的门口那儿说：

"你别这么死气白赖[②]地做活儿啦，你是我的太太，并不是我的仆人哪。"

她抬头看去，神色开朗了一点儿。"我可以把自己当你的太太看待吗?"她用可怜的口气自嘲自讽地嘟囔着说，"你说的是名义上的太太吧！好吧，那也够了，我也不希望别的。"

"你可以把自己当我的太太看待，苔丝！你本来就是我的太太么。你刚才说这些话是什么意思?"

---

① 同"磨坊"。
② 同"死乞白赖"。

“我也不清楚，”她急忙说，说的时候，字音里都含着泪，“我只觉得我——我的意思是，因为我不体面。我从前早就告诉过你了，说我不够体面的——因为那样，所以我不愿嫁你，可是——可是你偏来逼我！”

她一下呜呜地哭了起来，跟着就把脸背了过去。别的人，无论谁，看见这种样子，大概都要回心转意的，只有克莱不成，他平时虽然温柔多情，但是在他内心的深处，却有一种冷酷坚定的主见，仿佛一片柔软的土壤，里面却藏着一道金属的矿脉，无论什么东西，想要在那儿穿过去，都非把锋刃摧折了不可。他不赞成教会，就是由于这种障碍；他不能优容苔丝，也是由于这种障碍。并且，他的情爱里真火少，虚光多；他对于女性，一旦不再信仰，就马上不再追求；在这一点上，他和那些容易受感动的人，完全相反，因为那种人，理智方面，纵然觉得一个女人可鄙，情感方面，却还是迷恋不舍。当时克莱在一旁等候，一直等到苔丝哭够了的时候。

“我倒愿意，英国的女人，有一半能像你这么体面哪，”他对于一般女人，忽然发了一阵牢骚，说，“这不是什么体面不体面的问题。这是有关原则性的问题！”

他对苔丝说了这些话，还说了些性质相近的话，因为，他当时的心情，仍旧在反感浪头的冲荡之下；本来一个直率人，一旦发现自己因为只看外表而上了当，那他就必然要起反感，就必然要反爱为憎。固然，在他这种心情之中，还潜伏着一种同情心，一个通达人情世故的女人，很可以利用这一点，使他回心转意。但是苔丝却没想到这一点；她觉得，一切加到她身上的，都是她应当受的，所以她几乎连口都不开。她对他的忠心那样坚定，真几乎可以说令人可怜；她虽然天生脾气急躁，但是她绝没有因为他说的话（不论说的什么），而露出不应当有的态度；她完全不顾自己；他招她，她不恼[1]；他无论怎么样待她，她都一点儿也不往坏的方面想。现在很可以说，她就是耶稣的门徒所教的那种[2]爱的化身，又回到这种自私自利的现代世界里来了。

他们两个这一天，由黄昏到黑夜，由黑夜到天明，都过得跟头一天

① 暗用《新约·哥林多前书》第13章第5节。

② 耶稣的门徒圣保罗等宣扬爱，见《哥林多前书》第13章第1—8节等处。

一点儿不差。有一次，只有一次，她——也就是从前那个自由、独立的苔丝——曾冒昧地对他做过表示。那正是他第三次吃完了饭要起身到水磨磨坊里去那一回。他从桌子旁边站起来要走的时候，对她说了一声“再见”；她也回答了一声“再见”，同时把嘴微微掉到他那一面儿。但是他却没接受她的好意，只急忙转过身去，嘴里说：

“我一准按时回来。”

苔丝仿佛挨了打似的，立时缩成了一团。从前的时候，他老扭着苔丝的意思，强要跟她的嘴接触，他老欢欢喜喜地说，她的嘴唇、她的气息，跟她吃的黄油、蜂蜜、牛奶、鸡蛋一样的味道；他亲了她的嘴唇，就可以从那儿得到滋养；他以前老说这一类疯疯癫癫的话。但是现在呢，他对于她的嘴唇、气息，却完全不理会了。他看见了她忽然退缩的样子，就对她温和地说：

“你要晓得，我一定得想个办法。咱们现在自然非在一块儿住几天不可，免得立刻分开了，让人家说你许多坏话。不过你要明白，这不过是顾全面子的办法就是了。”

“是。”苔丝出着神儿说。

他出了门，往水磨磨坊去了，在路上曾站住了一下，有一会儿的工夫，后悔刚才没对她温柔一些，没至少吻她一次。

他们就在这种情况之下，过了这一两天的愁闷日子；倒是不错，他们住在一所房子里；然而可比他们还不是情人那时候更疏远了。她看得很清楚，他真像他自己说的那样，正在瘫痪了的活动之中生活，在没有办法之中硬要想办法。她真没想到，他外面儿那么温柔，骨子里会那么坚定，所以她看到这一层，就吓得不知所以了。他这种一贯到底的决心，真太残酷了。她现在不再希望他会饶恕她了。他在水磨磨坊的时候，她曾有过一两次，想要悄悄地自己离开这儿；但是又一想，这种办法，要是传到外面，不但对他没有好处，反倒会是他的障碍，会使他丢尽脸面，因此也就罢了。

同时，克莱正在那儿琢磨，一点儿不错，正在那儿琢磨。他就没有一时一刻不琢磨的。他琢磨得什么都不顾了，琢磨得人都瘦了，琢磨得他从前喜欢家庭生活的天机生趣也完全折磨干净了。他走来走去，嘴里念叨着：“怎么办呢？怎么办呢？”他念叨的话，偶然让她听见了。

于是她就把以前那种不谈将来的缄默打破了，开口说：

“我想——你大概不预备跟我——长久同居了，安玑，是不是？”她问，问的时候，脸上很安静，但是她那两个嘴角使劲往下耷拉的情况，却可以使人看出来，她脸上忍疼自励的安静，完全是机械地做出来的。

“我不能跟你同居，因为我要是跟你同居，我就不免要瞧不起我自己，也许还要瞧不起你呢，那就更糟了。我这自然是说，我不能像普通的了解那样，跟你同居。现在，不管我觉得怎么样，反正我并没瞧不起你。我打开窗子说亮话好啦，不然的话，我恐怕你不明白我所有的困难。既然那个人还活着，那咱们怎么能同居呢？你的丈夫本来应该是他，并不是我。要是他死了，这个问题也许就不一样了……而且，困难的地方还不止这一层，还有一方面，也得加以考虑——那就是说，这件事还关系到别人的前途，不止关系到咱们俩。你得想一想，过了几年以后，咱们生下了儿女，这件事传了出去的情况，——因为这种事儿，没有不传出去的。就是天涯海角，也免不了有人来，有人去。到了那时候，你想，咱们的儿女，老让人家耻笑，他们一天大似一天，心里也一天明白似一天，那他们该多苦恼！他们明白了以后，该多难堪！他们的前途该多黑暗！你要是琢磨琢磨这种情况，那你凭良心说，还能再要求我跟你同居吗？你想咱们受眼前的罪，不强似找别的罪受吗？”[①]

苔丝的眼皮本来就愁得往下耷拉着，现在仍旧往下耷拉着。

“我不能要求跟你同居，”她回答说，“当然不能；我先前还没想得这么远呢。”

我们老实说，苔丝到底是个女人，她希望重圆的心非常地强烈，所以竟暗自琢磨，和他亲密地一室同居，日久天长，也许能使他那冷酷的理性，化为温暖的柔情。她虽然像平常说的那样，率真纯朴，她却并不是智力发育不全。要是她不曾本能地知道耳鬓厮磨的力量[②]，那我们只好说，她没有做女人的资格了。她看得清清楚楚，要是这种办法再没有效果，那么，别的办法就更没有用处了。她固然对自己说过，用计谋，使手段，希望使情况好转，是不应该的，但是前面说的那种希望，她却没法消灭。现在克莱已经表示了他最后的意见了，这种意见，她已

① 引用《哈姆莱特》第3幕第1场第80行。

② 比较哈代一八八九年七月九日的日记：“爱情依耳鬓厮磨而生，但是贴实接触则死。”

经说过，是她从前没想得到的。她实在没顾虑得那么远，也没打算得那么周密；他描绘的那幅清晰画图，说她可能有儿女，将来会瞧不起她，那一番话，让她那样一个心地忠厚的人听来，真觉得入情入理，因为她那颗心，自来就是慈爱的。做一个好人固然不错，但是她以往的经验使她明白，在某些情况之下，如果能够免得做人，比做一个好人还好。她跟一切受过折磨而有先见的人一样，听了“你要下世为人”这句命令(像庶利·蒲吕东[①]说的)，就像听了宣读判决书一样，尤其是，如果这句命令，是对她未来的儿女发出来的。

然而“自然夫人”总是阴险狡狯，难以捉摸，竟使苔丝顶到现在，因为爱克莱的缘故，一时糊涂，忘了他们同居，可以产生新生命，可以把她自己叹为不幸的痛苦，强加到别人身上。

因此她就觉得，他那番道理，无法驳辩。但是克莱自己心中，却想起了一种驳辩之辞，因为神经过敏的人，天生都有一种跟自己争论的脾气；他几乎害怕，苔丝会真拿那种话来和他驳辩。克莱这种想法，原是根据了苔丝与人不同的体质，苔丝如果利用这一点，也许很有达到目的的可能。并且她还可以说，“咱们到了澳洲的高原上，或者得克萨斯州[②]的平原上，谁还知道我有什么不幸，谁还来管我有什么不幸，谁还来责备我，谁还来责备你呢?”然而苔丝却跟大多数的妇女一样，把一时心里所想到的看法，认为是永远不能变更的事实。她也许不错。因为，一个女人的直觉，不但使她感到自己的辛酸，并且使她感到她丈夫的辛酸[③]；责备她丈夫或者他的子女那种话，即便不会由生人的嘴里说出来，而丈夫自己那种吹毛求疵的脑子，责备自己的话，他自己的耳朵总是听得见的呀。

他们两个，同室异心，已经三天了。也许有人可以冒昧地说这样一句似非而是的怪话：他的兽性如果更强烈，那他的人格就会更高尚。我们并不这样说。不过，克莱的爱，却的确可以说轻灵得太过分了，空想得到了不切实际的程度了。对于这种人，在他们跟前，有时反倒不

---

① 庶利·蒲吕东(1839—1907年)，法国诗人兼批评家，著有《孤寂》《命运》《幸运》等。此处所说待考。

② 美国之一州，在美国南部。

③ 原文由《旧约·箴言》第14章第10节，“心中的苦楚，自己知道”而来。

如不在他们跟前，能更感动他们。因为所爱的人，不在他们跟前，他们可以把他们所爱的人想象一番，在这种想象里，反倒能把所爱的人实在的缺点消灭。她看出来，她的形体不像她所预料的那么有力量，那么能感动他。先前那个比喻的说法是对的了：她是另外一个女人了，不是原先激起他的爱欲那一个了。

"我把你说的话，都琢磨过了，"苔丝说，同时把一只手的食指在桌布上划着，用带[①]着戒指的那一只支着前额，戒指仿佛嘲笑他们两个似的，"你说的那些话，没有一句不对的；是不能那么办，你是得离开我。"

"不过你呢，你怎么办呢？"

"我可以回娘家呀。"

克莱却还没想到这步办法。

"一定可以吗？"他追问说。

"一定可以。咱们既是非分离不可，那咱们早早分离完事，不更好吗？你从前说过，男人在我面前，极容易把持不住；要是我老跟你在一块儿，也许你会把持不住，忘了你的理性，忘了你的愿望；如果真有那一步，那以后你的后悔，我的烦恼，还能让人受得了吗？"

"你可愿意回娘家？"他问。

"我要跟你分离，所以我要回娘家。"

"那么，就那么办吧。"

苔丝听了这句话，虽然没抬头去看克莱，却不觉失惊一动。因为提出办法是一回事，允诺实行又是一回事，这一层只怕她明白得太快了。

"我早就害怕要有这一步了，"她嘟囔着说，脸上驯驯伏伏[②]地不动声色，"我并不抱怨，安玑。我——我觉得，这是顶好的办法。你对我说的那些话，我听着真是至情至理。因为，比方咱们两个同居，虽然不会有外人来揭我的短处，但是以后日子久了，可保不住你不为一点小事儿闹脾气，保不住你不把我从前的事儿顺口说了出来，也就保不住别人听不见，也许还让咱们的儿女听见呢。现在这种样子，不过让我伤心罢了，到了那个时候，那可就要叫我受大罪，就要要了我的命了。

① 同"戴"。

② 同"驯驯服服"。

所以我现在离开你，是顶对的。我——明天就走。”

“我也不在这儿住啦。我不过不肯先开口就是了，其实我早就觉得咱们应该分居了——至少得分居一些日子，等到我能把事情的真相看得再清楚一些，可以给你写信的时候。”

苔丝偷偷地看了她丈夫一眼。只见他满脸灰白，甚至于还全身颤抖。但是苔丝看到，她嫁的这个丈夫，外面上那样温柔，心里头却那样坚定；看到他有那种意志，一定要把粗鄙的感情，化为精妙的感情，把有形的实体，化为无形的想象，把肉欲化为性灵——她仍旧跟从前一样心惊胆寒。他那种支配一切的想象，仿佛是狂暴的风，一切本性、倾向、习惯，遇到了它，都要像枯萎的树叶一样。[①]

他大概看见她偷偷地瞧他来着，因为他接着解释说：

“凡是跟我不在一块儿的人，我想起他们来，都觉得比在一块儿的时候可爱。”于是又带着玩世不恭的态度，加了一句说，“谁知道呢，保不定咱们两个，将来有那么一天，都过腻了，就又凑到一块儿，和好起来了；这样的人可就太多啦。”

克莱当天就动手捆扎行装，苔丝也上了楼，去收拾东西。他们这两个人，对于任何像是后会难再的离别，都觉得非常痛苦，所以他们如今预备分手，却假装着后会有期，做种种猜想，宽慰自己；但是两个人心里，却分明觉到，明天这番别离，也许就是永远的别离。他知道，她也知道，刚一分手的头几天，他们互相牵引的力量——在她那方面，这种力量是不凭借才艺的——大概要比以前任何时期都更强烈，但是日久天长，这种力量自然要淡下去的；既是现在，克莱根据实际上的情况，认为不能跟她同居，那么，分离了以后，头脑更清楚，眼光更冷静，不能同居的理由，也许该更明显了。并且，两个人一旦分离，不再在共同的居室和共同的环境里，那就要有新的事物，不知不觉地生长出来，把空下来的地方填补起来，意外的事故，就要阻碍了旧有的打算，往日的计划，也就要让人忘记了。

---

① 比较雪莱《西风曲》。

第七章　陀思妥耶夫斯基与《罪与罚》

高尔基曾这样称赞陀思妥耶夫斯基的才华：只有世界级的文学巨匠莎士比亚才能与之相提并论。学习本章，我们可以了解俄国批判现实主义文学的发展，深悟俄国批判现实主义作家陀思妥耶夫斯基的文艺观，理解其代表性作品《罪与罚》的思想内容与所表达的审美价值。通过介绍《罪与罚》及相关俄国批判现实主义文学概况，分析《罪与罚》的主题，为深刻理解小说的复调性特征提供启示。

第一节　俄国批判现实主义文学

俄国批判现实主义文学形成于19世纪30年代，五六十年代不断得以发展，七八十年代达到鼎盛阶段，20世纪初逐渐衰落。俄国的资本主义发展大大落后于西欧，19世纪上半期，当西欧资本主义已巩固和发展的时候，俄国还处在沙皇专制统治下的封建农奴制社会，资本主义还处于萌芽阶段。在这种社会背景下产生的俄国批判现实主义文学始终和蓬勃开展的俄国人民解放运动紧密联系。俄国批判现实主义文学的批判锋芒直指封建农奴制及其残余，并表现出推翻封建制度的政治要求，直到19世纪后期，对资本主义的批判才逐渐加强。因此，俄国批判现实主义文学具有很强的革命性、战斗性和民主倾向。此外，俄国批判现实主义文学形成与发展始终得到了文学批评和美学理论的有力支持，文学理论与文学创作互相辉映，相得益彰。

一、俄国批判现实主义文学的萌芽期

普希金是俄国批判现实主义文学的奠基人，他的《叶甫盖尼·奥涅金》塑造了俄国文学史上第一个“多余人”形象，他的短篇小说《驿站长》开了俄国文学史上描写“小人物”形象的先河。

莱蒙托夫(1814—1841年)为俄国批判现实主义文学的发展作出

了重要贡献。他的诗歌赞美自由，歌颂祖国，谴责专制农奴制，表达了进步贵族的民主革命思想。莱蒙托夫为悼念普希金而写的《诗人之死》就是一首猛烈抨击沙皇统治的抒情诗。长篇小说《当代英雄》是莱蒙托夫的代表作。小说《当代英雄》由五个中篇构成，以主人公毕巧林的活动为主线连成一体。毕巧林既有贵族的恶习，又不随波逐流，以批判的眼光看待周围的环境和自己；他渴望有意义的生活，又找不到生活的目标，内心充满矛盾与痛苦。毕巧林是俄国文学史上第二个"多余人"的形象。《当代英雄》描绘了当时俄国社会的否定性图画，表现了反农奴制的思想，表达了莱蒙托夫对当代社会和那一代人命运的看法。《当代英雄》是一部在社会内容和心理内容的描写上都十分出色的批判现实主义小说，其开了俄国小说心理描写的先河。

19 世纪 40 年代，果戈理(1809—1852 年)继承并发展了普希金和莱蒙托夫开创的批判现实主义传统，形成了俄国文学史上的"自然派"——俄国批判现实主义文学。俄国文学批评家别林斯基(1811—1848 年)在果戈理受到攻击时，挺身而出，以《论俄国中篇小说和果戈理先生的中篇小说》《一八四六年俄国文学一瞥》《一八四七年俄国文学一瞥》等作品，从革命民主主义的观点出发，在理论上阐发和捍卫了果戈理的批判现实主义传统。别林斯基认为，果戈理的"自然派"小说，真实地描写和批判了俄国农奴制社会的黑暗与腐朽，表达了劳动人民要求变革社会的愿望，具有真实性、典型性、人民性和独创性。"自然派"的这种特色既是俄国文学特别是普希金、莱蒙托夫作品发展的结果，也是俄国社会对文学提出的历史要求。经过别林斯基的论证，由普希金开创的俄国批判现实主义文学传统才得以确立，此后俄国的进步作家都沿着这个传统进行创作，从而迎来了批判现实主义文学辉煌的时代。

二、俄国批判现实主义文学的发展期

19 世纪五六十年代俄国批判现实主义文学大踏步向前发展，出现了一大批卓有成就的作家。冈察洛夫(1812—1891 年)是重要的批判现实主义作家，他的小说反映了俄国社会的变化。他的代表作《奥勃洛莫夫》塑造了俄国文学史上最后一个"多余人"奥勃洛莫夫形象。

奥勃洛莫夫是一个受过良好教育、头脑聪明的贵族青年，但他优柔寡断，好空想而懒惰成性，没有实际活动的能力。他整天躺在床上或沙发上昏睡，甚至做梦也在睡觉，最后也在睡梦中死去。奥勃洛莫夫这一人物身上表现出来的懒惰、优柔寡断、好空想的特点，被称为“奥勃洛莫夫性格”。奥勃洛莫夫这一形象概括了19世纪俄国社会的停滞、落后和腐朽，说明贵族知识分子在19世纪50年代后的俄国已丧失了进步性，预示了俄国文学中“新人”的形象将取代“多余人”的形象。屠格涅夫(1818—1883年)在19世纪60年代创作的小说《父与子》等作品中塑造了带有“新人”形象特征的平民知识分子形象，这些形象表现了“多余人”向“新人”的转变过程，却不是典型的“新人”形象。屠格涅夫是俄国优秀的批判现实主义作家。

车尔尼雪夫斯基(1828—1889年)是俄国革命民主主义者、文学批评家和作家。他的长篇小说《怎么办?》是一部社会政治小说，副标题为“新人的故事”。正是这部小说塑造了拉赫美托夫等“新人”的形象。这些人物崇尚理性、道德高尚、信仰坚定、意志顽强、有献身精神，反抗封建农奴制，摒弃贵族阶级的道德观念，和人民息息相通。这些人物中形象表现最突出的是拉赫美托夫。车尔尼雪夫斯基借“新人”形象表达了革命民主主义者反抗封建农奴制的政治主张，其小说具有强烈的政论色彩，对当时的俄国解放运动特别是青年一代产生了重大影响。车尔尼雪夫斯基还写了《艺术对现实的审美关系》《俄国文学果戈理时期概观》等一系列美学和文学评论文章，阐述了唯物主义的美学思想。在这方面，俄国革命民主主义者、文艺批评家杜勃罗留波夫(1836—1861年)的贡献也是卓越的，代表作有《什么是奥勃洛莫夫性格》《黑暗王国的一线光明》《真正的白天何时到来》等。车尔尼雪夫斯基和杜勃罗留波夫的这些富有战斗性、思想犀利的美学和文学论文，维护了普希金、果戈理和别林斯基开创的批判现实主义传统，推动了俄国批判现实主义文学的蓬勃发展。

奥斯特洛夫斯基(1823—1886年)是俄国批判现实主义戏剧家。他的著名戏剧《大雷雨》塑造了卡杰琳娜这一俄国文学中十分动人的妇女形象。卡杰琳娜热爱自由、勇敢争取生活权利的性格，与黑暗的封建宗法社会的道德观念形成了尖锐的矛盾冲突，她的悲剧是对“黑暗王国"的控诉与抗议。涅克拉索夫(1821—1877年)是19世纪中期俄国革命民主主义诗人,长诗《谁在俄国能过好日子》大量吸取了民歌表现手法,以童话的形式真实地反映了农奴制改革后俄国农村的贫穷与落后,揭露了农奴制改革的欺骗性,号召人民起来为幸福的未来而斗争。

三、俄国批判现实主义文学的鼎盛期

19世纪七八十年代,俄国批判现实主义文学达到了鼎盛时期。陀思妥耶夫斯基在这一时期完成了《群魔》《少年》《卡拉马佐夫兄弟》等作品。他是俄国批判现实主义文学的重要代表。谢德林(1826—1889年)是19世纪后期俄国著名的讽刺作家,他的小说以"伊索式"的语言和多样的讽刺笔法抨击反动统治者,揭示了俄国社会的本质。他的代表作《戈洛夫略夫一家》通过描写地主戈洛夫略夫一家三代人的生活,真实反映了地主阶级的腐化堕落及其必然灭亡的命运。这部小说成功地塑造了奸诈、凶恶、伪善、贪婪的地主犹太什卡形象。托尔斯泰(1828—1910年)在这一时期世界观矛盾加剧,对贵族阶级和俄国整个社会的批判大大加深。他的代表性作品《安娜·卡列宁娜》和《复活》都在此时完成。托尔斯泰把俄国批判现实主义文学推向了高峰。契诃夫(1860—1904年)于19世纪80年代登上文坛,他在中短篇小说和戏剧创作上均取得了重大成就。

第二节 人类灵魂的拷问者——陀思妥耶夫斯基

有学者尊称他为批判现实主义大师,有学者将他视为现代主义鼻祖,他是19世纪群星灿烂的俄国文坛上耀眼的明星,他就是俄国文坛的杰出代表——陀思妥耶夫斯基。俄国社会学家、文学批评家米哈伊洛夫斯基称他为"残酷的天才",苏联教育家、艺术理论家卢那察尔斯基(1875—1933年)称他为"病态的天才"。我国学者汪介之认为:屠格涅夫以诗意的眼光看待生活,以诗意的笔调展现美好。托尔斯泰具有思想家的灵性,能洞悉社会的全貌。而陀思妥耶夫斯基注重人性的发掘,逼视着人性的阴暗面。他沉郁的风格,与他的经历和精神状态密切相关。

一、陀思妥耶夫斯基的生平

陀思妥耶夫斯基(1821—1881 年)作为俄国文学史上最复杂、最矛盾的作家之一，他走过的是一条极为艰辛、复杂的生活与创作道路。1821 年 11 月 11 日，陀思妥耶夫斯基出生在俄国莫斯科的一个宗教氛围浓厚但并不富裕的家庭，在七个孩子中排名老二。他的父亲是一个暴躁任性、专横冷酷的平民医生，吝啬成性，还有酗酒的恶习。后来，他的父亲通过为穷人治病，有了积蓄和名声，晋升为八级文官，获得贵族身份，并购置了两个小田庄，有了几个农奴。他的母亲善良贤惠，温柔慈爱，酷爱诗歌、小说，还会弹吉他唱歌，因不堪丈夫的妒忌折磨而病逝。陀思妥耶夫斯基从小跟随父亲居住在医院宿舍，亲眼见证了疾病与贫困交织的现实，自幼便形成了同情底层人民的人道主义思想。

有研究者认为陀思妥耶夫斯基的《卡拉马佐夫兄弟》中暴戾、贪婪、荒淫的老卡拉马佐夫的原型是陀思妥耶夫斯基的父亲。小说里老卡拉马佐夫虐待私生子，与大儿子抢钱财，最终被私生子谋杀。陀思妥耶夫斯基的父亲生性残暴，据说因酒后虐待田庄上的农奴，而在田间被农奴聚殴致死，也有人说是被农奴殴打后死于中风。这随之成为弗洛伊德精神分析的材料。在《陀思妥耶夫斯基与弑父者》中，宣称陀思妥耶夫斯基复杂的人格源于他的俄狄浦斯情结，而对父亲死的罪恶感在其一生中都将挥之不散。陀思妥耶夫斯基 13 岁时离家进入切尔马克寄宿中学，在此系统地阅读了大量古典文学作品。他自幼喜爱文学，但因父命难违，于 1838 年 1 月进入彼得堡军事工程学校念书。1838—1843 年在彼得堡军事工程学校求学期间，陀思妥耶夫斯基大量阅读了普希金、果戈理、莎士比亚、席勒、雨果、巴尔扎克等作家的作品，并开始尝试写作。在陀思妥耶夫斯基写给兄长米哈伊尔的信中提及，“我只有一个目标：自由。为了它我可以牺牲一切”。[①] 也就在此信中他还写道：“人是一个秘密，要识破它，如果我一生都在猜度这个秘密，那你也别说浪费时间。我正

① 陀思妥耶夫斯基.陀思妥耶夫斯基文集：第一卷[M].耿济之，等译.北京：人民文学出版社，2017：总序 2.

在研究这个秘密。因为我要成为一个人。”[①]可见他当时就已在探索心灵的秘密，而从“人是一个秘密”这句话中可以得知他当时已是一个心灵复杂的人。陀思妥耶夫斯基毕业后被分配到彼得堡军事工程绘图处，工作一年便匆忙离职，决心投身于文学创作事业。1864年，他的第一任妻子伊萨耶夫和兄长米哈伊尔相继去世。由于没有固定收入，且遭受贫穷疾病困扰，陀思妥耶夫斯基自然把关注点集中在城市底层穷人身上。

二、陀思妥耶夫斯基的文学创作

（一）创作概况

纵观陀思妥耶夫斯基的文学创作，大致可以分为前后两个时期。前期从1844年到1859年，代表作品是中篇小说《穷人》；后期则从1860年到1881年，代表作品是长篇小说《罪与罚》《卡拉马佐夫兄弟》。

《穷人》是陀思妥耶夫斯基早期的代表作也是他的处女作。小说描写了公务员杰符什金与孤女瓦莲卡同病相怜，两人从相互理解到相互关怀，从相爱到分离的故事。贫穷使他们互相亲近，同样也是贫穷注定了他们的悲惨结局。小说继承了俄国作家书写“小人物”的文学传统，从悲悯的角度出发，真实描写底层民众的悲惨境遇，同时又有所创新。小说写出了“小人物”对黑暗社会的不满和微弱的反抗，细致描摹了他们内心深处敢于自我牺牲又自轻自贱的思想世界。小说受到包括别林斯基在内的革命民主主义评论家的高度赞扬。屠格涅夫回忆说，别林斯基对待陀思妥耶夫斯基的态度完全像个父亲一样。“‘是的，’他[别林斯基]总是骄傲地说，仿佛他亲自对某一项了不起的成就负责似的，‘是的，我亲爱的朋友，让我来告诉你，它可能是一只小鸟，’接着他会用手比画出离地大约一只脚的高度，以表示它有多么小，‘但是它有锐利的爪子。’不久之后见到陀思妥耶夫斯基先生时，他的样子让我意外，我面前是个中等以上身材的男人，无论如何也比别林斯基本人个子高。不过，由于对新发现的天才具有近乎父亲般的柔情，别林斯基待他像儿子一样，仿佛他是自己的‘小孩’。”[②]因别林

① 陀思妥耶夫斯基.陀思妥耶夫斯基文集：第一卷[M].耿济之，等译.北京：人民文学出版社，2017：总序2.

② 弗兰克.陀思妥耶夫斯基：反叛的种子[M].戴大洪，译.桂林：广西师范大学出版社，2014：206.

斯基的赞赏，这位年轻新作家陀思妥耶夫斯基的名声传遍了整个文学界，被誉为“穷人”的代言人。《穷人》的成功对初入文坛的陀思妥耶夫斯基来说是一个美好的开始。他对“小人物”内心世界中的软弱与反抗都作了细腻的揭示，这也预示了陀思妥耶夫斯基之后文学创作的重要方向，即对人的隐蔽内心世界的揭示。

《双重人格——高略德金先生的奇遇》是陀思妥耶夫斯基的另一部作品。在这部作品中，他对主人公病态的内心世界，尤其是对“双重人格”做了更深入的展示。主人公高略德金性格懦弱、胆小怕事，不甘于被侮辱被损害的现实，幻化出一个与他相貌相同的小高略德金。高略德金对小高略德金既恐惧又向往，在道德与非道德之间困惑的心理世界中，始终未找到出路，最终导致疯狂。此后，陀思妥耶夫斯基又写过《女房东》《白夜》等中短篇小说。在这些作品中，他继续专注对人物的心理描写。弗里德连杰尔曾经断言，陀思妥耶夫斯基宁愿舍弃“美”而醉心于“不和谐”，舍弃“健康”而醉心于“病态”。正如他所言，陀思妥耶夫斯基对心理领域的开拓，尤其集中在对病态心理的发掘上。陀思妥耶夫斯基用浓重的幻想刻画人物的病态心理和分裂人格，显示出其创作上的独特之处，但因过分渲染病态心理而使作品呈现出偏执的主观倾向与神秘色彩，因而引起评论界非议，导致其与别林斯基等人的分裂。加之债台高筑与生活的一连串沉重打击，令他先天性的癫痫频频发作。陀思妥耶夫斯基感到十分痛苦，即便是从事自己喜爱的文学创作，也常常因为交稿的期限，不得不背负着沉重的心理压力日夜辛苦创作。陀思妥耶夫斯基曾在 1870 年给伊万诺娃的信中如此抱怨：“您信不信，我有十分把握，如果能像冈察洛夫、屠格涅夫和托尔斯泰那样保证我有两三年的时间来写这部长篇小说，那么我会写出这样一部作品，即使过一百年也会有人谈论它。”[①]从今天的结果来看，陀思妥耶夫斯基的作品已超越他的预期。

（二）病态的人物

陀思妥耶夫斯基在其小说中还塑造了独特的具有病态气质的女性形象，这些女性形象带有鲜明的他曾爱恋过的女子的痕迹。陀思妥

① 陀思妥耶夫斯基. 被侮辱与被损害的人[M]. 臧仲伦，译. 南京：译林出版社，2019：342.

耶夫斯基一生有过三次恋爱、两次婚姻。每次情感经历都对陀思妥耶夫斯基的写作产生了影响。1866年10月4日，安娜走进了陀思妥耶夫斯基家门。安娜作为速记员，协助陀思妥耶夫斯基完成了小说《赌徒》。在温柔的安娜面前，陀思妥耶夫斯基仿佛找到了平静写作的理由。1867年2月15日，已过45岁的陀思妥耶夫斯基和20岁的安娜在伊斯梅洛夫大教堂结婚。婚后他们的生活并非一帆风顺，所幸安娜是一位善解人意的妻子，她理解陀思妥耶夫斯基病态的生活规律，用仁慈、宽恕和爱去温暖他。最终，陀思妥耶夫斯基回归到了正常的家庭生活。经过半个世纪颠沛流离的生活，陀思妥耶夫斯基终于实现了他一直梦寐以求的幸福——拥有理解他支持他的妻子、孩子和一张平静的书桌。

陀思妥耶夫斯基因对自己才华充满坚定信心的幼稚态度多次遭到其他作家的讽刺，加之其文学创作观念与别林斯基等激进民主派作家不同。陀思妥耶夫斯基与别林斯基等人自此分道扬镳。当然，陀思妥耶夫斯基与别林斯基等人的分歧只是停留在文学观念上。陀思妥耶夫斯基认为，文学不应该只发挥作用于社会现实的文学功能，还应更重视想象和幻想，更倾向于“纯艺术”的创作。他多次自诩自己的现实主义是“幻想的现实主义”。而别林斯基则强调现实主义文学创作，应该正面剖析生活，大胆批判生活。此时，在社会理想上，陀思妥耶夫斯基受到傅立叶等人空想社会主义影响，积极呼吁改革不合理的社会制度，解放农奴，为此，他参加了进步学生团体“彼德拉舍夫斯基小组”的集会活动。那段时期，每到夜里陀思妥耶夫斯基就去参加讨论。他的小说《群魔》中很多情节就来自他这段时间的经历。1849年4月23日，陀思妥耶夫斯基因参与革命活动被沙皇政府逮捕，罪名是聚众宣读别林斯基致果戈理的信，反对宗教与政府。陀思妥耶夫斯基最终被判处死刑。在谢苗诺夫校场上枪响之前，陀思妥耶夫斯基才被改判。陀思妥耶夫斯基仍被当作“危险的罪犯”，流放到西伯利亚长达4年。这种极度的精神折磨给陀思妥耶夫斯基造成了终生难以磨灭的阴影。他苦役期满，摆脱了沉重的铁镣后又被编入西伯利亚第七边防营当列兵。监禁、死刑、流放、苦役、兵役，从1850年到1859年，前后共10年。这10年的苦役和流放的生活严重摧残了他的肉体，加之癫痫的发作，与进步力量、革命运动长期隔绝，造成了他精神上的抑郁，这是陀思妥耶夫斯基人生中最艰难最惨痛的一段经历，是在苦役的黑暗中，执行的慢性死刑。这些使得陀思妥耶夫斯基思想中的消极情绪愈发鲜明，从而动摇了他的社会信仰，思想发生突变。陀思妥耶夫斯基抛弃了空想社会主义的思想信仰，转而从宗教中寻求出路。

陀思妥耶夫斯基流放归来，奋笔疾书，仿佛为了填补十年流放的空窗期。对他的创作来讲，这十年使他的生活阅历更为丰富，素材积累更为丰厚，对人性的思考也更为深入。其中，《被侮辱与被损害的》是陀思妥耶夫斯基描写“小人物”命运的一部力作；《死屋手记》是基于陀思妥耶夫斯基在流放期间的亲身经历创作而来，这也是他第一部关于俄国监狱的小说，强烈控诉了黑暗的社会，同时也真实展示了人性之恶。小说《死屋手记》真实描述了过去长期过着安静、平和生活的农民、杂役、士兵或工人的罪犯，在遭遇无法忍受的压迫后，突然脱离枷锁后歇斯底里地疯狂发作，这是个体拼命反抗压迫的最鲜明体现，对这类人格的描写是小说最动人的部分。

《罪与罚》作为陀思妥耶夫斯基的第一部社会哲理小说，它的问世使陀思妥耶夫斯基的文学创作达到了顶峰。《卡拉玛佐夫兄弟》是陀思妥耶夫斯基最后的长篇小说，小说对道德、自由、公平以及反对沙皇专制统治和现代化进程带来的矛盾等问题进行了深入思考，充分表现了陀思妥耶夫斯基社会思想与文学创作的特征，被认为是他艺术创作的总结。在这部小说中，高略德金式的分裂人格、拉斯柯尼科夫的超人思想、索尼娅的宗教观念等都通过对卡拉玛佐夫这一“偶合家庭”的描写得到了集中体现。这个家庭所共有的“卡拉玛佐夫性格”——贪婪自私、野蛮残暴、放荡堕落等，是对当时病态社会的真实再现。陀思妥耶夫斯基将对社会、政治、哲学、伦理、道德等问题的审视与对俄国前途、命运的思索都汇聚在这部小说中，使这部小说具有了史诗般的品格。

一方面，陀思妥耶夫斯基以俄国人特有的悲悯情怀反映社会危机，揭露社会矛盾，具有传统现实主义的特质。另一方面，他将文学视为刻画人类心灵自由的舞台，像一位先知，用思想家的犀利深邃把自己的文学创作提升到哲学高度，既有强烈的批判力量，又具有深沉的思辨内涵。陀思妥耶夫斯基用毕生写就的皇皇巨著在文学大旗上署上了自己的姓名。

第三节 《罪与罚》赏析

陀思妥耶夫斯基是19世纪人类最伟大的"病人",他用自己的苦痛救赎世人,用自己的作品践行了自己的诺言:要配得起我经受的苦难。直到今天,他的文学作品依然如黑暗中的明灯照亮着寻找未来的我们。陀思妥耶夫斯基的创作是连接西方19世纪与20世纪的文学桥梁之一。他专注心理描写的写作风格受到西方现代作家,特别是批判现实主义作家的推崇,但令他们感兴趣的绝非一般意义上的心理描写,而是对心理描写领域的开拓。

一、《罪与罚》简介

《罪与罚》这部小说讲述了在没落的欧洲理性时代终结,人类陷入可怕的非理性社会里,暴力革命、犯罪、偷盗……罪恶肆意横行。人类在尼采宣告"上帝死了"的鼓舞下从思想束缚中挣脱出来,在获得自由的同时,也陷入了虚无的深渊。穷大学生拉斯柯尼科夫受无政府主义思想毒害,秉持着一套"超人"理论,一心想成为拿破仑式的人物。拉斯柯尼科夫这个名字的词根是俄语单词 Раскол,意思是指17世纪中叶俄国宗教上的分裂运动。所以拉斯柯尼科夫这个名字也隐喻"分裂者""背叛者"或精神极度敏感者等。这是陀思妥耶夫斯基有意识的设置。为生计所迫,拉斯柯尼科夫在"超人理论"的蛊惑下,杀死了放高利贷的老太婆阿廖娜和她无辜的妹妹丽莎维塔。但罪恶之下,拉斯柯尼科夫并非"超人",他在精神错乱与内心痛苦忏悔中,经索尼娅姑娘的规劝,投案自首,最终被判流放西伯利亚。小说通过描写索尼娅姑娘的爱,给了拉斯柯尼科夫一线希望,也同时给世人指出了救赎之路。

陀思妥耶夫斯基穷尽毕生精力对其创作手法进行不断探索、试验和完善,使得小说《罪与罚》成为复调小说领域的巅峰之作。《罪与罚》成就了陀思妥耶夫斯基在世界文学史上不朽的传奇。这部小说犹如一场充满了各种不同声音的大型对话,有着众多各自独立而互不相容的意识，奏响了一曲沉郁悲凉的命运交响乐。对话是复调小说最基本的理论特征，也是复调小说创作的原则与灵魂。复调小说的对话关系大致可以分为三种类型：作品主人公之间的对话、作者与主人公之间的对话以及主人公与自我的对话。前两种对话是人物之间的显性复调，而后一种对话则是人物内部的隐性复调。这两种复调构成了表里统一、互动互补的复调系统，形象阐释了小说的主题。

二、《罪与罚》的复调性特征

俄国文艺理论家巴赫金在考察陀思妥耶夫斯基小说创作的过程中，认为陀思妥耶夫斯基小说中有着众多各自独立而不相融合的声音和意识，于是，他借用了音乐术语中的“复调”来说明其小说创作中的“多声部”现象，称之为陀思妥耶夫斯基小说的复调性特征。本节以陀思妥耶夫斯基最具代表性的小说《罪与罚》为例，来探究陀思妥耶夫斯基小说复调性特征的具体展现。结合小说《罪与罚》，先来看看陀思妥耶夫斯基小说中人物之间的显性复调和隐性复调。

（一）主人公之间的对话构成的显性复调

由主人公之间的对话构成的显性复调是人物之间显性复调的第一种类型。在《罪与罚》中，主人公之间的对话表现为宗教思想（基督教）和非宗教思想的对话。小说中宗教思想的代表人物为波尔菲里、索尼娅等。非宗教思想又可以分为超人思想、虚无主义、唯理主义、存在主义等，这些思想大多集中于拉斯柯尼科夫身上。对于索尼娅来说，上帝创造了一切，赋予事物意义，确立了人间秩序。人类无须思考、探索人生价值，人要做的，只是对上帝进行赞美和绝对服从。而对于拉斯柯尼科夫来说，上帝的存在是虚无的，是值得怀疑的。人生应该由自己来选择，价值观也由自我确立，人生的意义本应由自己去谱写。

（二）作者与主人公之间的对话构成的显性复调

《罪与罚》中作者与主人公之间的对话是人物之间显性复调的第二种类型。作者虽非书中人物，但书中之人是由作者先创造出人物客体，再由人物生出独立思考的意识，发出平等的声音，从而完成与作者在同一平台的对话。在小说《罪与罚》中，拉斯柯尼科夫把人类分成两种:平凡的人和非凡的人。他认为平凡的人活着必须保守、服从、循规蹈矩;而非凡的人则天生具有能力与才华,为了推进这个社会,他们有权利逾越世俗的或者是法律的障碍,甚至可以选择牺牲别人。显而易见,这样的思想不够成熟。那些胸怀抱负的热血青年,都会幻想着成为非凡的人,比如选择"逾越障碍",这样做的结果只会造成社会的混乱。主人公拉斯柯尼科夫,在多重压迫下,选择去做非凡的人,杀死了他认为最没用、以吸血为生的高利贷老太婆阿廖娜和她的妹妹丽莎维塔。拉斯柯尼科夫沦为了杀人凶手。作者陀思妥耶夫斯基,同样也经历了人生的挫折与考验,抱有对社会的不平、对人生遭遇的愤懑。从这点来看,陀思妥耶夫斯基与主人公拉斯柯尼科夫经历着大同小异的悲剧人生,但对陀思妥耶夫斯基自身而言,他不会选择犯罪。在其创作过程中,作者任由主人公走自我思想的道路,而没有选择在拉斯柯尼科夫考虑是否真要去杀人的时候,让他除去这样疯狂的念头;也没有在杀人计划进行时,因面临些许意外而让拉斯柯尼科夫放弃计划;更没有在拉斯柯尼科夫举起斧头即将犯罪的那一刻,使他停止犯罪脱逃。

(三)主人公与自我之间矛盾的对立构成的隐性复调

相对于人物之间的对话,另一种类型的复调指的是个人内心思想、情感的挣扎与斗争,即主人公与自我内心的交流,与自我思想的矛盾碰撞和对立,也就是隐性复调,这是巴赫金复调小说理论对话分类中的第三种对话。这种对话在心理学上也称为是处于性格分裂状态下的人物的内心挣扎,也是复调小说中阐释人物心理的一个重要表现手法。隐性复调具体表现为善与恶、爱与憎、高傲与卑微、高尚与卑鄙等各种从表层到深层复杂心理的交融和转化。有时候这样的内心独白会混杂着与其他人的对话。陀思妥耶夫斯基在这时会更注重主人公内心的独白与思考,他所表述的不仅仅是单纯的思维过程,而是不断得出思考后的结论又不断推翻自己结论的再重新思考。表面看来,好像主人公又回到了自己最初思考的原点,但实际上,每一次的推翻、再现都是对问题的深入,都是经过了强烈的思想碰撞而得出的结论,是逐步向问题核心的探索。例如,在小说《罪与罚》中,对于主人公内心深处的善恶之分、爱憎纠葛,陀思妥耶夫斯基进行了深入描写,使主人公或高傲,或卑微,或高尚,或卑鄙的形象立体展现在读者面前。

《罪与罚》中对拉斯柯尼科夫的杀人现场进行了描写，拉斯柯尼科夫残忍杀害了高利贷老太婆。杀人后，内心陷入惊慌不安状态的他，担心老太婆大概还活着，又再次抡起斧头，但是没有打下去。在翻找老太婆房间时，拉斯柯尼科夫惊恐想到："自己大概是疯了！"拉斯柯尼科夫内心深处的善被唤醒，这样的善如此微小，却依旧逃不过作者细致入微的笔墨。与此同时，陀思妥耶夫斯基把一个犯罪分子的内心不安、挣扎，以及作为一个凶手的敏感，哪怕一点点细微的变化都细腻地描绘出来了，从而描写出主人公自我意识的对立，从侧面反映出主人公的人格分裂。

陀思妥耶夫斯基小说复调性的特征，恰恰体现了其小说人物的双重性。相比于传统小说，陀思妥耶夫斯基的小说舍弃了情节的连续性，放弃了对人物外在形象、动作的直接刻画，而是以人的灵魂为戏剧舞台，使其人物之间、人物与自我内心之间思想与意识对峙而立，使人物形象复杂而立体，突出表现了小说以对话性为核心的复调性特征，这为后世批判现实主义小说家的创作开辟了新的途径。陀思妥耶夫斯基的小说充满了哲学的思辨与对人类灵魂的拷问。陀思妥耶夫斯基作品里的病态主题、病态人物、分裂的人格以及社会的颓废和消极等，无不是为了拷问灵魂而存在。只有经历过灵魂的拷问，敢于直面人性的黑暗和生存的痛苦，我们才能到达真实的彼岸。陀思妥耶夫斯基就是我们在这条探索人性坎坷之路上勇敢的向导。

思考题

1. 请分析《罪与罚》中拉斯科尔尼科夫这一人物形象。
2. 试论《罪与罚》的主题思想。
3. 请分析《罪与罚》中"罪与罚"的含义。

推荐阅读图书

1. 陀思妥耶夫斯基. 罪与罚[M]. 朱海观，王汶，译. 北京：人民文学出版社，2016.

2. 巴赫金. 陀思妥耶夫斯基诗学问题[M]. 白春仁，顾亚铃，译. 北京：生活·读书·新知三联书店，1988.

附　录　《罪与罚》精彩篇章选读[①]

门跟上次一样，开了一条小缝，又有两道锐利、多疑的目光从黑暗中注视着他。这时拉斯柯尼科夫着了慌，差一点铸成大错。

他担心老太婆看见只有他们两个人，会感到惊慌，他也不指望他的外表会消除她的疑虑，他抓住门，把门朝自己这边拉，以免老太婆再想把门关上。老太婆看见这种情形，便不再把门拉回去，可是她也没有放开门锁的把手，因此他差点没把她连同门一起拉到楼梯口去。他看见她拦在门口，不让他进去，便一直走到她面前。她吃惊地闪到一旁，想说什么似的，但又好像说不出来，只是瞪大了两眼望着他。

"您好，阿廖娜·伊凡诺夫娜，"他开口说，他想尽量把话说得随便些，但是口不从心，说得结结巴巴，声音打起颤来，"我给您……拿来一件东西……最好我们到这里来……到有亮光的地方。"他撇下她，没等人家请就一直走进屋里。老太婆跟在他后面跑了进去；她终于开口了：

"天啊！你想干什么？你是谁？你有什么事？"

"怎么啦，阿廖娜·伊凡诺夫娜，您是认识我的……拉斯柯尼科夫……我把那天说好的那件抵押品带来了。"说着他把抵押品向她递过去。

老太婆刚想看抵押品，却又马上抬起眼睛，盯住了这位不速之客。她目不转睛地、恶狠狠地、猜疑地望着他。大约过了一分钟；他甚至觉得她的眼睛里有一种近乎嘲弄的神情，好像她已经识破一切。他觉得他慌了，差点害怕起来，他觉得，如果她再那样一言不发地看他半分钟，他一定会吓得从她那里逃走的。

"为什么您这样看我，好像不认识我似的？"他忽然也恶狠狠地问道，"您愿意，就留下，不然，我就到别处去，我没工夫。"

本来他并没有想说这句话，可是他突然说出了口。

老太婆明白过来了，她的客人那种坚决的口气显然给她增添了

---

① 陀思妥耶夫斯基．罪与罚[M]．朱海观，王汶，译．北京：人民文学出版社，2016：73-85.

勇气。

“但是，先生，为什么您这样突然……这是什么？”她看着抵押品问道。

“银烟盒，我上次说过的。”

她伸出手来。

“哎呀，你脸色为什么那么苍白？手也在发抖！先生，你刚洗过澡吗？”

“发烧，”他吞吞吐吐地答道，“没有东西吃，脸色还能好看……”他又补充了一句，勉勉强强发出声音来。他又觉得失去了力量。但是他的回答倒似乎合乎情理；老太婆把抵押品接了过去。

“什么东西？”她问道，同时又一次仔细地将拉斯柯尼科夫打量了一番。她把抵押品拿在手里掂了掂。

“一件东西……烟盒……银的……看看吧。”

“不大像银的……怎么包得这么密实！”

她想解开绳子，向窗户那边有亮光的地方转过身去（尽管天气这样闷热，她的窗户全关着），有几秒钟，她把他完全撂在一边，背对着他。他解开大衣，把斧子从绳套上松下来，但还没有完全拿出来，只是用右手在衣服里面攥着。他的两手软得可怕；他觉得两只手霎时间变得越来越麻木，越来越僵硬了。他担心斧子会从手里滑下来，掉在地上……突然间，他的头一阵发晕。

“他怎么把东西捆得这么紧？”老太婆恼怒地说，朝他那边微微移动了一下。

他连一秒钟也不能再错过。他把斧子全部抽了出来，紧张得什么似的，举起双手一挥，几乎不费一点气力，几乎机械地用斧背对准她的头上砍去。当时，他仿佛没有气力。但是他刚把斧子砍下去，浑身的气力就来了。

老太婆和往常一样，没有包头巾。她那稀疏的、夹着斑白发丝的淡颜色头发照例用油抹得亮亮的，编成一根老鼠尾巴，用一把断了的破牛角梳子拢着，翘在后脑勺上。因为她个子小，所以斧子一下子就打到她的天灵盖上。她叫喊了一声，可是声音很微弱，突然全身像瘫了似的蹲到地上，虽然她还来得及举起手来护住脑袋。她的一只手里还攥着“抵押品”。这时，他又使出全身气力用斧背朝她的头顶猛击了两下。鲜血像从打翻的玻璃杯里倒出来似的一涌而出，身子仰面倒了下去。他后退一步，让她倒下，然后又立刻弯下腰去看她的脸；她已经死了。眼珠突出着，仿佛要跳出来似的，前额和整个脸皱得不像样子，由于抽搐而扭曲了。

他把斧子放在尸体旁边的地板上，立刻伸手去掏她的口袋，竭力不让流出的血沾在自己身上——就是那个右边的口袋，她上次从这个衣袋里掏出了钥匙。现在他的神志十分清醒，既不头昏，也不眼花，不过那双手依旧在哆嗦。后来他想起，当时他甚至特别仔细、特别小心，一直设法不沾上血迹……他马上把钥匙掏出来；跟上次一样，所有的钥匙都串在一起，串在一个钢圈上。于是他立刻拿着钥匙跑进卧室。这是一间很小的屋子，有一个很大的神龛，供着神像。靠另一面墙是一张大床，床上很干净，铺着一床用碎绸子拼成的棉被。靠第三面墙摆了一个五屉柜。说也奇怪：他刚拿钥匙去试开五屉柜，才听到钥匙的响声时，他仿佛立刻觉得全身一阵痉挛。他忽然又想抛下一切跑掉。但是这个想法只有一刹那；要走已经太晚了。他甚至对自己冷笑了一声，但是这时他脑子里忽然又涌出另一个惊恐不安的想法。他忽然觉得老太婆也许还活着，还能苏醒过来。他撇下钥匙和五屉柜，又跑回尸体跟前，抓起斧子，再一次朝老太婆身上举起，但是没有劈下来。没有疑问，她是死了。他又弯下身去，离近一些仔细把她检查了一遍，他清楚地看见，头盖骨已经砸碎，甚至还被稍微打偏了一点。他本来想用手指去摸摸，但是他又把手缩回去了；不摸也已经一目了然。这时地上已经流了一大摊血。忽然他看见她的脖子上挂着一根带子，他拉了一下，但是带子很结实，拉不断；再加又给血浸透了。他又试试把它从怀里拉出来，可是有什么东西把它卡住了，拉不出来。他不耐烦地又想挥起斧子，从上面，就在这里，打她身上把带子砍断，但是他不敢，他费了很大的劲，手上和斧子上都沾满了血，忙乱了两分钟，才把带子割断，没有让斧子碰到身体，就取了下来。他没有猜错——是钱包。带子上系了两个十字架，一个是柏木的，一个是铜的，此外，还有一个珐琅的小神像；和这些东西系在一起的，还有一个不大的油污的麂皮钱包，它套着一个钢箍和一个小环。钱包塞得满满的；拉斯柯尼科夫没有细看就把它塞进自己的口袋，他把两个十字架扔在老太婆的胸上，他这次把斧子也捎上，又赶快跑回老太婆的卧室里。

他非常慌张，抓起钥匙又去开锁。但总是开不开——钥匙插不进锁眼。并不是因为他的手抖得太厉害，而是因为他不断出错：比方说，他明知道那把钥匙不对，不合适，他偏要插进去。他忽然想起，这把和别的小钥匙挂在一起的、有锯齿的大钥匙，一定不是开五屉柜的（上次他就想到这事了），而是开某个小箱子的钥匙，可能所有的东西都收在那只小箱子里。他撇下五屉柜，又立刻爬到床底下，他知道老太婆们总是把箱子藏在床底下。果然如此。床底下有一口相当大的箱子，有一俄尺[①]多长，箱盖隆起，上面包了红色的山羊皮，钉着一枚枚钢钉。锯齿形的钥匙正合适，箱子打开了。上头盖着一条白床单，床单下面放着一件挂了红缎面的兔皮袄；再下面是一件绸料的连衣裙，然后就是一条披巾，再往下，看来尽是些破烂了。他首先把染有血迹的手在红缎上擦干净。"红的，血擦在红的东西上不显眼，"他刚这么想，又恍然大悟，"天呀，我疯了吗？"他惊慌地想。

但是他的手刚去翻那堆破烂，就有一只金表从皮袄里滑了出来。他急忙把所有的东西翻了一遍。那堆破烂里面果然夹着各种金制的东西——大概都是抵押品，待赎的和不来赎的——有金镯子、金链子、金耳环、金别针等等。有的装在盒子里，有的用报纸包着，用两层纸又仔细又整齐地包着，周围还用带子捆好。他一刻也不耽搁，就把东西塞满了他的裤子和大衣口袋，既不挑选，也不打开那些纸包和盒子；但是他没来得及拿很多东西……

他突然听见躺着老太婆的屋子里有人走动的声音。他马上停下来，像死人一样默不作声。但是四下里一片寂静，恐怕这是他的幻觉在作怪吧。但他突然又清楚地听见一声轻轻的[②]喊叫，仿佛有人轻轻地、断断续续地呻吟了一声，就不响了。然后又是死一般的寂静，约莫延续了一分钟或者两分钟。他蹲在箱子旁边，几乎气也不喘地等待着。忽然他跳起身来，抓起斧子，跑出了卧室。

丽莎维塔站在屋子中间，手里抱着一个大包袱。她目瞪口呆地望

① 1俄尺≈0.71米。

② 同"轻轻地"。

着被杀害的姐姐，脸像白布一样煞白，好像连叫喊的气力也没有了。她一看见他跑出来，就像一片树叶似的微微哆嗦起来，脸上掠过一阵痉挛；她举起一只手，想张开嘴，可是仍旧喊不出声来。她开始慢慢地从他前面向后退缩到墙角去，她直愣愣地注视着他，但还是不叫，仿佛她气不足，喊不出声音来似的。他拿着斧子向她冲去：她的嘴唇抽搐起来，一副苦相，就像一个很小的小孩受到惊吓，呆呆地望着使他们害怕的东西，想要喊叫出来似的。这个不幸的丽莎维塔竟老实到这种程度，她吓傻了，完全吓昏了头，她甚至没有举起手来挡住自己的脸，虽然在那一刹那间这是极其必要和自然的姿势，因为斧子正对准她的脸高高举起。她只不过稍微抬起一点她那只空着的左手，远远没有抬到脸上，而是慢慢地向前朝他伸过去，好像要推开他似的。斧刃正好劈在她的头盖骨上，一下就把前额的上部整个劈开，几乎直到天灵盖。她猛地栽倒了。拉斯柯尼科夫完全慌了神，他抓起她的包袱，又把它扔下，然后跑到过道里。

他越来越害怕，特别是在他第二次完全出乎意料地杀人之后。他想赶快从这里逃走。要是当时他能够把事情看得和考虑得正确一些；要是他能够想到他处境的所有困难，想到他的整个绝望、胡闹和荒唐，要是他能够懂得他还得冲破多少难关，也许还得干多少坏事，才能逃出这里，回到家里去，那么很可能他会抛弃一切，立刻去自首，而且甚至不是由于为自己担心，而只是由于对自己所作所为的恐惧和憎恶。他心里特别涌起憎恶的情绪，而且一分钟比一分钟强烈。现在世界上没有任何东西能使他再走到箱子跟前去，甚至再回到那些房间里去。

但是，一种心不在焉，甚至仿佛是若有所思的情绪，开始渐渐控制了他：他时而神思恍惚，或者不如说忘掉主要的事情而执著①于一些琐碎的小事。然而当他瞥了一眼厨房，看见板凳上放着盛了半桶水的水桶时，他居然想到应该把自己的手和斧子洗干净。他的两手沾满了血，粘②糊糊的。他把斧刃直接浸到水里，又拿起放在窗台上破碟子里的一块肥皂，开始直接在水桶里洗他的手。手洗干净以后，他又把斧子从水里取出来，洗干净了铁的部分，又花了很长时间，大约三分钟，

① 同“执着”。
② 同“黏”。

去洗有血迹的木头，甚至试着用肥皂把血迹洗去。然后，他用晾在厨房里一根绳子上的内衣把一切擦干，再久久地站在窗口仔细检查那把斧子。血迹已经没有了，不过木头把还是湿的。他把斧子细心地挂在大衣里面的绳套上。然后，他在昏暗的厨房所允许的条件下，检查了一遍大衣、裤子和靴子。从外面乍看，除了靴子上有些血迹之外，似乎什么破绽也没有。他把抹布浸湿，擦干净了靴子。不过他知道他检查得并不彻底，也许会有什么惹人注目的东西被他忽略过去了。他犹豫不决地站在屋子中间。他的脑海里涌起了痛苦不堪、忧郁的想法——他想，他正在发疯，此刻他既不能思考，也不能自卫，也许他现在做的事情根本不是他应该做的……“我的天！应当逃走，逃走。”他咕哝着冲到过道里去。但是这里等待着他的是恐怖，他从来没有经历过的恐怖。

他站在那儿望着，简直不相信自己的眼睛：门，从过道通向楼梯的外面那扇门，他刚才拉铃、后来进来的那扇门竟开着，甚至敞开了整整一手掌宽：没有锁，也没有扣上，一直是这样，从头到尾都是这样！他进去以后，老太婆大概出于谨慎，没有把门锁上。可是，上帝！他后来分明看见了丽莎维塔！当时他怎么没有想到，怎么没有想到她一定是从什么地方进来的呢！她总不能穿墙进来吧。

他急忙冲到门口，把门扣上。

“不对，又错了！得走，得走……”

他拔下门钩，打开门，开始倾听楼梯上的动静。

他听了很久。在下面很远的地方，大概是大门口，有两个人在高声刺耳地嚷着，争吵不休，互相詈骂。“他们在干什么？”他耐心地等待着。后来吵闹声又戛然而止，鸦雀无声；他们走开了。他刚想出去，忽然下面一层楼的一扇通楼梯的门哗啦一声打开了，有人哼着一支曲子走下楼去。“他们怎么都这样闹哄哄的！”这个想法在他脑子里一闪。他又随手把门关上，等待着。终于一切都静下来了，没有一个人。他刚想朝楼梯迈步的时候，忽然又听到了新的脚步声。

这阵脚步声听起来很远，在楼梯的尽底下，但是他后来记得很清楚，他刚一听到响声，不知道为什么就开始怀疑，这人一定是到这儿来，到四楼老太婆这儿来的。为什么？是声音特别，与众不同吗？脚步声沉重、均匀、不慌不忙。现在他已经走过一楼，正继续往上走哩；脚步声越来越清楚！可以听得出进来的那人的沉重喘气声。现在他开始走上三楼……朝这儿走来了！忽然他觉得他仿佛全身僵硬了，好像他在做梦，梦见有人追来了，逼近了，想打死他，可是他却寸步难移，连胳膊都动弹不得。

最后，当那位客人登上四楼时，他猝然一惊，即刻敏捷地、灵巧地从过道溜回房间，随手关上了门。然后他又抓住门钩，把它轻轻地、不出声地扣进铁环。他的本能帮助了他。把门扣上以后，他屏住呼吸，躲了起来，这次他干脆站在门后面。那位不速之客也已经来到门口，现在他们俩面对面站着，就跟刚才他和老太婆隔了一扇门站着，他在侧耳倾听一样。

那位客人重重地喘了几口气。“一定是个大胖子。”拉斯柯尼科夫想，一面握紧斧子。真的，这一切仿佛在做梦。客人抓住门铃，使劲拉起来。

门铃的洋铁皮声一响，他仿佛突然觉得屋里有什么东西在动弹。他甚至认真地、仔细地听了几秒钟。陌生人又拉了一下门铃，然后又等了一会儿，他忽然不耐烦地拼命拉起门把手来。拉斯柯尼科夫惊恐地望着门钩在铁环里跳动，他怀着隐隐的恐惧等待着门钩很快就要从环里跳出来。确实，这看来是可能的：那人拉得那么猛。他本想用手去扶住门钩，但又怕那人会发觉。他的头好像又开始晕起来。“我要摔倒了！”这个想法刚从他脑子里掠过，那个陌生人就开了腔，于是他马上清醒过来。

“她们是怎么回事儿，睡死了呢，还是叫人给掐死了？混账！”那人像在桶里说话似的咆哮起来，“喂，阿廖娜·伊凡诺夫娜，老妖婆！丽莎维塔·伊凡诺夫娜，千娇百媚的美人儿！开门啊！唉，真混账！她们睡着了还是怎么的？”

于是他又怒气冲冲，使足了浑身气力把门铃一气拉了十来下。这一定是个有权势、跟这一家很亲近的人。

这时，忽然从楼梯上不远的地方传来细碎急促的脚步声。又有一个人走上楼来。拉斯柯尼科夫一开始没有听清楚。

“怎么，都不在家吗？”新来的那人兴高采烈地向先来的人大声说，那人还在拉铃，“您好，柯赫！”

“从说话的声音来判断，这人一定很年轻。”拉斯柯尼科夫忽然想。

“鬼才知道怎么回事儿，我差不多把锁都拉坏了，”柯赫回答说，“您怎么认识我的？”

“是这样的！前天在‘加姆布里努斯’[①]打台球，我不是一连赢了您三局吗？”

“啊……”

“她们不在家吗？奇怪。真是岂有此理。老太婆会到哪儿去呢？我找她有事儿。”

“先生，我也找她有事儿啊。”

“那么，怎么办呢？只好回去啦。唉！我原想到这儿来周转点钱用的！”那个年轻人大声说。

“当然只好回去啦，不过她为什么要约好时间呢？老妖婆亲自和我约定这个时间来的。我还绕了个弯。我不明白她跑到哪儿去见鬼了？那个老妖婆一年到头坐在家里，萎靡不振，腿又疼，怎么现在忽然外出逛去了呢？”

“去问问看门的，好吗？”

“问什么？”

“她到哪儿去了，什么时候回来。”

“嗯……见鬼！……问……要知道她是哪儿也不去的呀……”他又拽了一下门锁的把手，“见鬼，没有办法，走！”

“慢着！”那个年轻人突然叫道，“瞧：您可看见拉门的时候门在晃动吗？”

“怎么？”

“这说明门没有上锁，而是用门钩，就是说用钩子扣上的！您听见门钩在响吗？”

“怎么？”

“真是，您怎么不明白？这说明她们俩准有一个在家。要是都出去了，一定会用钥匙从外面锁上门，不会用门钩从里面扣上的。可是

① 彼得堡的一家酒馆。

这会儿——您听见门钩在响吗？家里一定有人，才能从里面用门钩扣上门，您明白了吗？所以她们一定在家，可是不开门！”

“啊呀！真是这么回事儿！”柯赫吃惊地叫起来，“那她们在里面干什么呢！”于是他又发狂地拉起门来。

“慢着！”那个年轻人又嚷了起来，“别拉了！这儿情况不妙……您瞧，您又拉门铃，又拉门，可她们就是不开；这说明要么她俩都昏过去了，要么……”

“什么？”

“这么办吧：咱俩找看门的去；让他自己来把她们叫醒。”

“有道理！”他们两人向下面走去。

“慢着！您留在这儿，我跑到楼下找看门的去。”

“为什么留下？”

“以防万一……”

“好吧……”

“要知道，我正在学法律，准备当预审官！很明显，很——明——显，这里出岔子了！”那个年轻人急躁地嚷着，跑着下楼去了。

柯赫留下了。他又轻轻地拉了一下铃，铃响了一声；然后，他又轻轻地，像是一面思索，一面检查似的，开始去摆弄那个门把手，拉了一下又放开，想再一次证实这扇门是光用门钩扣上的。然后他呼哧呼哧地弯下腰，向锁眼里张望；但是因为锁眼从里面插着钥匙，所以什么也看不见。

拉斯柯尼科夫站在那儿，把斧子紧紧地攥在手里。他似乎已经神志不清了。他甚至准备倘若他们进来就和他们拼。当他们敲门和商量的时候，他有好几次忽然想从门里面对他们大喝一声，一下子结束目前这种状况。在他们打不开门的时候，他又时而想和他们对骂，刺激他们。“快点吧！”这个想法闪过他的脑海。

“可是他，见鬼……”

时间在过去，一分钟，两分钟，还没有人来。柯赫开始走动。

“真是活见鬼！”他忽然不耐烦地喊了一声，撇下自己的守卫任务，靴子咚咚地踏在楼梯上，也急急忙忙下楼去了。脚步声静了下来。

“天啊，怎么办？”

拉斯柯尼科夫拔下门钩，把门微微打开。一点声音也没有。突然间，他不假思索地走出了门，尽可能地把门关严，然后走下楼去。

他已经走下三段楼梯，忽然听到下面有人大声喧哗——往哪儿躲呢！没有一个藏身之处。他想往回跑，重新回到屋里去。

"嗨，妖精，恶魔！捉住他！"

有人嚷着从楼下的一间屋里冲出来，他不是跑下楼梯的，而好像是从楼梯上摔了下去，同时拼命在喊：

"米季卡！米季卡！米季卡！米季卡！米季卡！活见鬼！"这阵喊叫以一阵尖叫结束。最后的声音是从院子里传上来的；然后又声息全无。但就在这时，有几个你一言我一语、说话声音很大的人开始闹嚷嚷地走上楼来，大约有三四个人。他听出了那个年轻人的响亮声音。"是他们！"

他走投无路地向他们迎面走去：豁出去了！如果被他们拦住，一切都完了；如果放他过去，也一切都完了：他们会记住他的。他们快碰头了，他们中间只隔着一段楼梯——可是他突然得救了！右边，离他只有几步远的地方，有一间空屋子，门敞开着，就是那间工人在那儿油漆的二楼屋子，现在，好像故意安排好似的，工人都走了。刚才大叫大嚷着跑出去的，大概就是他们。地板刚刷过油漆，屋子中间放着一只桶和一个破罐子，里面装着油漆和刷子。他一溜烟钻进了那扇开着的门，躲在墙后，也正是时候：他们已经站在楼梯口了。他们转身向上，走了过去，大声交谈着，上了四楼。他等了一会儿，然后踮着脚尖走出了门，跑下楼梯。

楼梯上一个人也没有！大门口也没有人。他飞快地溜出了门洞，转身往左上了大街。

他清楚地知道，他知道得十分清楚，这时，那些人已经在屋子里，他们看到门已经打开，一定大吃一惊，因为刚才门还是关着的，此刻他们正望着那两具尸体，过不了一分钟，他们就会想到，就会恍然大悟，刚才凶手还在这里，现在已经躲到什么地方，打他们身边溜走了，逃跑了；也许还会想到，他们上楼的时候，凶手就躲在那间空屋子里。这时，虽然离第一个转弯的地方还有将近一百步远，但他无论如何不敢加快脚步。"我要不要溜进一个门洞里，躲在一个不熟悉的楼梯上等一会儿呢？不，绝对不行！要不要把斧子扔掉？要不要雇一辆马车呢？不行！绝对不行！”

他终于走到了一条巷子口；于是他半死不活地拐了进去；在这儿他已经差不多得救了，这一点他是明白的：在这里可以较少受到怀疑，而且这里人来人往，很热闹，他可以像一粒沙子似的消失在里面。但是他所受的这些内心痛苦已经使他精疲力竭，他几乎走不动了。他汗流如雨；整个脖子都泡在汗水里。当他走到河边的时候，有人向他喊道：“瞧他，喝醉啦！”

现在他迷迷糊糊，神思恍惚；而且越来越糟。然而他还记得，当他走到河边的时候，他吓了一跳，他看见这儿人很少，比较显眼，想要转身回到巷子里去。虽然他快要倒下去了，但他依旧绕了个弯，完全从另外一个方向回到了家里。

他走进自己那幢房子的大门时，还没有完全清醒；至少他已经走上楼梯的时候，才想起了斧子。当时，他还有一件重要的事情要做：把斧子放回原处，并且尽可能不叫别人注意。当然，他已经没有力量去考虑：也许压根儿不把斧子送回原处，过些日子再把它扔到别人家的院子里去，这样要好得多。

可是一切都很顺利，看门人的房门是虚掩着的，没有锁，看来那个看门人多半在家。但他已经丧失了思考能力，他居然直接走到看门人的屋子门口，推开了门。要是看门人问他：“干什么？”他也许会干脆把斧子递给他。但是那个看门人又不在家，因此他得以把斧子放回板凳下面原来的地方；甚至还跟以前一样用一块劈柴把它遮住。后来，一直到他自己的房间，他没有碰见任何人，没有碰见一个人影；女房东的门关上了。他走进自己的屋子以后，就跟往常一样倒在沙发上。他没有睡，但是神思恍惚。如果当时有人走进他的屋子，他一定会马上跳起来，大叫一声。一些零零碎碎的片断①思想在他的脑中翻腾着；甚至不管他怎样努力，他也捕捉不到任何一个思想，也不能集中到任何一点上……

① 同“片段”。

第八章　托尔斯泰与《安娜·卡列宁娜》

托尔斯泰被列宁盛赞为“最清醒的现实主义”的“天才艺术家”。学习本章，我们可以了解俄国批判现实主义文学的发展，深悟俄国作家托尔斯泰的文艺观，理解其代表性作品《安娜·卡列宁娜》的思想内容与所表达的审美价值。通过介绍《安娜·卡列宁娜》及相关俄国批判现实主义文学概况，理解作家托尔斯泰在其小说《安娜·卡列宁娜》中运用的“心灵辩证法”，为更好地理解“托尔斯泰主义”的内涵提供启示。

第一节　俄国革命的一面镜子——托尔斯泰

在俄国星辰灿烂的文坛，有一位作家以其深邃的思想、卓越的文学作品，被列宁称为“俄国革命的一面镜子”，是“最清醒的现实主义”的“天才艺术家”，他与陀思妥耶夫斯基分别代表了俄国文学的广度与深度。他就是托尔斯泰，19 世纪俄国伟大的批判现实主义作家。很多作家都盛赞过托尔斯泰，高尔基曾言：“不认识托尔斯泰者，不可能认识俄国。”鲁迅曾评价托尔斯泰是“19 世纪俄国的巨人”。奥地利作家茨威格认为：“托尔斯泰代表的不是他自己，他代表的是所有俄国人民，因为他与整个俄国同呼吸，共命运。”托尔斯泰是一个思想较为复杂的作家，一生都在审视、批判自己，并试图改变现状，他处在终身的忏悔之中。童年家庭生活的不幸使他有一种天生自我封闭的性格，喜欢冥想深思，同时又渴望被他人关注。托尔斯泰有时候会陷入一种冲动、释放的激情状态中。

一、托尔斯泰的生平

托尔斯泰(1828—1910 年)1828 年 9 月 9 日生于亚斯纳亚·波利亚纳的显赫家族，托尔斯泰一共有 5 个兄弟姐妹，他排行老四。托尔斯泰的爷爷是彼得大帝时期的一个大臣，曾因有找寻太子之功，被封为世袭公爵。托尔斯泰的母亲在他两岁时就病逝了，从他的成长轨迹来看，父亲对他的影响比较大。托尔斯泰的父亲以勇猛而闻名，曾上前线与拿破仑军队对峙，但也并非一介武夫。他的父亲很喜欢读书，为人宽厚仁慈，很少体罚下人。托尔斯泰同情贫苦民众的态度在那时便种下了仁慈的种子。但好景不长，1837 年，父亲猝死，托尔斯泰成了孤儿。随后几年，祖母、监护人艾琳姑妈也相继过世。托尔斯泰与其他兄弟姐妹被寄养在喀山波琳娜姑妈家，当时的托尔斯泰只有 13 岁。波琳娜姑妈很少管束他们。叛逆时期的托尔斯泰与他哥哥，受到波琳娜姑妈纵情声色的上层生活的影响，开始了陷入放纵自我的生活。托尔斯泰后来在日记中曾形容这段后悔不已的生活“粗鄙放纵，生活中时时受到野心、虚荣，尤其是贪欲的驱使”。[①]

1844 年秋天，16 岁的托尔斯泰去了喀山大学。喀山大学求学期间是托尔斯泰人生的第一个转折点。他先在东方语言系学习，攻读土耳其语、阿拉伯语，但因期中考试不及格，第二年转学到法律系继续学业。在法律系读书后期，托尔斯泰对哲学产生了浓厚的兴趣，喜欢阅读法国启蒙时期那些大师们的著作。托尔斯泰如饥似渴地阅读文学与哲学书籍，普希金、果戈理、莱蒙托夫、屠格涅夫、狄更斯、席勒等都是他喜爱的作家，他特别迷恋法国思想家卢梭和伏尔泰的启蒙思想，逐渐对俄国农奴制和学校迂腐的教育体制产生不满。1847 年，托尔斯泰退学回到故乡。受卢梭和伏尔泰启蒙思想的影响，他试图在自己的庄园进行农奴制改革，但因农奴的不信任以失败告终。1851 年，因俄国农奴制危机和社会动荡不安的局势，托尔斯泰逃亡高加索，投奔当军官的哥哥尼古拉。1852 年，托尔斯泰参加了军队并在与山地部落的几次作战中表现勇敢，作战之余，他的时间大部分用于写作。

此时的托尔斯泰从长期思考人生意义的本能意识出发，试图探索解决贵族和农奴矛盾的途径，不断拷问着自己的贵族生活是否有罪，表现出对宗教和道德等问题的关心，这促使他写成了他的第一部公开发表的作品《童年》。这部作品被登载在《现代人》杂志上，受到当时俄

① 巴特利特. 托尔斯泰大传：一个俄国人的一生[M]. 朱建讯，朱晓宁，王赟，译. 北京：现代出版社，2014：66.

国文坛上屠格涅夫等人的称赞。托尔斯泰的自传体三部曲《童年》《少年》《青年》带有自己明显的生活影子。《童年》《少年》《青年》通过描写贵族青年尼古林卡思想与感情的变化，在揭露贵族生活对人恶劣影响的同时，也提出用“道德的自我修养”去对抗这一影响。细腻的心理描写与对道德问题的探索，显示了托尔斯泰对人物心理的深刻分析以及对人类心灵知识的细致把握。

1856 年战争结束后，托尔斯泰离开军队到了圣彼得堡。1857 年，他前往法国、瑞士和德国游历，以此摆脱国内文学团队对其创作的困扰。1860 年，他心爱的哥哥尼古拉因肺病去世，这对他打击极大，几乎动摇了他对善和生活的信仰，使他陷入了心绪彷徨迷茫的状态。幸运的是，1862 年托尔斯泰结婚了，他的妻子是宫廷御医的女儿索菲娅，幸福的婚姻生活带给托尔斯泰宁静美好的时光。托尔斯泰结婚以后的前几年是甜蜜的。托尔斯泰曾在刚结婚时，激动地写信给亲友，诉说自己的幸运：和索菲娅在一起感受到的那种幸福，100 万对夫妻中只有一对才能享有。[①] 在索菲娅的大力支持下，托尔斯泰重新投入创作，爆发出惊人的创作能量，两部著名的小说《战争与和平》和《安娜·卡列宁娜》相继问世。

二、托尔斯泰的精神探索之路

托尔斯泰始终站在平民立场思考问题，关注平民生活。探索平民出路问题是托尔斯泰创作的思想核心。在三部曲之后，无论是中篇小说《哥萨克》《一个地主的早晨》对贵族阶级“平民化”道路的探索，还是短篇小说《琉森》对资本主义的批判，都是托尔斯泰探索的成果，都体现了他“贵族平民化”的生活理想。托尔斯泰幻想贵族地主能够改恶从善，进行自上而下的改革，并把原始的宗法制道德理想化。与此同时，基于东正教的影响，俄国文人的罪感意识与纯然自省涤罪观念，使托尔斯泰在文学创作中一直对普遍存在的沙皇专制统治与统治阶级的压迫进行深入的社会性反思，这种反思同时也加深了他作为知识分子的忏悔意识。

---

① 巴特利特. 托尔斯泰大传：一个俄国人的一生[M]. 朱建讯，朱晓宁，王赟，译. 北京：现代出版社，2014：168.

1869年，托尔斯泰经历了“阿尔扎玛斯的恐怖”，这场深刻的精神危机促使他开始反思人生意义。在作品《三死》《伊万·伊里奇之死》中，托尔斯泰明确围绕着“死亡”进行文学性的思辨。在长篇小说《战争与和平》《安娜·卡列宁娜》《复活》中，他对于死亡的思考更是隐蔽地散落在百万文字的书写之中。对生死的思考把托尔斯泰引向对人本体、信仰的思索，他试图找寻走出危机的道路。1877年，托尔斯泰开始将研究视野转向东方，关注老子的学说。1884年，对孔子的研究也进入了他的研究日历。他认为孔子的学说具有非常的道德高度，赞同孔子的中庸之道，认为孔子和老子一样都是顺应自然法则。

托尔斯泰一生都在进行精神探索，不断探寻人类精神危机的出路。为了找到出路和答案，他广泛接触社会，阅读大量哲学、历史书籍，试图从俄国文化中寻找生命的意义和俄国的出路。经过激烈的思想斗争，托尔斯泰形成了“托尔斯泰主义”，宣扬“道德自我完善”“勿以暴力抗恶”等思想，把对上帝的信仰和道德修养作为消除社会罪恶的解决方案。《战争与和平》肯定人民的爱国热忱，站在“宗法制农民”立场上，狠狠“撕下一切假面具”；《安娜·卡列宁娜》全面否定贵族，彻底暴露社会问题，肯定以列文为代表的乡村贵族的生活方式，宣扬宗法式家庭理想；《复活》批判贵族社会的腐败和整个国家机器和官方教会的黑暗，将小说中男女主人公的“复活”付诸“道德自我完善”的精神力量。

托尔斯泰坦言生命的奥秘可以从信仰中去寻求。他反对暴力革命，宣扬基督教的博爱和自我修身，要从宗教、伦理中寻求解决社会矛盾的道路。作为一个思想家与文学家，托尔斯泰深刻审视了俄国社会，展现了一个时代，而那些“重大问题”大多就是在“史诗风格的画面”中被艺术地提出来的。《战争与和平》《安娜·卡列宁娜》和《复活》是托尔斯泰全景式的史诗性叙事艺术的结晶，宏伟壮观的社会历史画面下凸显出他尊重人、重视人，以及对人心灵世界刻画的深刻性与真实性，也显现出他“心灵辩证法”的独特性。

老年托尔斯泰因强烈地感到，他所处的养尊处优生活和他所向往的远离世俗物欲的烦扰、致力于献身为他人服务的简朴生活是相矛盾的，从而陷入深深的痛苦中，无法自拔。加之日益恶化的家庭关系，82

岁的托尔斯泰在理想与现实的痛苦中于1910年11月20日秘密离家出走。托尔斯泰买了一张前往科泽利斯克的三等车票，踏上了前往奥普京修道院的旅程，伴他同行的是他的医生和小女儿亚历山德拉。24天后，因肺部感染托尔斯泰于阿斯塔波沃小车站溘然长逝，结束了一个文学时代。托尔斯泰的遗体被安葬在庄园的九棵橡树下，那里是他少年时代经常与兄长尼古拉玩耍嬉戏之地，也是他最终的归宿。这就是茨威格笔下"世间最美的坟墓"，只有一个被新鲜松枝覆盖着的长方形土丘，没有墓碑与十字架。但托尔斯泰在作品中跳动着的那颗正直无私、纯真善良的赤子之心在历史的殿堂中永存。

第二节 《安娜·卡列宁娜》赏析

说到俄国作家托尔斯泰，我们便会第一时间想到他笔下的女性人物安娜。说到安娜便想到小说《安娜·卡列宁娜》那句经典的开场语："幸福的家庭都是相似的，不幸的家庭各有各的不幸。"[①]《安娜·卡列宁娜》是托尔斯泰批判现实主义小说作品的代表作之一。与托尔斯泰同时代的伟大作家陀思妥耶夫斯基曾称赞这部作品是举世无双的精品。小说通过同名主人公安娜追求自由爱情的人生悲剧和乡村庄园主列文在农村危机下进行的农事改革与社会探索为两条线索平行叙述，形象展现了俄国从莫斯科到外省乡村广阔而丰富多彩的图景，这是一部百科全书式的小说，同时也揭露了托尔斯泰的文学观和世界观。

一、安娜的悲剧人生

安娜是小说中最光彩夺目的人物形象。她勇敢叛逆虚伪的上流社会、对爱情不屈的追求，犹如一束冲动的野火，烛照着整个俄国的文学画廊。遗憾的是，这样一位美丽的女子，在相继失去儿子和爱情后，再也无法在这个虚伪的社会中生活下去，绝望之余，她选择了卧轨自杀。是什么原因导致了安娜的悲剧人生呢?

---

① 托尔斯泰.安娜·卡列宁娜:上[M].周扬，谢素台，译.3版.北京:人民文学出版社，2002:3.

（一）性格与环境的对立

首先，从安娜这一人物形象自身性格上来看，她的人生悲剧是其充满生命意识的独立性格与窒息的社会环境之间产生尖锐冲突的必然结果。安娜性格中最突出的特点是强烈的生命意识。与苟活于虚伪社会道德体系下的传统温顺的上层贵妇人不同，安娜是一个充满激情与活力，敢于追求个性解放的贵族妇女形象。从小寄养在姑母家里的安娜，十七岁时，姑母自作主张把她嫁给了大她二十岁的省长卡列宁。在安娜眼中，丈夫卡列宁完全是一架官僚机器，一个醉心于功名的人，沽名钓誉、飞黄腾达是他一生追求的目标。他是一个虚伪冷酷的人，根本不懂什么是倾心相爱的情感，匮乏生命意识，不懂得爱情，自然也无法走进安娜的内心世界。空虚、窒息的婚姻死死遏制住了安娜的生命活力。因孩子谢廖沙的原因，安娜一直压抑自己的激情，空虚寂寞地生活。在火车站安娜与弗龙斯基的第一次邂逅，她那沉睡的爱和生命意识才被唤醒。小说通过弗龙斯基视角细描了安娜的眼睛，凸显了在那双“明亮的目光”下被压抑的生命意识。托尔斯泰还通过安娜最初的崇拜者——吉娣的视角再次凸显安娜的“充满生气”的气质——单纯、自然、雅致、快乐而充满生气。

安娜的身上总流露出一种发自内心对自由生活热切真诚的向往之情。与之相连的是她大胆反抗虚伪社会的勇气。她不愿意屈从于周遭自私伪善的上流社会及其虚伪的家庭道德，选择逢场作戏地苟活。当小说中写到弗龙斯基在赛马会上摔下马来，安娜因失声大叫而暴露了自己的情感之时，卡列宁认为安娜有失检点，强迫她提前退场。安娜无法忍受丈夫的虚伪与自私，大胆说出了自己的心声，她宣告自己爱上了弗龙斯基而憎恶卡列宁。在当时传统封建道德体系下的贵族妇女对丈夫说出这番话是需要勇气的。安娜厌恶虚伪与伪善，向往人与人之间纯真的和真正的关系，于是她才在爱情里付出了整个灵魂。遗憾的是，弗龙斯基在这份感情里的付出无法达到安娜要求的高度，只不过是情欲多于真情、虚荣多于真实、满足多于奉献而已。安娜自然、真诚、富有激情，有着迷人的美貌和丰富的精神世界，远高于当时一般的贵族妇女。对弗龙斯基的爱激起了安娜对真正有价值的生活的强烈渴望后，她再不愿像过去那样压抑地苟活，毅然决然地选择了爱情。这是觉醒中的安娜坚定的呼声。对一个独立生命体的生存本能而言，安娜对幸福生活的勇敢追求是合情合理的。

（二）上流社会虚伪的道德戕害

黑格尔将冲突的情境分为三种，即人与环境的冲突、人与社会关系的冲突，以及人与人之间精神伦理关系的冲突。在安娜的悲剧人生中，除了她对自由生活热切真诚的追求与虚伪的环境对立之外，安娜与上流社会虚伪的道德关系也发生了对峙。可以说是罪恶的环境与虚伪的道德观联合戕害了安娜。

安娜执着地追求爱情的自由。她爱上弗龙斯基后，脸上洋溢着幸福的光辉而且要把幸福传递给别人。她身上流露出一种纯真且发自内心对真正生活的热切向往之情，顽强反抗着平庸的、死气沉沉的现实环境。然而这种反抗本身破坏了传统男权社会的家庭道德，违背了所谓的上流社会的规则。小说借弗龙斯基的母亲道出，安娜真正的爱情才是其悲剧的罪魁祸首。此外，安娜的爱情还触犯了丈夫卡列宁的官场利益，这必然决定了安娜悲剧性的命运。但不可否认的是，安娜自我意识觉醒的背后是时代社会的进步，是个性解放的女性大胆追求生活权利的自发诉求，是对束缚女性的封建道德观和宗法制度的大胆挑战。从这个角度而言，安娜这位女性形象确实是一个走在时代前列的贵族妇女。性格正直坦率的安娜决意大胆追求爱情，对抗虚伪的上流社会，却遭到了来自宗教、法律、政治等方面的强烈谴责。上流社会拒绝接受这个"坏女人"，认为安娜作为有夫之妇，与弗龙斯基公开非法同居，违背了上流人士的家庭道德，即便当时贵妇人的私通只不过是公开的秘密而已。作为一个母亲，安娜因抛弃儿子，与情人一起出国旅行，遭到了上流社会家庭伦理舆论的打压，指责她为了"卑鄙的情欲"而不顾家庭的责任。

（三）安娜自身矛盾的性格使然

一方面，安娜是一个传统贵族女性，她为情出走，追求个性解放，振臂高呼要撕破这虚伪的网，她敢于反抗充满欺骗与虚伪的上流社会；另一方面，安娜并非一个具有现代女性意识的卫士，她始终挣脱不了上流社会从法律、宗教、舆论等方面附加在她精神上的枷锁。

在短暂享受了爱的幸福与生活的欢乐之后，随着时间的推移，安娜对儿子的牵挂、愧疚与罪恶感以及负荷着传统道德的规约带来的恐惧感愈演愈深，这使她在个性解放与传统道德之间垂死挣扎。这种内心痛苦矛盾说明了她所追求的爱情的脆弱性，也是导致她精神分裂、最终走向毁灭的内在原因。失去一切的安娜绝望地想在弗龙斯基身上找回最初的爱，但弗龙斯基虽爱她，却达不到她理想爱情的高度，反而开始厌恶、疏远、逃离她，把她推向了悲伤与绝望的境地，最终安娜走上了卧轨自杀之路。被逼上了悲剧绝境，安娜控诉这周遭的一切：全是虚伪、谎话、欺骗和罪恶。从根本上说，上流社会对安娜产生了一种精神上的折磨和无形的压抑感。安娜的悲剧是由那个罪恶的社会造成的。

值得注意的是，安娜的悲剧人生侧面反映了作家托尔斯泰的妇女观。在创作小说《安娜·卡列宁娜》之前，托尔斯泰在《论婚姻和妇女的天职》中认为繁衍后代是女性的天职。显然，按照托尔斯泰的观点，安娜是一个不完美的妇女，因为她将个人的幸福放置于繁衍这一天职之上，不仅抛弃了深爱的儿子，并且在为弗龙斯基生育一女后，也不打算生孩子了。如此看来，托尔斯泰对安娜的态度已经早有预设，给她安排这样的悲剧人生与结局也是预料之中。

二、从安娜的悲剧人生看“托尔斯泰主义”

值得关注的是，安娜的悲剧命运充分体现了作家托尔斯泰的“托尔斯泰主义”。这部小说的创作始于 1870 年，而到 1873 年托尔斯泰才开始动笔。小说创作于他一生中精神困顿的时期。托尔斯泰用短短 50 天写就，却用了整整 4 年时间来修改这部小说。小说主人公安娜由创作之初的一个“失足女人”最终塑造成一个敢于追求真正爱情的、颇具个性解放色彩的独立女性。其实，我们从托尔斯泰秉持的“托尔斯泰主义”可以得知，爱仅仅是人心灵的一种本质的天性。作家托尔斯泰将这种基督教式的爱与人的信仰紧密联系在一起，因而，笔下的人物都在追寻一种基督教式的爱，一种与其他人之间的关联性，而这种关联性则赋予了个体生存意义上的价值与目标。这就是为什么当安娜陷入被孤立后只能依靠自己的境地时，注定要在托尔斯泰营造的世界中结束自己的生命。

从小说《安娜·卡列宁娜》中，我们也看到了托尔斯泰对复杂人性的剖析，托尔斯泰认为安娜不可避免走向死亡，是因为她无法摆脱出“人性”——双重性的矛盾状态。小说中列文和安娜人生的对比就很好地印证了托尔斯泰的这一思想：列文在虚无主义、悲观主义的深渊中苦苦挣扎，最终在农民弗克尼奇身上领悟了生活的意义。就这样，列文获得了精神上的新生，与妻子在庄园中宁静幸福地生活。此外，托尔斯泰对安娜这一人物既同情又谴责的矛盾态度也折射出俄国文化在本能与信仰之间的断裂性。正如俄国思想家别尔嘉耶夫所认为的，俄国民族性格中存在着深刻的“两极性”和“矛盾性”，是一个“分裂性”的民族。一方面托尔斯泰肯定了安娜的追求合乎自然人性，是合理的；另一方面，从宗教伦理道德观来看，安娜对爱情生活的追求蕴含放纵情欲的成分，又是缺乏理性的。所以托尔斯泰同情安娜的遭遇，一方面不无肯定地描写她自我意识和生命意识的觉醒以及对自由爱情的追求，另一方面又让安娜带着负疚感、罪恶感的痛苦走向死亡。安娜的追求尽管有合乎善与人性的一面，但离善与人性的最高形式“爱他人，为他人而活着”，还有距离。这就是托尔斯泰对安娜持矛盾态度的根本原因。

思考题

1. 试分析《安娜·卡列宁娜》中安娜悲剧的原因。

2. 简述《安娜·卡列宁娜》的艺术特征。

3. 请结合《安娜·卡列宁娜》，分析托尔斯泰的“心灵辩证法”是如何运用的。

推荐阅读图书

1. 托尔斯泰. 安娜·卡列宁娜[M]. 周扬，谢素台，译. 3版. 北京：人民文学出版社，2002.

2. 吴泽霖. 托尔斯泰和中国古典文化思想[M]. 北京：生活·读书·新知三联书店，2017.

附　录　《安娜·卡列宁娜》精彩篇章选读[①]

第二部

八

阿列克谢·亚历山德罗维奇看见他妻子和弗龙斯基坐在另外一张桌旁，热烈地在谈着什么，并不觉得有什么希罕[②]和有失体统的地方；但是他注意到客厅里旁人都觉得这有点离奇和有失体统，因此他也感觉得有失体统了。他决心要和妻子谈一谈这件事。

回到家，阿列克谢·亚历山德罗维奇照常走进书房，坐在安乐椅上，拿起一本关于罗马教的书，在他夹了一把裁纸刀的地方打开，一直读到一点钟，正如他平常一样；但是他不时地揉擦着他高高的前额，摇着头，好像在驱除什么似的。在惯常的时间，他站起身来，梳洗了一下预备就寝。安娜还没有回来。他腋下挟着一本书，走上楼去；但是今晚，他的思想不像平素那样对公务加以深思熟虑，却被他妻子和与她有关的某种不愉快的事情占据了。违反他平常的习惯，他没有去睡，却倒背着两手开始在房里踱来踱去。他不能够睡觉，感觉到他无论如何得先把这新发生的情况仔细考虑一番。

当阿列克谢·亚历山德罗维奇决心要和他妻子谈这件事时，那似乎是一件极其容易和简单的事情；但是现在，他一开始考虑这新发生的情况，他就觉得这是非常复杂和困难的了。

阿列克谢·亚历山德罗维奇并不嫉妒。嫉妒，照他的看法，是对于自己妻子的侮辱，人应当信赖自己的妻子。至于为什么应当信赖——就是说，完全相信他的年轻妻子会永远爱他——他可没有问过自己；但是他从来没有体验过不信赖的心情，因为他一向信赖她，而且对自己说过他应当那样。虽然他一向以为嫉妒是一种可耻的感情，应当信赖人，他的这种信念到现在还没有打破，但是他感觉到他正面对

---

① 托尔斯泰.安娜·卡列宁娜：上[M].周扬，谢素台，译.3版.北京：人民文学出版社，2002：187-209.

② 同“稀罕”。

着什么不合理的荒谬的现实，不知道如何是好。阿列克谢·亚历山德罗维奇正面对现实，面对着妻子有爱上另一个男子的可能，这在他看来是非常荒谬和不可思议的，因为这就是生活本身。阿列克谢·亚历山德罗维奇一生都在和生活的反映发生关系的官场中做工作。而每一次他与现实发生冲突的时候，他就逃避现实。现在他体验到一种心情，仿佛一个人泰然自若地走过深渊上的桥梁，突然发觉桥断了，下面是无底深渊。那深渊就是现实本身，而桥梁就是阿列克谢·亚历山德罗维奇所过的那种脱离现实的生活。他的妻子有爱上别人的可能，这问题第一次浮上了他的心头，他不禁毛骨悚然了。

他没有脱衣服，只是迈着平稳的步伐在点着一盏灯的餐厅的咯吱作响的镶花地板上，在幽暗的客厅——那里灯光仅仅反射在挂在沙发上面他自己的那幅大的新画像上面——的地毯上来回走着，于是又走过她的房间，那里点着两支蜡烛，照耀着她的亲戚和女友们的画像，和她的写字台上他早就熟悉的精美[1]小玩意。他穿过她的房间到了寝室门口，又往回走。

他每次走来走去，特别是走在灯光辉煌的餐厅的镶花地板上时，他就站住对自己说："是的，这事一定要解决和加以制止；我一定要表示我对这事的意见和我的决心。"于是他又往回走。"可是表示什么——什么决心呢？"他在客厅里自言自语说，得不出答案。"但是到底，"他在转回她的房间之前问自己，"发生了什么呢？没有什么。她和他谈了好久，但是那有什么呢？社交界的妇人高兴和谁谈就可以和谁谈话。而且，嫉妒会贬低我自己和她。"他在走进她的房间时对自己说；但是这个格言，以前他曾那么看重的，现在已经没有一点分量，没有一点意义了。他到了寝室门口又转回来，但是他一走进幽暗的客厅，某种内心的声音就对他说事情并不这样简单，如果旁人都已注意到了，那就可见有些蹊跷。于是他又在餐室里暗自说："是的，这事一定要解决和加以制止，表示我对这事的意见……"而在客厅转角处他又问自己："怎样解决呢？"于是他又问自己："发生了什么事呢？"于是回答："没有什么。"并且想起了嫉妒是一种侮辱他妻子的感情；但是在

① 应为"精美的"。

客厅里他又相信有什么事情发生了。他的思想,像他的身体一样,兜着大圈子,碰不见一点新的东西。他意识到这一点,揉了揉前额,在她的房间里坐下来。

在那里,望着她的桌子,上面摆着带着吸墨纸的孔雀石文件夹和一封没有写完的信,他的思想突然变了。他开始想她的事,想她有些什么思想和感觉。他第一次在自己心中生动地描绘着她的个人生活、她的思想、她的愿望,他也想到她可能并且一定会有她自己特殊的生活,这念头在他看来是这样可怕,他连忙驱除掉这个念头。这是他惧怕窥视的深渊。在思想和感情上替别人设身处地着想是同阿列克谢·亚历山德罗维奇格格不入的一种精神活动。他认为这种精神活动是有害的和危险的想入非非。

"最糟糕的是,"他想,"恰好在现在,正当我的事业快要完成的时候(他在想他当时提出的计划),当我正需要平静的心境和精力的时候,正当这个时候这种无聊的烦恼落到我的身上。可是有什么办法呢?我不是那种遇到麻烦和烦恼,却没有勇气正视它们的人。"

"我得考虑一下,作出决定,然后就不再把它放在心上。"他大声说。

"她的感情问题,她心里产生了,或许正在产生什么念头的问题,不关我的事;这是她的良心问题,属于宗教范畴,"他自言自语说,意识到他找到了新发生的情况可以划入的正式范畴,而聊以自慰了。

"所以,"阿列克谢·亚历山德罗维奇又自言自语,"她的感情问题是她的良心问题,那和我不相干。我的义务是明确规定好的。作为一家之主,我是有义务指导她的人,因而我要对她负一部分责任;我应当指出我所觉察到的危险,警告她,甚至行使我的权力。我得明白地跟她说。"

于是今晚将要对他妻子说的话在阿列克谢·亚历山德罗维奇的脑海里很明确地形成了。他一面考虑他将要说的话,一面又有几分惋惜自己不能不为家务事而无形中耗费自己的智力和时间;但是,虽然这样,摆在他眼前的措辞形式和顺序已像政府报告一样明了清晰地在他的脑海里形成了。"我要充分说明下面几点:第一,说明舆论和体面的重要;第二,说明结婚的宗教意义;第三,如果必要,暗示我们的儿子可能遭到的不幸；第四，暗示她自己可能遭到的不幸。”于是，十指交叉着，手心朝下，阿列克谢·亚历山德罗维奇扳直手指，指关节哔剥地响了。

这种把手指交叉弄得哔剥作响的动作，这种坏习惯常常使他镇定下来，使他恢复了他现在那么需要的清醒的理智。听到马车驶到前门的声音，阿列克谢·亚历山德罗维奇在房间的中央站住。

可以听到一个女人走上楼梯的脚步声。阿列克谢·亚历山德罗维奇，准备发表意见，站在那里紧压着交叉的手指，等待着会不会再发出哔剥声。一个关节哔剥地响了。

由楼梯上轻微的脚步声，他就感觉到她已走近，虽然他对他[①]的言辞很满意，但是他对于迫在眉睫的说明感到恐惧……

九

安娜垂着头，一面摩弄着头巾的缨络[②]走进来。她容光焕发；但这不是欢乐的光辉，它使人想起黑夜中大火的可怕的红光。看见她丈夫，安娜抬起头，微笑着，好像从梦中醒来一样。

“你还没有睡？奇怪！”她说，脱下头巾，没有停住脚步，一直向化妆室走去。“该睡觉了，阿列克谢·亚历山德罗维奇，”她走过门口的时候说。

“安娜，我有话要和你谈谈。”

“和我？”她吃惊地说，从梳妆室门里走出来，朝他望着。“哦，什么事？谈什么？”她问，坐了下来。“哦，要是那么必要，我们就谈谈吧。不过还是去睡的好。”

安娜说这话是随口而出的，她自己听了，都非常惊异自己说谎的本领。她的话多么简单而又自然，她多么像只是要睡啊！她感到自己披上了虚伪的难以打穿的铠甲。她感到像有某种无形的力量正在帮助她和支持她。

“安娜，我必须警告你，”他开口了。

“警告我？”她说。“什么事？”

---

① 应为“她”。

② 同“璎珞”。

她这么单纯，这么快活地望着他，要是换了一个不像她丈夫那样了解她的人，无论在声调和她这句话的意思上，谁都看不出有什么不自然的地方。但是他了解她，知道每当他比平常迟上床五分钟她就会立刻注意到，而且问他理由；知道她每逢有欢喜、快乐和愁苦就立刻向他诉说；而现在看到她不顾他的心情，也不愿说一句关于她自己的话，这在他看来可非同小可了。他看到，她的灵魂深处，一直是向他开放的，现在却对他关闭起来。不仅这样，他从她的声调听出来她并没有为这事情感到羞愧不安，而只是好像直截了当地在对他说："是的，它关闭起来了，这不能不这样，而将来也还要这样。"现在他体验到某种心情，就像一个人回家，发觉自家的门上了锁的时候所体验的一样。"但是也许还可以找到钥匙。"阿列克谢·亚历山德罗维奇想。

"我要警告你，"他低声说，"由于不小心谨慎，你会使自己遭受到社会上的非议。今晚你和弗龙斯基伯爵（他坚决地、从容不迫地说出这个名字）的过分热烈的谈话引起了大家的注意。"

他一边说着，一边望着她那双正以神秘莫测的神色使他惊骇的含笑的眼睛，而且他一面说话，一面感到他的话是白费口舌。

"你老像那样，"她回答，好像完全不了解他，故意装出只听懂了他最后一句话的模样。"有的时候你不喜欢我沉闷，有的时候你又不喜欢我活泼。我不沉闷。这使你生气了吗？"

阿列克谢·亚历山德罗维奇颤抖着，弯曲他的两手使关节哔剥地响着。

"哦，请别弄出响声来，我不喜欢这样。"

"安娜，你这样吗？"阿列克谢·亚历山德罗维奇说，镇静地抑制住自己，止住手指的动作。

"但是到底是怎么一回事？"她带着那样纯真和戏谑的惊异神情问。"你要我怎样呢？"

阿列克谢·亚历山德罗维奇沉吟了一会儿，揉了揉前额和眼睛。他看到他并没有照他所想的那样做，就是说，警告他的妻子不要在众目睽睽之下犯了过失，却因为牵涉到她的良心问题而不觉激动起来，正在和他虚构出来的某种障碍斗争。

"这就是我打算对你说的，"他冷淡而又镇静地说，"我求你听一听。你也知道我认为嫉妒是一种屈辱而卑劣的感情，我决不会让自己受它支配；但是有些礼法，谁要是违犯[1]了就一定要受到惩罚。今晚注意到这事的倒不是我，但是从众人心目中引起的印象来判断，每个人都注意到你的举止行动很不得体。”

“我简直不明白，”安娜说，耸耸肩膀。“他并不在乎，”她想。“但是别人注意到这个，这才使他不安了。”“你身体不舒服吧，阿列克谢·亚历山德罗维奇，”她补充说，她站起身来，要向门口走去，但是他向前走了两步，好像要拦住她似的。

他的面孔是丑陋阴沉的，安娜从来没有见过他这种模样。她停住脚步，把头仰起来，歪在一边，用敏捷的手开始取下发针。

“哦，我在听，还有些什么，”她平静而讥讽地说。“我甚至在热心地听，我倒想知道是怎么回事呢。”

她说着，她说话的那种确信、平静而又自然的语气和她的措辞用语的得体口吻，使她自己都很惊异。

“我没有权利[2]来追究你的感情，而且我认为那是无益而且甚至有害的，”阿列克谢·亚历山德罗维奇又开口了。“挖掘自己的心，我们常常挖掘出最好是应该加以忽视的东西。你的感情是你的良心问题，但是向你指出你的职责所在，却是我对你，对我自己，对上帝的责任。我们的生活，不是凭人，而是凭上帝结合起来的。这种结合只有犯罪才能破坏，而那种性质的犯罪是会受到惩罚的。”

“我一句都不明白。啊呀！我的天，我多么想睡呀！”她说，迅速地用手摸摸头发，摸索着剩下的发针。

“安娜，看在上帝面上，不要像那样说话吧！”他温和地说。“也许我错了，但是相信我，我说这话，不光是为了自己，也是为了你。我是你的丈夫，我爱你。”

她的脸马上就沉下来，眼睛里的嘲弄的光芒也消失了；但是“爱”这个字眼却又激起了她的反感。她想：“爱？他能够爱吗？假使他没有听到过有爱这么一回事，他是永远不会用这个字眼吧。爱是什么，他连知都不知道呢。”

---

① 同“违反”。

② 同“权力”。

"阿列克谢·亚历山德罗维奇，我真不明白，"她说。"请把你感到的明白说出来吧……"

"对不起，让我通通说完吧。我爱你。但是我不是在说我自己；关于这件事，最重要的人是我们的儿子和你自己。我再说一遍，我的话在你看来也许是完全不必要的而且不适宜的；也许这只是出于我的误会。如果是那样，那就请你饶恕我。不过假使你自己意识到还有丝毫的根据，那么我就请你想一想，而且假如你的良心驱使你的话，就把一切都告诉我……"

阿列克谢·亚历山德罗维奇不自觉地说了和他原来准备好的完全两样的话。

"我没有什么可说的。而且，"她匆忙地说，好容易忍住没有笑出来，"实在该睡了。"

阿列克谢·亚历山德罗维奇叹了口气，没有再说什么，就走进寝室去了。

当她走进寝室的时候，他已经上床了。他的嘴唇严厉地紧闭着，他的眼睛避开她。安娜躺在自己的床上，时刻等待着他再开口和她说话。她害怕他说话，同时却又希望他说话。但是他却沉默着。她一动也不动地等待了好久，而终于忘掉他了。她想到了另一个；她看见他，而且感觉到她一想到他，她的心就洋溢着感情和有罪的喜悦。突然她听到了安谧、平稳的鼾声。最初一瞬间，阿列克谢·亚历山德罗维奇好像被自己的鼾声吓醒了，停止了；但是在两次呼吸之后，鼾声又响起来了，带着一种新的平静的节奏。

"迟了，已经迟了，"她微笑着低声说。她睁着眼睛，一动不动地躺了好久，她几乎感觉到她可以在黑暗中看见她自己眼睛的光芒。

一〇

从此阿列克谢·亚历山德罗维奇和他的妻子开始了新的生活。没有发生什么特别的事情。安娜照常出入社交界，到贝特西公爵夫人那里去的次数格外频繁了，而且到处都遇得见弗龙斯基。阿列克谢·亚历山德罗维奇看到这种情况，但是没有办法。他想要和她开诚相见的一切努力，都被她用一道他不能穿透的、愉悦的迷惑的壁垒挡住了。

表面上一切都照旧，但是他们内在的关系完全变了。阿列克谢·亚历山德罗维奇，一位在政界那么有力的人物，在这方面却感到自己束手无策了。像一条公牛一样垂着头，他服服帖帖地等待着他已感到举在他头上的利斧。每次他一想到此事，他就感觉到他应当再试一次，还有希望用亲切、温情和劝说来挽救她，使她醒悟，因此他天天准备和她谈话。但是每次他开始和她谈话，他就感觉到支配着她的那种恶意和虚伪也支配了他，他和她所说的话完全不是他所想要说的，语调也不是他所想要用的。他和她说话的时候不由自主地用了他素常的那种语调，那是用来嘲笑任何想说他现在这种话的人。用那种语调，要说出他必须对她说的话是不可能的了。

……………………………………………………………………………………

……………………………………………………………………………………

一一

有一个欲望几乎整整一年是弗龙斯基生活中唯一无二的欲望，代替了他以前的一切欲望；那个欲望在安娜是一个不可能的、可怕的、因而也更加迷人的幸福的梦想；那欲望终于如愿以偿了。他脸色苍白，下颚发抖地站在她面前，恳求她镇静，自己也不知道为什么或是怎样才能使她镇静。

“安娜！安娜！”他用战栗的声音说，“安娜，发发慈悲吧……”

但是他越大声说，她就越低下她那曾经是非常自负的、快乐的、现在却羞愧得无地自容的头，她弯下腰，从她坐着的沙发上缩下去，缩到了地板上他的脚边；要不是他拉住的话，她一定扑跌在地毯上了。

“天呀！饶恕我吧！”她抽抽噎噎地说，拉住他的手紧按在她的胸口。

她感觉到这样罪孽深重，这样难辞其咎，除了俯首求饶以外，再没有别的办法了；而现在她在生活中除了他以外再没有别的人，所以她恳求饶恕也只好向他恳求。望着他，她肉体上感到她的屈辱，她再没有什么话好说了。他呢，却觉得如同一个谋杀犯看见被他夺去生命的尸体时的感觉一样。那被他夺去生命的尸体就是他们的恋爱，他们的恋爱的初期。一想起为此而付出的羞耻这种可怕的代价,就有些可怖和可憎的地方。由于自己精神上的赤裸裸状态而痛切感到的羞耻之情,也感染了他。但是不管谋杀者对于遭他毒手的尸体感到如何恐怖,他还是不能不把那尸体砍成碎块,藏匿起来,还是不能不享受通过谋杀得来之物。

于是好像谋杀犯狂暴地、又似热情地扑到尸体上去,拖着它,把它砍断一样,他在她的脸上和肩膊[①]上印满了亲吻。她握住他的手,没有动一动。是的,这些接吻——这就是用那羞耻换来的东西。是的,还有一只手,那将永远属于我了……我的同谋者的手。她举起那只手,吻着它。他跪下去,竭力想看她的脸;但是她把脸遮掩起来,没有说一句话。终于,好像拚命[②]在控制住自己,她站起来,推开他。她的脸还是那样美丽,只是显得更加惹人爱怜[③]了。

"一切都完了,"她说。"除了你我什么都没有了。请记住这个吧。"

"我不会不记住那像我的生命一样宝贵的东西。为了一刹那这样的幸福……"

"什么样的幸福啊!"她带着恐怖和厌恶说,她的恐怖不知不觉地感染了他。"发发慈悲,不要再说,不要再说了吧。"

她迅速地立起身来,避开了他。

"不要再说了吧,"她重复说,带着他所不能理解的冷冰冰的绝望表情,她离开了他。她感觉此时此刻她不能把她踏进新生活时所感到的羞耻、欢喜和恐怖用言语表达出来,而且她也不愿意说,不愿意用不适当的言语把这种感情庸俗化。但是往后,到第二天和第三天,她不仅找不出言语来表达她那千头万绪的心情,而且她甚至也找不出可以明确地反映出她心中所想的一切的思路。

她对自己说:"不,现在我不能够考虑,等到以后,我平静一点的时候再说吧。"可是这种平静的心情永远没有到来;每当她想到她做了什么,她会遭遇到什么,以及她应当做什么的时候,一种恐怖感就袭上心

① 同"肩膀"。
② 同"拼命"。
③ 同"怜爱"。

头，于是她就把这些思想驱除掉。

“以后，以后，”她说，“当我平静一点的时候再说吧。”

但是在梦里，当她控制不住自己的思想的时候，她的处境就十分丑恶地、赤裸裸地呈现在她眼前。一个同样的梦几乎每夜都缠着她。她梦见两人同时都是她的丈夫，两人都对她滥施爱抚。阿列克谢·亚历山德罗维奇哭泣着，吻着她的手说：“现在多么好呀！”而阿列克谢·弗龙斯基也在那里，他也是她的丈夫。她非常诧异她以前怎么会觉得这是不可能的，而且笑着向他们说明这样真是简单得多了，现在他们两人都快乐和满足。但是这个梦像噩梦似地[1]使她难受，她吓醒了。

一二

从莫斯科回来的头几天，每当列文想起他遭到拒绝的耻辱而浑身战栗，满脸通红的时候，他就对自己说：“我从前因为物理考试不及格而留级的时候，我以为自己的一生完了，也是这样发抖和红脸的；我办错了姐姐托我办的事情，我照样也以为自己完全不中用了。可是怎样了呢？现在过了几年，我回想起这些来，就奇怪当时怎么会使我那样痛苦。这场苦恼结果也会如此的。过些时候，我对于这个也就会释然于心了。”

但是三个月已经过去，他对于这事还是不能释然于心，他想起这事还是和前些日子一样痛苦。他不能平静，因为他梦想了那么久的家庭生活，而且感觉到自己早就到了可以成家的年龄，他却依旧没有娶妻，而且离结婚更加遥远了。他自己痛苦地感觉到，就像他周围所有的人感觉一样，他这样年龄的男子是不宜于独身的。他记起了去莫斯科之前有一次怎样对他的牧人尼古拉，一个他乐意攀谈的心地单纯的农民说：“哦，尼古拉！我打算结婚哩，”而尼古拉又怎样像谈一件毫无疑问的事一样迅速地回答：“也是时候了呢，康斯坦丁·德米特里奇。”但是现在结婚越发遥遥无期了。位子本来已经有人占据了，现在当他在想象中试着把他所认识的任何一个女子摆在那个位子上时，他总觉得那是完全不可能的。而且一回想起他遭到的拒绝和他在这事件中

① 同“似的”。

所扮演的角色，他就羞愧得痛苦不堪。尽管他常常对自己说这并不能怪罪自己，但是这个回忆，就像其它[①]类似的屈辱往事一样，使他心痛和脸红。他的过去，就像每个人的过去一样，有他自认很不好的行为，他应当受良心的谴责；但是回想起那些恶劣行为并没有像回忆起这些虽然琐细但是屈辱的往事使他这么痛苦。这些创伤从没有平复。除了这些往事，现在还有他遭到拒绝和那晚他在众人眼中呈现的可怜相。但是时间和工作起了作用。悲痛的记忆渐渐地被田园生活中的小事——那在他看来是微不足道、但实际上是重要的事务——掩盖住了。他想念基蒂的时候一星期少似一星期。他在急不可耐地期待着她已经结婚或行将结婚的消息，希望这样的消息会像拔掉一颗病牙一样完全治好他的隐痛。

这其间，春天到了，明媚而又温和，不像春天素常那样拖延时日和变幻莫测，是一个草木、动物和人类皆大欢喜的少有的春天。这明媚的春天更鼓舞了列文，加强了他抛弃过去的一切，坚定而独立地安顿他独身生活的决心。虽然他回到乡下时所抱的许多计划都没有实行，但是他最重要的决心——力求纯洁的决心——他已遵守了。他没有感到每次失败之后照例使他苦恼的那种羞耻之念，他能够正视所有的人。二月间，他接到玛丽亚·尼古拉耶夫娜一封信，说他哥哥尼古拉的健康越来越坏，但是他不愿医治，由于这封信的缘故，列文到莫斯科去看望他哥哥，总算说服了他去看医生，并且到国外海水浴场转地疗养。他这样成功地说服了哥哥，还借了路费给他。而没有惹他生气，他自己对这件事感觉到非常得意。除了春天需要特别注意的农事以外，除了读书以外，列文在那个冬天还着手写了一部论述农业的著作，企图阐明在农业中劳动者的性质与气候和土壤一样，同为绝对的因素，因而农业学的一切原理不单应当根据土壤和气候这两项因素，而且要根据土壤、气候和劳动者这三个因素的某种一成不变的性质推定出来。所以，虽然孤独，或者正因为孤独，他的生活是格外充实的；只是间或，他感到一种不满足的欲望，就是想把萦绕在他脑际的思想告知阿加菲娅·米哈伊罗夫娜以外的什么人，虽说他和她也时常谈论物

① 同“其他”。

理学、农业原理，尤其是哲学；哲学是阿加菲娅·米哈伊罗夫娜爱好的话题。

春天姗姗来迟。大斋期最后两三个星期天气一直是晴朗而严寒的。白天，在阳光下温暖得可以融解冰雪，但到了晚间，却冷到零下七度。雪面上冻结了一层厚冰，以致他们可以坐着车在没有路的地方走过。复活节的时候还是遍地白雪。但是突然之间，在复活节第二天刮了一阵暖和的风，乌云笼罩大地，温暖、猛烈的雨倾泻了三天三夜。到礼拜四，风平息下来了，灰色的浓雾弥漫了大地，好像在掩蔽着自然界变化的奥秘一样。在浓雾里面，水流淌着，冰块坼裂和漂浮着，溷浊[①]的、泡沫翻飞的急流奔驰着；在复活节一周后的第一天，傍晚时候，云开雾散，乌云分裂成朵朵轻云，天空晴朗了，真正的春天已经来临。早晨，太阳灿烂地升起来，迅速地融解了覆盖在水面上的薄薄冰层，温暖的空气随着从苏生的地面上升起来的蒸汽而颤动着。隔年的草又返青了。鲜嫩的青草伸出细微的叶片；雪球花和红醋栗的枝芽，和桦树的粘性[②]嫩枝都生机勃勃地萌芽了；一只飞来飞去的蜜蜂正围绕着布满柳树枝头的金色花朵嗡嗡叫着。看不见的云雀在天鹅绒般绿油油的田野和盖满了冰雪的、刈割后的田地上颤巍巍地歌唱着；田凫在积满了黄褐色污水的洼地和沼泽上面哀鸣；仙鹤和鸿雁高高地飞过天空，发出春的叫喊。脱落了的毛还没有全长出来的家畜在牧场上吼叫起来；弯腿的小羊在它们那掉了毛的、咩咩叫着的母羊身边欢蹦乱跳；敏捷的小孩在印满了赤脚痕迹的干巴巴的路上奔跑，可以听见在池旁浣衣的农妇们快活的闲谈声，和农民们在院子里修理犁耙的斧声。真正的春天已经来临了。

一三

列文穿上大长靴，第一次换下皮大衣，穿起呢外套，去视察农场，涉过在太阳光里令人目眩的溪流，一会儿踩在冰上，一会儿又陷进胶泥里。

春天是计划和设计的时节。当列文走到农场的时候，他好比春天

① 同“混浊”。
② 同“黏性”。

的一棵树，不知道向何处及如何伸展它那含苞的嫩枝和幼芽，他也不十分知道现在要在他所喜爱的农事上做些什么，但是他感觉得他有满腹绝妙的计划和设计。首先他就去看家畜。母牛已经放进围场，它们身上闪耀着春天新换的、光滑的毛，晒着太阳，哞叫着要到草地上去。列文叹赏地凝视着这群母牛，它们的情况他一点一滴都知道得清清楚楚的，于是吩咐把它们放到草地上去，小牛放进围场里。牧人们高高兴兴地跑去准备到草地上去。牧牛的妇女们提着裙子，迈动那还没有被太阳晒黑的白嫩的赤脚溅起泥浆跑过去，手里拿着树枝，追逐那群因为春天来临而欢喜若狂的小牛。

叹赏了一番今年生下的格外优良的小牛之后——早先生的小牛有农民的母牛那么大，而帕瓦的女儿才三个月就已经有一岁牛犊那么大了，——列文吩咐把槽搬到外面去，在围场里喂它们干草吃。但是结果发现因为围场在冬天没有使用过，秋天修筑的木栏已经坏了。他差人去叫木匠，本来照他的吩咐，木匠该制造打谷机了。但是结果木匠还在修理耙，而耙原来应该在大斋期之前就修理好的。这可使列文非常恼怒。农事上这种永远懒懒散散的现象，他曾竭尽全力和它斗争了那么多年，现在还要遇到，真是恼人。他查明了木栏因为冬季不用，搬进了耕马的马厩里，丢在那里弄坏了，因为它们只是围小牛用的，做得并不牢固。此外，看来同样分明是：耙和一切农具。他原来吩咐了在冬季检查和修理，而且为了这个目的才特地雇了三个木匠来的，却也没有修好，现在到了该耙田的时候，却还在修理耙。列文差人叫管家来，但是立刻又亲自去找他。管家，像那天所有的人一样容光焕发，穿着羊皮镶边的皮袄，从打谷场走出来，把手里拿着的一小根干草折断。

“为什么木匠没有做打谷机？”

“啊，我昨天就要告诉您的，耙需要修理。您要知道，是耙田的时候了哩。”

“那么冬天做什么去了呢？”

“可是您要木匠来做什么？”

“小牛围场的木栏放到什么地方去了？”

“我吩咐他们搬到原来的地方。这些农民你拿他们真没有办法呢！”管家说，挥了挥手。

“没有办法的倒不是那些农民，而是这位管家！”列文说，冒起火来了。“请问我雇了您来做什么的？”他叫嚷着；但是一想这话说也无益，他说了一半就住口了，只是叹气。“哦，怎么样？可以开始播种了吗？”他停了停之后又问。

“在土耳钦那边，明后天就可以开始了。”

“苜蓿呢？”

“我派瓦西里和米什卡去了；他们此刻正在播种。只是我不知道他们做不做得完；地面是那么泥泞。”

“有多少亩？”

“六俄亩[①]光景。”

“为什么不全部播了种？”列文嚷着。

仅仅播种了六俄亩苜蓿，没有把二十俄亩全部播上，这件事更使他恼怒了。苜蓿，按照理论和他自身的经验，除非是尽早地几乎趁着冰雪未化的时候就播了种，否则决不会[②]有好收成。可是这事列文却从没有办到过。

“再也没有人好差遣了。这班人您拿他们有什么办法呢？三个没有来。还有谢苗………”

“那么，你该把稻草的事先搁一搁呀。”

“我事实上已经这样做了。”

“那么人到哪里去了呢？”

“五个人在调制康波特[③]（他是说康波斯特），四个人在翻燕麦，怕它发霉，康斯坦丁·德米特里奇。”

列文十分明白“怕它发霉”这话的意思就等于说他的英国燕麦种已经糟蹋了。他们又没有照他所吩咐的那样去做。

“啊唷，我在大斋期前就对你说了要安通风筒，”他叫嚷起来了。

“您不要担心吧，我们终会把一切办理妥当的。”

---

① 1俄亩≈10 900平方米。

② 同“绝不会”。

③ 康波特是蜜饯水果，康波斯特是混合肥料，他把康波斯特误说成康波特，混合肥料就变成蜜饯水果了。

列文愤怒地挥了挥手，走进谷仓，先去察看燕麦，然后又回到马厩那里。燕麦还没有损坏。但是雇工们用铲子翻动燕麦，他们原本可以直接把燕麦倒进底下的谷仓去的；吩咐了这样做，并且从这里拨了两个工人去帮助播种苜蓿，列文对管家也就息怒了。真的，这样天清气朗的日子，人是不能够生气的。

"伊格纳特！"他向那卷起袖子在井边刷洗马车的车夫叫着，"给我备马……"

"哪一匹，老爷？"

"哦，就科尔皮克吧。"

"好的，老爷。"

当他们备马的时候，列文又把在他面前转来转去的管家叫过来，为了跟他言归于好，和他谈起迫在眉睫的春天的工作和农事上的计划。

"运送肥料得趁早动手，好在第一趟刈草之前把一切做完。远处的田地要不断地犁耕，好把它留作休耕地。刈草全部不按对分制[①]，而是雇人给现钱。"

管家注意地听着，而且显然竭力想要赞成主人的计划；但是他仍然露出列文非常熟悉的那种常使他激怒的神情，一种绝望和沮丧的神情。那神情好像是在说："这一切都不错，只是要看天意如何。"

再没有比这种态度更使列文痛心的了。但这正是他雇用过的所有管家的共同的态度。他们对于他的计划都采取这样的态度，所以现在他已不再因此生气，而只是痛心，感觉得更加振奋起来，要和这种老是和他作对的自然力斗争，这种自然力就是所谓"要看天意如何"。

"要是我们来得及的话，康斯坦丁·德米特里奇，"管家说。

"你们怎么会来不及呢？"

"我们至少还得有十五个工人。而他们都不来。今天来了几个，都要七十卢布一个夏天。"

列文沉默了。他又遇到了阻力。他知道不管他们怎样努力，他们用公道的工钱无论如何雇不到四十个——或者三十七，三十八个——

① 雇主和农民按对分制种地和分配收获物。

工人。已经雇了四十来个人，再多就没有了。但他还是不能不力争。

“打发人到苏里，到契菲罗夫卡去呀，要是他们不来。我们得去找人呀。”

“啊，我就打发人去。”瓦西里·费奥多罗维奇垂头丧气地说。“但是还有马，也变得没有劲了。”

“我们再去买几匹来呀。自然我知道，”列文笑着补充说，“你总喜欢做得寒酸一些；但是今年我可不让你按着你自己的意思做了。我要亲自照料一切。”

“啊唷，事实上我觉得您也并没有怎样休息。在主人的监视下工作，那我们是很高兴的……”

“他们这时正在白桦谷那边播种苜蓿吗？我要去看一看，”他说，跨上了车夫牵来的那匹栗色的小马科尔皮克。

“小溪过不去呢，康斯坦丁·德米特里奇，”车夫叫着。

“好的，我从树林里走。”

于是列文走过围场的泥地，出了大门，到了广漠的田野，他那匹好久不曾活动的小骏马在水池边打着响鼻，昂摆着缰绳，轻快地迈着小跑步子朝前走。

假使说列文刚才在畜栏和粮仓里觉得很愉快，那么现在他到了田野就更加愉快了。随着他那匹驯顺肥壮的小马的小跑步有节奏地摇摆着身体，吸着冰雪和空气的温暖而又新鲜的气息，他踏着那残留在各处、印满了正在溶解的足迹的破碎零落残雪，驰过树林的时候，看见每棵树皮上新生出青苔、枝芽怒放的树木就感到喜悦。当他出了树林，无边无际的原野就展现在他的面前，他的草地绵延不绝，宛如绿毯一般，没有不毛地，也没有沼泽，只是在洼地里有些地方还点缀着融化的残雪。不论他看见农民们的马和小马践踏了他的草地（他叫他遇见的一个农民把它们赶开），或者听了农民伊帕特的讥刺而愚笨的答话——他在路上遇见他，问：“哦，伊帕特，我们马上要播种了吧？”“我们先得耕地哩，康斯坦丁·德米特里奇，”伊帕特回答。——他都没有生气。他越策马向前，他就越觉得愉悦，而农事上的计划也就越来越美妙地浮上他的心头：在他所有的田亩南面都栽种一排柳树，这样雪就不会积得太久；划分田亩，六成作耕地，三成作牧场，在田地尽头开辟一个畜牧场，掘凿一个池子，建造可移动的畜栏来积肥。于是三百亩小麦，一百亩马铃薯，一百五十亩苜蓿，没有一亩地荒废了。

沉浸在这样的梦想里，小心地使马靠地边走，免得践踏了麦田，他策马走向被派遣来播种苜蓿的工人面前。一辆装着种子的大车没有停在田边，却停在田当中，冬季的小麦已被车轮轧断，被马践踏了。两个工人坐在田边，大概是在一块儿抽烟斗。车里用来拌种子的泥土并没有磨碎，倒压成了或是冻成了硬块。看见主人来了，工人瓦西里就向大车走去，而米什卡就动手播种起来。这是不应当的，但是列文不轻易对工人动气。当瓦西里走上来的时候，列文叫他把马牵到田边上去。

“不碍事，老爷，麦子会长起来的。”瓦西里回答。

“请不要争论，”列文说，“照我的吩咐做吧。”

“是，老爷，”瓦西里回答，然后他拉住了马头。“播种得多好呀，康斯坦丁·德米特里奇，”他讨好地说，“头等的哩。只是好难走呵！靴子上好像拖了一普特泥土一样。”

“你们为什么不把泥土筛过呢？”列文问。

“哦，我们把它捏碎就行了，”瓦西里回答，拿起一把种子来，把泥土在手心里揉了几揉。

他们把未筛过的泥土装上车，是不能责怪瓦西里的，但这事还是叫人烦恼。

列文曾经不止一次地试过平息自己的恼怒、使一切似乎不如意的事变得称心如意起来的老办法，那办法他现在又在试用。他瞧着米什卡几步跨上前来，晃动着粘在两只脚上的大泥块；于是下了马，他从瓦西里手里接过筛子来，亲自动手播种。

“你在什么地方停止的呢？”

瓦西里用脚指指一个地点，于是列文尽量走向前去，把种子散播在地里。地里像在沼地里一样地难走，列文播完一行的时候，已经满头大汗，于是他停住脚步，把筛子还给瓦西里。

“哦，老爷，到了夏天，可不要为了这一行的缘故骂我呀，”瓦西里说。

“呃，”列文快活地说，已经感到了他运用的方法的效力。

“哦！到夏天您再看看吧。它会显得两样的。您看我去年春天播